KB265094

청산도 가는 길

유영안

전남 완도군 청산도에서 태어나 동국대학교 국문과를 졸업했다. 1996년 광주매일 신춘문예에 시 「숫돌에 관한 명상」이, 1997년 전남일보 신춘문예에 소설 「그들의 섬」이 각각 당선되어 활동을 시작했다. 2011년에 중편소설 「바다의 교향시」로 제5회 한국해양문학상을, 2012년에 동화 「통일식당」으로 통일동화상을, 단편소설 「그들의 바다」로 여수 해양문학상을 수상했으며, 전남일보에 중편소설 「할미꽃 능선」을 연재했다. 소설집으로 『산속 길은 누가 만들었을까』가 있다. 지금은 대입학원에서 언어 및 논술을 강의하며 소설 집필을 겸하고 있다.

청산도 가는 길 유영안 소설집

초판1쇄 찍은 날 | 2013년 3월 15일
초판1쇄 펴낸 날 | 2013년 3월 20일

지은이 | 유영안
펴낸이 | 송광룡
펴낸곳 | 문학들
등록 | 2005년 8월 24일 제2005 1-2호
주소 | 501-841 광주광역시 동구 학동 81-29번지 2층
전화 | 062-651-6968
팩스 | 062-651-9690
전자우편 | munhakdle@hanmail.net
값 13,000원

ISBN 978-89-92680-69-1 03810

청산도 가는 길

산줄기 같은 파도가 밀려와 바위에 부딪치면
허공으로 치솟는 하얀 물보라가 우박처럼 내렸다.

죽은 사람은 차라리 편했다.
고통은 살아 있는 사람들의 몫이었다.

지금도 구천을 헤매고 있을 영혼들,
그러나 사람들은 바다를 떠나지 못했다.

문학들

차례

침입자

저 배 어디에 남자가 탄 것 같다는 생각을 하면서
여자는 서서히 잠 속으로 빠져든다.
하오의 햇살에 바다가 은빛으로 빛난다.

눈을 감고 있지만 동공 위로 뭔가 자신을 내려다보고 있다는 느낌에 남자는 눈을 뜬다. 예감대로 동굴 천장에 작고 둥근 빛이 아래를 내려다보고 있다. 남자는 누운 채 그 빛에 자신의 시선을 일직선으로 맞춘다. 겁이 났지만 피할 생각도 없고 또 피할 공간도 없다. 바로 옆에 여자가 코를 골며 자고 있다. 이 상황에 여자가 코를 골며 자고 있다는 사실이 남자는 하나도 우습지 않다. 체면이나 여성성이란 것도 집단 속에서 가능한 것이니까. 남자는 여자가 방귀를 함부로 뀌어도 흉보거나 나무라지 않았다. 동굴 속에는 여자와 남자 두 사람밖에 없다.

인간은 좁은 공간에 둘만 존재할 때, 더구나 그 두 존재가 남자와 여자일 때, 어떤 행위도 가능하다고 믿는 동물이다. 밖에서는 요조숙녀가 환영받지만 침대에선 요부가 환영받는 이치와 같다. 더 지저분한 행위도 침대에선 가능하다. 아침이 밝아오고 거실로 나가면 부부는 다시 정숙한 엄마가 되고 의젓한 아빠가 된다. 저명한 학자도 자기 침실에선 아내에게 채찍을 휘두르며 섹스를 즐길 수 있다. 뭐가 이상한가. 아무도 볼 수 없는 침대에서 무슨 짓을 하든. 인간은 그 자유를 누리기 위해 법적으로 짝짓기를 하는 동물인지도 모른다.

그런데 저 어둠 속에 빛나고 있는 빛의 정체는 뭘까. 남자는 빛에 다시 시선을 고정시킨다. 저건 어떤 물체의 눈이 분명하다. 생물의 신체 중 자체발광을 할 수 있는 것은 몇 안 된다. 눈은 눈으로 다스려야 한다. 그것은 마치 라운드가 시작되기 전에 서로 노려보는 복서의 눈싸움 같기도 하고, 갑작스레 마주친 아군과 적군의 눈 같기도 하다. 그때 눈을 피하면 진다.

남자는 천장에 어린 빛에 눈동자를 고정시키고 잠시 숨을 멈춘다. 처음엔 빛만 보이더니 서서히 빛 주변의 깎인 돌들이 보인다. 채굴기를 돌려 고르게 깎은 동굴과는 달리 다이너마이트를 터뜨려 만들었을 동굴은 벽과 천장이 고르지 않다. 빛은 오래도록 움직이지 않는다. 남자는 숨을 한 번 쉬고 빛에 다시 눈을 맞춘다. 남자의 시선과 낯선 물체와는 직각을 이룬다.

세상의 수많은 생물 중 천장에 붙어 살 수 있는 게 뭘까. 박쥐밖에 생각나지 않는다. 혹시 뱀인지도 모른다는 생각이 들자 등골이 오싹해진다. 그렇다면 눈싸움을 하기보다 우선 피하는 게 좋다. 남자는 옆에서 자고 있는 여자의 옆구리를 손가락으로 찌른다. 여자가 돌아누우며 아이, 하고 짜증을 부린다. 일어나봐. 뭔가 우릴 노려보고 있어. 남자가 여자의 귀에 대고 속삭이자 여자가 정면으로 돌아누우며 슬며시 눈을 뜬다. 뭐가? 여자가 낮은 목소리로 묻는다. 저길 봐. 사내가 손가락으로 천장을 가리키자 여자가 한참 동안 천장을 쳐다보더니 갑자기 웃는다.

"저건 박쥐야."

여자가 자리에서 일어나며 말하자 남자는 허탈해진다. 여자가 저건 박쥐야, 하고 말하고 다시 드러누워 잠을 자는 모습이 더 밉다. 동굴 속에서 산 후 여자는 흔히 말하는 여성성을 점점 상실하고 있는 것 같다. 하지만 남자는 그것마저도 이상하지 않다. 남자가 성냥을 그어 초에 불을 밝히자 동굴 천장이 환하게 드러난다. 여자 말처럼 천장에 박쥐 한 마리가 붙어 있다. 동굴이 밝아지자 박쥐가 어디론가 날아간다. 남자는 슬며시 여자를 내려다본다. 여자는 다시 곤하게 자고 있다. 두 손을 가슴에 모은 채 허리를 웅크리고 있는 모습이 새우 같다는 생각이 든다. 남자의 배에서 꾸르륵 소리가 난다. 허기가 밀려온다. 남자는 자리에서 일어나 동굴 입구를 막아둔 커튼을 연다.

남자가 동굴 밖으로 나가자 서쪽으로 기운 햇살이 밤새 내린 눈에 반사되어 눈으로 쏟아진다. 남자는 손으로 눈을 가리고 고개를 숙인다. 평소에는 정면으로 쳐다보지 않는 한 아무렇지도 않던 햇살이 동굴에 있다가 밖으로 나오자 강렬한 빛을 내뿜는다. 마치 몰래 다가오는 적군에게 갑자기 서치라이트를 쏘는 것과 흡사하다. 어느 산악인이 만년설을 오르다 눈에 반사된 햇빛을 보고 눈이 멀었다는 얘기가 떠오른다. 정면으로 보았을 때 앞이 흐려지면서 눈물을 질금거렸던 경험은 몇 번 해 보았지만, 지금처럼 현기증까지 동반하게 하는 햇빛은 처음이다. 눈을 가린 손가락 사이로 햇빛이 파고들면서 눈언저리가 축축해진다. 손가락으로 눈을 누르자 망막 아래 태양이 불타는 것 같은 둥근 빛이 뜬다.

남자는 눈을 뜨고 폐광 뒤편 산으로 올라간다. 먹을 것을 마련해야 하는데 사방은 산으로 둘러싸여 있고, 더구나 겨울이었으므로 푸성귀 하나 보이지 않는다. 폐광 주변에는 군데군데 석탄이 널브러져 있고 그 위에 밤새 내린 눈이 쌓여 있다. 남자는 한참 동안 산을 헤맨다. 여름이면 흔하게 볼 수 있었던 버섯이나 약초도 보이지 않는다.

남자는 폐광 반대쪽으로 걸어간다. 한참 동안 산을 오르자 저 아래 평지에 뭔가 푸른 것이 어른거리다. 남자는 그쪽으로 내려간다. 산 밑에 야트막한 언덕이 보이고 그 옆으로 제법 넓은 밭이 보인다. 남자는 마치 먹이를 발견한 사냥꾼처럼 그쪽으로 허겁지겁 내려간다. 푸른색이라곤 보이지 않던 이곳에 푸른색이 보이자 경이롭다. 누가 씨를 뿌려 놓았는지, 아니면 자생(自生)하는지 버려진 밭에 무가 보인다. 얼어붙은 땅에 퍼런 무 잎이 보이고 그 밑으로 팔뚝만한 무가 땅에 박혀 있다. 땅에서 자랐다는 표현보다 누군가 땅에 무를 처박아 놓은 것 같다. 남자가 작은 돌을 주워 흙을 파자 떵떵 소리를 지르며 얼음과 섞인 흙이 튄다. 그런데 누가 이런 곳에 무씨를 뿌려 놓았을까. 사내는 허리를 펴 멀리 산을 바라본다. 산의 공제선들이 겹겹이 펼쳐져 있다. 어디에도 인가(人家) 한 채 보이지 않는다. 아마 이 밭의 주인이 무씨를 뿌렸다가 수확시기를 잊어버린 모양이다. 그 경위야 어쨌든 남자는 무를 보자 갑자기 생기가 돈다.

"어디 있어요?"

남자가 주변에 널브러진 녹슨 쇠붙이를 들고 밭으로 가 무를 캐고 있을 때, 아래쪽에서 여자가 소리친다. 여기야, 여기! 남자가 언덕으로 올라가 손을 흔들자 여자가 알아보고 산을 오르기 시작한다. 숨을 헉헉 몰아쉬며 산을 오르는 모습이 섬뜩하다. 누가 보았다면 설산의 마녀쯤으로 여길 것이다. 가슴팍까지 흘러내린 머리카락, 잿빛 피부, 퍼런 광채가 나는 두 눈, 갈퀴 같은 두 손. 여자는 이곳으로 온 후 차츰 짐승이 되어 갔다. 그 점은 남자도 마찬가지다. 목까지 흘러내린 머리카락, 턱을 온통 덮은 구레나룻, 까칠해진 피부. 하지만 둘은 서로를 보고 웃지 않았다.

"거기서 뭐해요?"

"그냥 있지 그랬어. 내가 된장국 끓여 줄 텐데."

남자가 무를 뽑아 흔들자 여자가 놀란다. 이틀 동안 바깥 구경을 못한 여자 역시 햇빛에 눈이 부시는지 눈언저리가 젖어 있다. 남자는 무에 묻은 흙을 털고 절반으로 툭 분지른 후 나머지를 여자에게 내민다. 여자가 무를 한 입 베어 물고 약간 매운지 입을 하하 하고 분다. 남자는 무 껍질을 이로 깎아 무 속살을 한 입 물고 우적우적 씹어 먹는다. 무가 얼어 약간 퍼석거리기는 하지만 곧 입안에 단맛이 스며든다. 아직 얼지 않은 안쪽은 무 특유의 매운 맛까지 난다. 둘은 모처럼 환하게 쏟아지는 햇볕을 받으며 무를 맛있게 먹는다. 겨울 들어 이토록 싱싱한 채소를 먹은 것은 처음이다. 마을에서 얻어온 김장김치가 조금 있지만 너무 익어 군내가 심했다.

"잎은 따로 뜯어서 말려. 무청은 건강에 좋으니까."

남자가 말하자 여자가 먹다 남은 무를 집어던지고 허리를 굽힌다. 남자는 무를 뽑고 여자는 뽑힌 무에서 무 잎을 뜯는다. 이 분업은 너무나 자연스러워 누가 보았다면 밭주인 부부가 일을 하고 있다고 여길 것이다. 처음엔 땅이 꽁꽁 얼어 무가 잘 뽑히지 않더니 두 사람의 발길이 닿자 땅이 느슨하게 풀리면서 무가 송송 잘 뽑힌다. 삼십 개 남짓 되는 무가 쌓이자 둘은 부자가 된 기분에 가슴이 오롯해진다. 이곳으로 온 후 가장 큰 수확이다. 더구나 혹한에 거둔 수확치곤 엄청나다.

"땅도 인간의 발이 닿으니 착해지네요?"

"흙은 부드러움이 본성이야."

남자가 착한 윤리 선생처럼 말하자 여자가 킥 웃다 말고 다시 무청을 뜯기 시작한다. 여자는 외투를 벗어 무 잎을 차곡차곡 쌓아 팔소매로 묶는다. 남자도 윗옷을 벗어 무를 싼다. 남자가 무를 싼 외투를 오른쪽 어깨에 올려놓는다. 오른쪽 어깨가 기울자 왼쪽 목이 하얗게 드러난다. 거기 붉은 반점이 산수유 열매처럼 나 있다.

둘이 산길을 내려갈 때 해가 서산마루에 진다. 서녘 하늘에 저녁노을이 물들어 있는가 싶더니 사방이 금세 어두워진다. 여자가 산길을 내려가다 넘어진다. 무 잎을 싼 외투가 저 아래로 굴러가다 멈춘다. 여자가 나무 밑동을 잡고 밑으로 내려가 무 잎을 싼 외투를 가슴에 안는다. 마치 그것이 자기를 구원할 무슨 요술단지라도 된다는 듯. 남자가 손을 내밀자 여자가 빙긋 웃으며 남자의 손을 잡고 오른다. 외투 밖으로 나온 무 잎에 솜털 같은 게 보송보송 나 있다. 둘은 조심조심 산길을 내려가 동굴 속으로 들어간다. 동굴이라기보다 파다 중단된 폐광이라 해야 옳다.

동굴 안으로 들어간 남자는 동굴 벽에서 떨어지는 물에 무를 씻는다. 손끝에 와 닿는 차가운 촉감이 정수리까지 오그라들게 한다. 남자는 칼로 무를 썰어 무쇠솥에 넣는다. 무쇠솥은 마을에 버려진 것을 주워온 것이다. 무쇠솥에 적당히 물을 붓고 된장을 두 숟가락 넣은 다음 무쇠솥 뚜껑을 닫는다. 아궁이에 불쏘시개를 넣고 성냥을 긋자 불이 환하게 타오른다. 거기에다 장작을 몇 개 올려놓자 불길이 거세게 타오른다. 딱딱, 장작개비가 타는 소리가 야무지다. 남자가 시간 나는 대로 산으로 가 소나무를 잘라 만든 장작이 동굴 벽에 쌓여 있다. 입구에서 기역자로 꺾어진 동굴은 맞바람을 피할 수 있어 둘이 살기에 큰 지장은 없다. 동굴은 전체 길이가 백 미터 남짓 되지만 꺾어진 부분부터는 십 미터 정도 되어 남자는 그중 절반을 돌을 날라 막았다. 동굴 입구를 마을에서 얻어온 헌 커튼으로 막자 매우 훌륭한 숙소가 되었다. 돌을 쌓아 그 위에 황토를 입히고 밑에 아궁이를 만들자 황토방이 되었다.

십 분 남짓 지나자 무쇠솥 뚜껑 사이로 김이 씩씩 뿜어져 나오면서 구수한 냄새가 풍겨온다. 밥은 낮에 먹다 남은 것이 있어 남자는 밥상을 편다. 팔각형 모양의 소반(小盤)이었는데 역시 남자가 마을에서 얻어온 것이다. 여기에서 쓰고 있는 주방 도구 대부분은 남자가 마을에서 얻어오거나 주워 온 것이다. 쌀은 가을에 남자가 마을에 가서 일한 대가로 받아온 것이 있어 아직 넉넉하다. 문제는 반찬이다. 마을에서 얻어온 김장김치가 있지만 군내가 심하고 겨우내 채소만 먹을 수 없어 남자는 종종 사냥을 하곤 했다.

"언제까지 저를 위해 이럴 수 있다고 생각하죠?"

남자가 소반에 밥, 김장김치를 올려놓고 마지막으로 된장국을 퍼 소반을 들고 가져오자 여자가 눈가에 차고 흰 것을 담는다. 남자는 소반을 들고 한동안 침묵한다.

"아직도 날 용서하지 않았군."

"용서가 어디 있어요. 그 팔자에 그 팔자니까 서로 만난 거지."

"피해갈 수 없다면 즐겨야지. 사는 동안……."

남자는 소반을 내려놓고 동굴 밖으로 나간다. 여자가 숟가락을 들고 된장국 맛을 본다. 맛이 있는지 굿! 하고 웃는다. 남자는 동굴 밖으로 나가 담배를 입에 물고 호주머니에서 작은 성냥을 꺼내 긋는다. 유황 냄새와 함께 불이 솟아오른다. 담배를 한 모금 깊게 빨아 훅 뿜자 허공으로 담배 연기가 흩어진다. 어느새 하늘에 별이 총총하다. 어둠에 잠긴 겨울산 위로 불빛 하나가 날아간다. 인공위성일까, 아니면 인근 부대에 주둔하고 있는 헬기가 뜬 것일까. 불빛이 반대쪽 산 너머로 사라진다. 이제 별빛 외엔 빛이라곤 보이지 않는다. 그쳤던 눈이 다시 내리려는지 허공에 진눈깨비가 흩날리며 남자의 목으로 파고든다. 차가운 감촉이 등허리까지 번지자 남자는 외투 깃을 세우고 다시 동굴로 걸어간다. 여자가 동굴 입구에 멍하니 서 있다. 여자의 말처럼 언제까지 저 여자를 보호해 줄 수 있을까. 여자의 일상을 파괴해 버린 것은 자신이라는 생각에 남자는 잠시 치를 떤다.

"아까 그 말 미안해요. 어서 밥 먹어요."

여자가 남자의 팔을 잡고 동굴 쪽으로 끈다. 남자는 못이긴 척 동굴 속으로 들어간다. 남자가 소반 앞에 앉아 밥을 먹기 시작하자 여자도 숟가락을 든다. 동굴 입구에서 휘잉 바람 소리가 들려온다. 아궁이에 남은 불씨가 환해지다가 이내 어두워진다.

"설거지는 제가 할게요."

식사가 끝나자 여자가 소반을 들고 동굴 끝에 물이 고여 있는 곳으로 간다. 동굴 위에 있는 나무뿌리들이 머금고 있던 물이 흘러내리는지, 아니면 눈이 녹아 스며든 것인지는 알 수 없지만, 동굴 벽에서 물이 계속 떨어진다. 여름에는 수영을 할 만큼 물이 펑펑 쏟아졌다. 그런데 남자는 어떻게 이곳을 알고 찾아왔을까. 여자는 물에 그릇을 씻으면서 살짝 고개를 돌려 남자를 바라본다. 남자는 아궁이에 장작불을 지피며 담배를 피우고 있다. 담배는 건강에 해로운데, 하는 생각이 들자 웃음이 나온다. 그 말은 사형수에게 건강에 해로우니 술을 끊으라는 말과 뭐가 다를까. 차츰 밤이 깊어 간다.

"지금 시간이면 드라마 볼 시간인데……."

설거지를 마친 여자가 다가가 아궁이에 손을 쬐며 말하자 남자가 웃는다. 시계가 없어 몇 시인지 모르지만 저녁밥 먹고 한 시간 남짓 지났으니 드라마 볼 시간이기도 하다. 하지만 여기가 어딘가. 도시와 한참 떨어진 강원도 산골, 거기에다 깊은 산 속 폐광이 아닌가. 라디오 한 대 없는 여기서 드라마를 얘기하다니 웃음이 나올 수밖에. 여자들이란 간혹 처한 환경과 어울리지 않은 소망을 꿈꾼단 말이야. 하긴 그 소망을 꺾어버린 사람이 나니까 할 말은 없지만……. 남자는 혼자 중얼거리다 이불을 펴고 드러눕는다. 아궁이에서 퍼진 온기가 제법 따뜻하다. 마을에서 얻어온 이불은 빨래를 하지 못해 누리치근한 냄새가 풍겨온다. 각자 덮을 이불이 없어 남자는 약간의 간격을 둔 채 여자와 함께 잤다.

여자가 설거지를 마치고 이불 속으로 들어오자 남자는 촛불을 끄고 눈을 감는다. 어둠 속에 인도양 검푸른 파도가 일렁인다. 무리를 지어 지나가는 참치도 보인다. 선원들이 주낙으로 참치를 잡아 올린다. 갑판으로 올라온 참치가 머리와 꼬리를 동시에 바닥에 때려대며 저항한다. 하지만 그뿐, 참치는 잡히자마자 초저온 냉동 창고로 직행한다. 그래야 신선도를 유지할 수 있어 제값을 받을 수 있다. 선원들이 큰 칼을 들고 참치 내장을 제거한다. 참치 몸통에 칼을 집어넣자 피가 쏟아진다. 그 다음에 꼬리지느러미에서 세 마디쯤 되는 곳을 칼로 푹 쑤신다. 정수리 부분의 피부 조직을 도구로 도려내고 날카로운 꼬챙이로 참치의 머리를 후빈다. 생의 마지막 기로에 선 참치가 잠시 요동을 치며 눈알을 허공에 굴린다. 목에 연결된 힘줄을 자르고 마지막으로 배를 가르자 내장이 와르르 쏟아진다. 참치 꼬리부분에 구멍을 뚫어 줄을 끼운 다음 냉동 창고로 보낸다. 냉동 창고 안에 수 백 마리의 참치가 쭉쭉 늘어져 있다. 저것들이 작게 잘려 캔에 담긴 후 한국의 식탁으로 간다. 그뿐, 누구도 참치의 죽음을 말하지 않는다.

조업이 끝나고 배가 잠시 항구에 정박하면 사내들은 술집으로 사창가로 스며들었다. 술과 섹스는 긴 항해 후 사내들에게 주어지는 일종의 위로다. 그것을 윤리나 도덕으로 재단할 수 없다. 배가 본국 항구에 도착해도 사내들이 가장 먼저 찾는 곳은 술집 아니면 사창가였다. 그게 탈이었을까. 국내에 에이즈 환자가 늘어나자 원양어선 종사자들을 대상으로 일제히 신체검사가 실시됐다. 평소에도 자주 하는 것이지만 이번엔 강도가 심했다.

"정밀 검사를 해야 하니까 병원으로 오세요."

검사를 받은 며칠 후, 병원에서 전화가 왔다. 남자는 별 의심 없이 병원으로 가 정밀 검사를 받았다.

"불행하지만 에이즈 양성 반응이 나타났습니다. 격리되어 치료를 받아야 합니다. 물론 비밀은 보장됩니다. 혹시 국내에서 신체 접촉을 가진 여자가 있습니까? 솔직히 말해 주세요. 그렇지 않으면 큰일 납니다."

"자주 가던 술집이 한 곳 있습니다만……."

"섹스도 했습니까?"

"한 아가씨하고만 했습니다."

"술집 약도와 아가씨 인상착의를 말해 주세요."

의사가 다그치자 남자는 하릴없이 자주 드나들던 술집 약도와 아가씨의 이름을 댔다. 담당 직원들이 그쪽으로 급파되었다. 남자는 배가 본국 항구에 도착할 때마다 그녀와 섹스를 했다. 그녀가 병원으로 이송되고 곧 정밀 검사를 받았다. 불행하게도 그녀 역시 양성반응이 나타났다. 둘은 곧바로 후송되어 병원에 갇혀 치료를 받았다. 하지만 그것은 치료가 아니었다. 격리된 에이즈 환자들을 대하는 의사들의 태도도 그렇고, 치료를 받아봐야 완치가 되지 않는다는 절망이 엄습했다. 격리 치료 육 개월 후, 남자의 몸에 반점이 생기기 시작했다. 의사들이 마치 벌레 다루듯 남자를 대했다.

"책임져, 이 개새끼야!"

병원 복도에서 마주친 여자가 남자의 뺨을 후려쳤다. 남자는 그저 고개만 숙일 뿐, 그녀에게 아무 말도 할 수 없었다. 그 병이

자기에게 옮은 것인지는 확실치 않았지만 전염의 개연성은 충분
했다. 여자가 두 눈에 퍼런 쌍심지를 달고 남자를 저주했다. 병
원 생활도 차츰 질렸다. 탈출하고 싶었다. 그때 남자의 뇌리에
떠오른 곳이 어렸을 때 지낸 탄광이었다. 남자는 틈나는 대로 탈
출을 계획했다.

"나 죽어버릴 거야."

여자가 어느 날 목을 매 자살하겠다고 눈물을 쏟았다. 남자는
차라리 탈출해 같이 죽자고 했다. 처음엔 미심쩍어하더니 남자
가 구체적으로 계획을 말하자 여자의 마음이 움직였다. 차라리
숨어서 살다가 죽고 싶다고 했다. 남자는 탈출 계획을 짰다. 비
가 몹시 퍼부어지던 날, 둘은 동시에 잠에서 깼다. 다행히 출입
구 감시가 조금 느슨했다. 담을 넘은 둘은 무조건 뛰었다. 거리
로 나오자 택시 한 대가 지나갔다. 둘은 택시를 세워 올라탔다.
택시가 빗속을 뚫고 질주했다. 그리고 도착한 곳이 이 동굴이었
다. 처음엔 어색했지만 둘은 차츰 동굴 생활에 적응해 갔다.

남자는 눈을 뜨고 성냥을 그어 촛불을 켠다. 담배를 입에 물
고 여자를 보자 울었는지 여자의 눈언저리가 축축하다. 남자는
담배 연기를 길게 내뿜는다.

"지금이라도 늦지 않았어. 치료받고 싶으면 가."

남자가 말하자 여자가 베개를 던진다. 베개가 남자의 얼굴에
정통으로 맞는다. 남자는 말없이 베개를 여자에게로 던진다. 여
자가 베개를 던지자 남자가 다시 던진다. 그런 식으로 시소게임
이 일 분 남짓 계속 된다. 남자가 먼저 체념하고 담배를 비벼 끈
후 이불 속으로 들어간다. 여자도 이불을 덮고 반듯이 눕는다.

동굴 천장에 퍼런 빛 하나가 보인다. 박쥐 한 마리가 둘을 내려다보고 있다. 둘이 이곳으로 온 후 다른 박쥐들은 모두 떠났는데, 저 박쥐만 무슨 일인지 이곳에 남아 있다. 사람이나 짐승이나 정든 곳을 떠나거나 떠나지 못할 이유가 있는 모양이라고 남자는 생각한다. 동굴 입구에서 바람 소리가 귀신 곡하는 것처럼 음산하게 들려온다. 여자가 소리 내어 운다.

"가고 싶으면 가라고!"

남자가 소리치자 여자의 울음소리가 그친다. 동굴 천장에 붙어 있던 박쥐가 어디론가 날아간다. 남자가 여자에게 큰소리를 지른 것은 이번이 처음이다. 박쥐도 그 큰소리에 놀랐는지 한동안 돌아오지 않는다.

"어휴 추워."

그 사이 방이 식어 차가운 기운이 여자의 등을 타고 정수리까지 기어오른다. 남자는 초저녁에 군불을 때는 것 외에는 다시 아궁이에 불을 지피지 않는다. 추운 것을 견디는 것도 운명이라고 해 여자를 화나게 했다. 과연 이곳으로 온 것, 그래서 죽음을 가다리고 있는 것이 운명일까. 차라리 자수하고 치료를 받으면 살 수도 있지 않을까. 그래, 저 남자는 그저 내 손님이었을 뿐이야. 원양어선 조업을 마치고 항구에 올 때마다 술을 마시고 몸을 섞긴 했지만 더 이상의 감정은 없었어. 그런데 에이즈가 둘을 연결시켰어. 처음엔 남자를 죽이고 싶도록 증오했지. 그런데 병원에 격리되어 있자 이상한 마음이 들었어. 이것도 인연인가 하고. 아니, 악연이겠지. 어느 날 남자가 탈출을 제의했고 난 따라나섰어. 우선 병원이 싫고 나를 바라보는 사람들의 그 얼음장 같은 시선도 싫었어. 그들에게 우린 벌레였어, 벌레……. 그러나 여기도 이제 싫어졌어. 몸을 팔며 사는 게 죄라면 인정하겠지만, 에이즈에 걸린 것은 그것과 별개의 문제야. 그래, 난 치료받을 권리가 있어. 여자가 속으로 중얼거리고 있을 때, 남자가 감기에 걸렸는지 기침을 해댄다. 정성들여 무를 썰어 된장국을 끓여준 남자가 여자는 또 불쌍해진다. 아, 나는 저 남자를 두고 여길 떠날 수 있을까. 잡히면 가혹한 수사가 진행되겠지. 추궁이 계속되면 난 불고 말 텐데……. 여자가 길게 한숨을 쉰다.

"어차피 난 갈 데가 없어. 반겨 줄 가족도 없고……. 그러니까 마음 편하게 떠나고 싶으면 떠나."

남자가 여자의 한숨 소리에 잠을 이루지 못하고 벌떡 일어나 소리친다.

"고층 건물 옥상에서 투신하려는 사람에게 어서 뛰어내려, 하고 명령하는 꼴이네?"

여자가 미간을 찌푸리다 얼굴까지 이불을 덮는다. 동굴 밖에서 귀촉도 울음소리가 들려온다. 저 새는 무슨 한이 그렇게 깊어 목에 피가 나도록 우는 것일까. 여자는 몸을 뒤채다 다시 잠이 든다.

얼마나 시간이 지났을까. 여자가 눈을 떴을 때 남자가 보이지 않는다. 남자가 누웠던 자리에 베개 하나만 오도카니 놓여 있다. 남자는 아마 부근 야산으로 가 토끼 사냥을 하고 있는 모양이다. 동굴 입구에 아침 햇살이 붉게 물들어 있다. 그러고 보니 방바닥도 따뜻하고 소반에 밥도 차려져 있다. 밥 한 그릇, 김치 한 그릇, 국 한 그릇, 그리고 숟가락 하나 젓가락 한 짝, 소반에 놓여 있는 것들이 너무나 정갈하다.

"이게 최후의 만찬이라 이거지?"

여자는 소반을 끌어 밥을 먹는다. 남자가 동굴을 나간 지 얼마 안됐는지 된장국 그릇이 아직 따뜻하다. 여자는 남자가 토끼 사냥 나간 척하면서 자신에게 여길 탈출할 기회를 준 거라 믿는다. 그러자 이상하게 오기가 생긴다. 인간의 심리란 이중적이어서 가라고 하면 버티고 싶고, 남으라면 가고 싶어진다. 여자는 사내가 자기를 붙들고 제발 가지 말라고 애면글면 빌어야 한다고 생각한다. 당신마저 떠나면 난 어떻게 사느냐고 빌어야 하지 않아? 그런데 뻔뻔스럽게 밥상을 차려놓고 토끼 사냥을 가? 여자는 된장국에 밥을 말아 먹고 외투를 입은 후 동굴을 나선다. 차가운 바람이 여자의 얼굴을 때린다.

"어디 있어요?"

동굴을 나선 여자는 산등성이로 올라가 입에 손을 모아 크게 소리친다. 숲속에서 산새들이 놀라 푸드덕 난다. 솔가지에서 눈송이가 우수수 쏟아진다. 밤새 눈이 더 내렸는지 사방은 흰색 천지다. 눈은 나무를 지우고 계곡을 지우고 산을 지우고 세상 모든 걸 흰색으로 덮어버렸다. 초등학교 미술 시간 때 쓰던 도화지 같다. 삶도 저랬으면……. 여자는 중얼거리며 계속 산을 오른다. 남자는 아마 폐광 뒤쪽 산으로 갔을 것이다. 일주일 전에 남자는 거기서 토끼 한 마리를 잡아왔다. 둘은 모처럼 포식을 했다. 고기를 다 먹은 후 남자는 토끼털로 여자에게 귀마개를 해주었다. 여자는 외투 호주머니에서 귀마개를 꺼내 귀에 착용한다. 부드럽고 따뜻한 감촉이 전해진다. 여자는 소나무 밑동을 잡고 주위를 두리번거린다. 하지만 어디에도 사내는 보이지 않는다.

"혹시 나를 두고 도망갔나?"

그 생각이 들자 겁이 난다. 여자는 다시 산을 내려가 폐광 왼쪽 산으로 오른다. 거기, 남자의 발자국이 나 있다. 여자는 미친 듯이 산을 오른다. 숨이 턱까지 차오르고 등허리에서 더운 기운이 흘러내린다. 한참 더 올라가자 남자의 발자국이 갑자기 끊어져 있다.

"장난치지 말고 어서 나와, 다 안다고!"

여자가 소리치며 언덕 아래를 내려다 볼 때 어디선가 신음이 들려온다. 순간, 여자는 당황한다. 신음이 들려오는 곳은 언덕 아래쪽이다. 여자는 소나무 가지를 잡고 조심조심 밑으로 내려간다. 언덕 아래 널따란 평지가 보이고 조금 더 가자 땅이 푹 꺼진 곳이 나타난다. 남자가 그곳에 쓰러져 있다.

"에이, 재수 없이 덫에 걸렸어."

남자가 그 와중에도 흐흐흐 웃는다. 남자의 발목이 거대한 덫에 걸려 있고 피가 낭자하다. 여자는 덫을 풀어보려 하지만 아가리를 꽉 다문 덫은 꼼짝도 하지 않는다. 아마 사냥꾼들이 멧돼지를 잡으려고 놓은 덫인 모양이다. 여자는 주변에 있는 나뭇가지를 덫 사이에 끼고 움직여 본다. 나뭇가지가 툭 부러진다. 남자의 발목에서 흘러나온 피가 점점 주변을 붉은색으로 물들인다. 자세히 보니 바로 옆 검불 속에 올무가 보인다. 여자는 올무를 나뭇가지로 내려찍는다. 올무가 헝클어져 나뭇가지에 걸린다. 여자가 덫을 풀어 보려하지만 덫은 꼼짝도 하지 않는다. 여자는 차츰 초조해진다.

“조금만 기다려요.”

여자가 나뭇가지를 던져 버리고 산을 내려간다. 마을이나 경찰서로 가 구조를 요청해 볼 생각이다. 덫이 워낙 크고 견고해 풀 수 없는데다가 과다출혈로 남자가 죽을지도 모른다.

“어딜 가?”

“왜, 겁나니? 경찰에 신고하고 난 떠날 거야.”

남자가 소리치자 여자가 돌아서 남자에게 주먹밥을 먹인다. 남자가 씩 웃는다. 이 외중에 장난기라니, 남자는 여자의 저 억척이 차라리 귀엽다. 죽음을 기다리는 것보다 죽음을 무시하고 깔보는 태도가 그동안 밑바닥 인생을 살아온 여자답다. 여자가 저 아래로 사라진다. 그래, 그게 좋아. 그 사이에 난 죽을 지도 모르지만 넌 살아……. 남자는 외투 호주머니에서 담배를 꺼내 피운다. 덫에 발목이 물린 채 피우는 담배 맛이라니. 담배 연기가 허공으로 흩어진다.

차츰 시간이 흐른다. 발목에서 계속 피가 흐른다. 아가리를 서로 악문 덫이 발목뼈에 박혀 서서히 다리에 감각이 사라진다. 문득 참치 정수리에 칼을 꽂으며 웃던 원양어선 선원들의 얼굴이 떠오른다. 앞이 흐릿해지면서 죽음 같은 졸음이 밀려온다.

시간이 얼마나 지났을까. 해가 중천에 떴을 때, 산 위에 헬기 한 대가 떠 남자가 누워 있는 곳을 배회하다가 평지로 내린다. 구급대원들이 들것을 들고 남자에게 달려간다. 여자가 뒤따라 달려온다.

“여보세요!”

　구급대원이 땅을 향해 엎어져 있는 남자의 어깨를 흔들다 목에 손가락을 얹어보고 고개를 갸웃한다. 구급대원이 남자를 들어 돌려놓는다. 남자의 가슴팍에 부러진 나뭇가지가 박혀 있다. 구급대원이 남자의 가슴팍에 박힌 나뭇가지를 빼려다 망설인다. 남자의 가슴에서 흘러내린 피가 땅을 적시고 넘쳐 옆으로 흘러내린다. 아마도 남자가 나뭇가지로 자살을 한 모양이다. 구급대장이 남자의 상태를 확인하더니 손가락으로 엑스자를 그으며 고개를 흔든다. 이 바보……. 여자가 남자의 어깨를 두들겨 패며 흐느끼자 구급대원들이 저지한다. 다른 구급대원들이 검정 비닐로 남자의 시신을 싸 들것에 싣고 헬기로 달려간다.

　“두 분, 어떤 사이죠?”

　구급대장이 여자에게 묻자 여자가 실성한 것처럼 웃다가 갑자기 옷을 벗는다. 구급대원들이 당황하며 저지하지만 여자는 기어코 옷을 다 벗는다. 여자의 온몸에 붉은 반점이 돋아나 있다. 대원들이 기겁을 하고 뒤로 물러난다.

　“둘이 어떤 사이냐고? 잘 봐. 우린 당신들이 신봉하는 평화스러운 세상의 침입자야, 침입자!”

　여자가 웃어대자 구급대장이 긴장한다.

　“당신들이 일 년 전에 병원을 탈출한 그 두 사람이군. 여기에 있었다니 믿어지지 않아. 체포해!”

　구급대장이 소리치자 대원들이 여자에게 옷을 입힌 후 포승줄로 묶는다. 여자는 반항하지 않고 헬기에 오른다. 헬기가 이륙한다. 소나무 가지가 옆으로 누우며 흔들리고 눈송이가 어지럽게 휘날린다. 헬기가 허공으로 솟아 천천히 선회한다. 여자는 저 아래 폐광을 내려다본다. 남자와 무를 캤던 밭이 잠깐 보이다 사라진다. 집을 나갔던 박쥐는 돌아올까. 여자는 그랬으면 좋겠다고 중얼거리며 대원들이 건네준 모포를 어깨에 걸친다. 헬기가 속력을 낸다. 검정 비닐 속에 있는 남자의 시신에서 피가 흘러내린다. 대원들이 남자의 가슴에 붕대를 감는다. 남자의 가슴팍에 박힌 소나무 가지에 붉은 송진이 엉켜 있다.

여자는 유리창으로 고개를 돌린다. 저 아래 바다에 배가 지나간다. 어디로 떠나는 배일까. 저마다 꿈을 안고 떠났을 배……. 과연 우린 이 평화스러운 세상의 침입자일까? 저 배 어디에 남자가 탄 것 같다는 생각을 하면서 여자는 서서히 잠 속으로 빠져든다. 하오의 햇살에 바다가 은빛으로 빛난다. 수억 마리의 멸치 떼가 지나가고 있는지도 모른다. 한 마리는 작아도 모이면 저토록 큰 생명들……. 여자가 잠을 자다 히힛 웃자 구급대원들이 놀라 뒤로 물러앉는다. 외투 사이로 드러난 여자의 목에 빨간 반점이 고춧가루처럼 나 있다. 구급대원들이 손으로 눈을 가린다.

"그런데 이 두 사람이 과연 침입자일까요?"

"우린 그저 한 건 올린 것뿐이야."

구급대원 중 나이가 어린 남자가 묻자 구급대장이 어디론가 전화를 한다. 이윽고 여자가 코를 골기 시작한다. 그 소리는 크고 우렁찼지만 헬기 소리에 묻혀 누구의 귀에도 들려오지 않는다. 저 아래 도시의 거리를 지나가는 사람들이 작은 벌레처럼 보인다.

폭포와 도둑고양이

폭포 물줄기가 은빛 비단을 펼치며 장하게
쏟아지고 있었다. 한 치의 망설임도 없이,
상처 받은 영혼을 저 천길 아래로 내던지고 있었다.

나는 알지, 왜 폭포가 '곧은 절벽을 무서운 기색도 없이 떨어
지'는지, 나는 알지. 당신도 아는가? 아마 그럴 것이다. 고등학
교에서 정상적으로 국어 수업을 들은 사람이라면 한번쯤 그 시
를 읽었을 테니. 김수영, 말만 들어도 가슴이 설레는 이름이다.
물론 나는 한 번도 김수영을 실제로 본 적이 없다. 보지 못했으
므로 더 그립다. 자유, 우리가 누리고 있는 이 자유. 김수영 없이
어찌 '자유'를 말할 수 있으며 지식인의 고뇌를 말할 수 있을까.
일찍이 그는 우리에게 물었다. '어째서 자유에는 피의 냄새가 섞
여 있는가를'. 아득한 시절, 나는 김수영 시집을 마치 불온한 사
상처럼 안고 골목을 뛰어다녔다. 뒤에서는 경찰들이 곤봉을 들
고 쫓아오고. 재래시장으로 도망갔던 나는 결국 경찰에게 잡혀
곤봉으로 머리를 맞았다. 정말이지 자유에는 피 냄새가 섞여 있
었다.

그리고 25년이 흐른 지금, 나는 아이들에게 내가 품고 다녔
던 시집 속의 자유를 강의하며 먹고 살고 있다. 직업이란 그런

것이다. 유년 시절, 혹은 청년 시절에 가장 강력한 충격을 주었던 게 계기가 되어 선택되는 삶의 길. 나는 학교 밖으로 나오면 누구 하나 거들떠보지도 않은 이 땅의 교사로 살아가고 있지만 내 젊은 날 가슴에 품은 시들은 지금, 여기 오롯이 살아 있다. 김수영의 여러 시 중 나는 '폭포'를 가장 좋아했다. 내 지갑 속에는 지금도 시집에서 오린 김수영의 사진이 들어 있다. 김수영은 사진만 보아도 이른바 '골통기질'이 풍겼다. 세상을 향해 약간 '썩소'를 날리는 표정하며 이마에 난 깊은 주름살, 거기에다 기교 부리지 않고 '직방'으로 날리는 화살 같은 언어들은 나를 매료시키기에 충분했다.

돌이켜 보면 나는 중학교 때부터 김수영의 절대 지지자였다. 김수영의 시 「풀」을 처음 읽은 감동은 각별했다. 그때 국어 선생님은 '풀'은 아무리 짓밟아도 다시 일어서는 민중이라고 했다. 그 민중은 자기를 짓밟은 '바람보다 먼저 일어난다'고 했다. 여러 해석의 여지가 있었지만 '풀'은 이 땅의 장돌뱅이 농투성이 갯지렁이들이 각성해야 한다는 메시지를 전해 주고 있었다. 그렇다, 문제는 '각성이다. 각성하지 않는 백성은 영원히 짓밟힐 수밖에 없다'고 그 선생님은 역설했다. 나는 그때 국어 선생님의 열강에 반해 크면 국어 선생이 되자고 다짐했고, 여러 우여곡절이 있었지만 결국 그 꿈을 이루었다.

우연이었을까. 김수영의 시 「폭포」가 올해 수능 언어영역에 출제되었다. 몇 년 전에 김수영의 시 「사령」이 출제되어 기뻤는데, 내가 가장 좋아하는 「폭포」가 또 출제된 것이다. 나는 일교시에 수험생들에게 시험지를 나누어 주고 올해는 어떤 문학 작품이 출제되었을까, 하고 시험지를 몇 장 넘겨보았다. 내가 수업 시간에 여러 번 강조한 김수영의 시 「폭포」가 보였다. 나는 수험생들 몰래 ‘아싸!’ 하고 속으로 소리쳤다. 전국의 수험생들이 김수영의 시를 접한다는 게 무엇보다 기쁘고, 자라나는 청소년들이 시 「폭포」에 나오는 의미를 헤아려주길 바랐다.

나는 즐거운 마음으로 문제를 읽어보았다. 역시 내가 수업 시간에 강조했던 것들이 출제되었다. 국어 교사의 보람은 이럴 때 배가 된다. 지금 이 시각, 문제를 풀고 있을 제자들이 떠오른다. 마음속으로 나에게 감사하겠지. 나는 유능한 교사로 칭송될 것이고 내년에 있을 교감 승진에도 도움이 될지 몰랐다. 작품은 물론 출제 유형까지 정확하게 짚어 냈으니 학생들 사이에 화제가 될 것이다. 수천 편의 시 중에서 강조했던 시가 나오고 출제 유형까지 비슷했다면 그것은 이쪽 세상에선 하나의 사건이다. 내가 만약 서울 강남 학원에서 강의했다면 돈방석에 앉게 될 것이다. 실제로 몇 년 전에 어느 강사가 수능 직전에 윤동주 시를 주목하라고 강조했다가 그해 수능에 실제로 윤동주의 시 「자화상」이 나오자 이른바 ‘대박’을 냈다. 그는 족집게 강사로 알려졌고 이후 수강생들이 구름처럼 몰려들었다.

하지만 하루도 지나기 전에 나의 설렘은 물거품이 되었다. 교장에게 전화가 왔다. 그것도 새벽에. 전화를 받은 나는 잠시 멍해졌다. 평소 같으면 잘못 걸려온 전화 외엔 누가 전화를 할 시간도 아니고, 설령 전화가 온다고 해도 전화번호가 낯설면 받지 않을 시간이었다. 교장의 전화번호는 내 휴대폰에 저장되어 있어 금방 알 수 있었다. 장만금이란 다소 이색적인 이름을 가진

교장은 재단이사장의 동생에다 정치권에도 발이 넓어 이 도시에
선 무시 못 할 존재였다. 그래서인지 교장은 교사들에게 늘 반말
을 했다. 자기보다 나이가 많은 평교사가 태반인데도 말을 되숭
대숭 지껄였다. 막강한 재력을 보유한 건설회사가 세운 사학이
라 그 정도는 이해 못 할 바도 아니었다. 하지만 사기업이 아닌
학교에서 교장이 교사들에게 반말을 함부로 하는 것은 볼썽사나
웠다. 재단이사회가 따로 있었지만 교사 채용은 물론이고 재정
까지 총괄하는 교장은 그야말로 무소불위의 권력을 누렸다. 말
이 사학이지 위계질서가 어느 사기업 못지않았다. 교장은 입시
실적이 라이벌 고등학교에 비해 떨어지면 구둣발로 교사들의 정
강이를 차댔다. 이른바 '조인트 까기'였다. 학사장교 출신에다
유도까지 공인 4단인 교장은 지천명이 넘은 나이에도 불구하고
힘이 장사였다. 그런 그가 이 시간에, 더구나 하루 종일 수능 감
독을 한 후 곤히 자고 있는 나에게 전화를 했으니 긴장하지 않을
수 없었다. 교장이 새벽에 전화를 해 온 것은 처음이었다.

　— 정 선생, 송가희라고 알지?

교장이 대뜸 물었다. 마치 형사가 피의자를 심문하는 투여서
기분이 언짢았지만 상대가 교장이라 내색할 수도 없었다. 나는
잠시 숨을 몰아쉬었다. 이 시간에 교장이 직접 전화를 했다는 것
은 학교에 무슨 사고가 발생했다는 것을 의미했다. 천장에 가희
의 얼굴이 떠올랐다. 가희는 내가 두 해 동안 담임을 맡은 아이
였다. 가희가 고3이 되면서부터는 담임을 맡지 않았지만 이름은
너무나 선명하게 떠올랐다.

　— 송가희에게 무슨 일이 생겼습니까?

내가 묻자 교장이 일단 학교로 오라고 했다. 두 해 동안 가희의 담임을 맡은 것은 사실이지만 밑도 끝도 없이 학교로 오라는 말에는 슬그머니 부아가 솟아올랐다. 이제 이 노릇도 그만 할 때가 되었는가. 나는 열패감에 가슴이 먹먹해졌다.

"이 시간에 누가……?"

잠에서 깨어난 아내가 두 눈을 멀뚱하게 뜨고 고개를 갸웃했다. 벽에 걸린 디지털시계가 새벽 1시 15분을 가리켰다. 나는 대충 세수를 하고 옷을 갈아입었다. 식당에서 알바를 하다가 저녁 늦게 돌아온 아들 명수는 코를 골며 자고 있었다. 명수는 대학생이 된 후 하루에 다섯 시간 동안 숯불구이 식당에서 서빙을 했다. 지난해만 해도 고등학생이라 어려보이더니 용돈을 벌겠다고 알바를 하자 짠하기도 하고 한편으론 대견하기도 했다. 평교사 월급이래야 이것저것 공제하고 나면 살림하기에도 빠듯했다. 다행히 명수는 과외 한 번 받지 않고도 지방 국립 대학교에 수시전형으로 합격했다. 피곤했는지 코 고는 소리가 탱크 굴러가듯 들려왔다. 아내가 걱정스러운 표정을 하고 거실로 나왔다.

"도대체 무슨 일이에요?"

"교장이 학교로 오래."

아내가 묻자 나는 짧게 대답하고 집을 나섰다. 아파트가 아닌 주택단지라 대문만 나서면 바로 거리가 나타났다. 늦가을이지만 밤바람이 제법 싸늘했다. 아내가 운전 조심하라 말하고 대문을 닫았다. 차 시동을 걸었다. 차에서 해소에 걸린 노인 목소리 같은 소리가 났다. 스무 해 넘게 교사 생활을 하면서 나는 차를 딱 두 번 갈았다. 할부로 산 이 차는 올해로 십 년째 타고 있었다.

그런데 가희에게 도대체 무슨 일이 생겼을까. 차를 몰고 학교로 가는 시간 동안 나는 그 생각만 했다. 가희는 늘 말이 없었지만 생각이 깊은 아이였다. 문학에도 소질이 있어 장차 시인을 꿈꾸고 있었다.

차창으로 도시의 거리가 스쳤다. 편의점에만 환하게 불이 켜져 있고 내가 살고 있는 동네는 정적에 휩싸였다. 간혹 택시가 바람을 가르며 지나갔다. 전봇대 밑에 쓰레기 봉지들이 너절하게 쌓여 있었다. 쓰레기를 뒤지던 도둑고양이들이 퍼런 눈을 이리저리 돌리며 경계의식을 드러냈다. 교회 옆에 작은 공원이 있어 고양이들이 자주 출몰했다. 곤히 잠든 시각, 대문 사이로 들어온 고양이가 마치 감때사나운 아이 울음처럼 울어댈 땐 등골이 서늘해지곤 했다. 인간과 가장 친한 동물이 아마 고양이일 것이다. 집고양이가 비교적 얌전한 반면 도둑고양이는 간혹 사람에게 덤비기도 했다. 길들여진 순종과 야성 사이에 꼬리가 존재했다. 집고양이도 꼬리를 자르지 않으면 도둑고양이 된다고 했다. 그런데 그 말은 사실일까. 집 주변에 고양이가 많았으므로 나는 늘 그것이 궁금했다. 도둑고양이어서 꼬리가 긴지 꼬리가 길어서 도둑고양인지 알 수 없었다. 분명한 것은 도둑고양이는 집고양이보다 사납다는 사실이었다. 쓰레기 봉지를 뒤지다 사람이 다가오면 두 눈을 퍼렇게 뜨고 노려보는 도둑고양이를 본 기억이 있는 사람이라면 그 섬뜩함에 잠시 정수리가 서늘해졌을 것이다. 인간의 손에서 멀어진 모든 동물은 야성으로 돌아간다는 말이 떠올랐다.

이십 분 남짓 차를 몰고 가자 저만큼 학교가 보였다. 본관 건물 전체에 불이 환했다. 교사 생활 이십 몇 년 동안 새벽 두 시에 저토록 환하게 불이 켜진 것은 처음 보았다. 차를 본관 앞에 세워두고 일단 교무실로 올라갔다. 교무실에 고3 담임들이 모두 나와 있었다. 무슨 일인지 분위기가 싸늘했다. 마치 나에게 무슨 죄가 있는 것 같은 표정들이서 기분이 언짢았다. 나이로 치면 대부분 후배들인데 인사도 하지 않았다. 무슨 소식을 기다린 듯 모두 스마트폰을 들고 있거나 컴퓨터를 들여다보았다. 수능이 끝났으므로 영역별 출제 난이도를 분석하거나 아이들의 성적을 가채점하고 있는지도 몰랐다. 고3 담임이면 수능이 끝나고 늘 하던 일이었다. 다만 교장이 나를 부른 것이 심상치 않았다. 혹시 내가 가르친 과목에 무슨 문제가 생긴 것일까.

"도대체 무슨 일이지?"

"송가희가 수능 보고 지금까지 집에 안 들어 온 모양입니다."

가희 담임인 박종훈 선생님이 걱정 가득한 표정으로 말했다. 나머지 고3 담임들이 나를 묘한 시선으로 바라보았다. 뭔가 분위기가 좋지 않은 방향으로 흐르고 있다는 직감이 정수리를 타고 흘렀다. 가희의 담임을 두 해 동안 한 것은 사실이지만 그게 왜? 나는 급하게 교장실로 걸어갔다. 죄 지은 것 없이 다리가 떨려왔다. 교장실 앞에서 잠시 심호흡을 하고 노크를 하자 안에서 들어와, 하는 소리가 들려왔다. 나는 조심스럽게 문을 열고 안으로 들어갔다. 뜻밖에 가희 엄마가 교장과 소파에 앉아 있었다. 거기 앉아. 교장이 명령하듯 말하고 무슨 일기책 비슷한 걸 들여다보았다. 어디서 많이 본 노트였다.

"정 선생이 우리 학교 문학 동아리 지도교사지?"

"그렇습니다만……."

"이게 가희의 일기 겸 창작 노트더군."

교장이 나에게 제법 두꺼운 노트를 내밀었다. 표지에 '가희의 문학 노트' 하고 큼직하게 씌어 있었다. 그러고 보니 문학 동아리 시간 때 자주 보던 노트였다. 그런데 이 노트가 왜 교장에게 가 있는 것일까.

"선생님, 우리 가희가…… 아직까지 집에 안 돌아왔어요. 전화도 받지 않고…… 무슨 일 생긴 걸까요?"

가희 엄마가 옷소매를 눈으로 가져갔다. 딸이 수능을 보고 이 시간까지 집에 오지 않았다면 일단 경찰에 신고하지 왜 여기에 있을까. 거기에다 가희의 고3 담임인 박종훈 선생님은 교무실에 있는데 왜 나를 교장실로 따로 불렀는지도 궁금했다. 뭔가 미궁 속으로 빠져드는 느낌에 나는 허벅지를 안으로 좁혔다. 가희의 창작 노트를 몇 장 넘겼다. 일기 형식으로 매일 글을 써 둔 것이 보였다. 직접 펜으로 쓴 글씨가 노트 가득 적혀 있었는데, 군데 군데 눈물 자국도 보였다.

"그런데 왜 이 노트를 저에게 주시죠?"

"거기에 정 선생이 자주 나와."

"제가요? 어디……?"

나는 노트를 넘기며 내 이름을 찾았다. 하지만 어디에도 정하국이란 이름은 보이지 않았다.

"안 보이는데요?"

"소설 속에 선생님이 바로 정 선생 아냐?"

"소설이요?"

"나중에 자세히 읽어봐. 노트 속에 단편소설 한 편이 들어 있더군. 아주 문학에 소질이 많아 보이는데, 어디 가서 소설 쓰고 있나?"

교장이 시계를 보고 길게 한숨을 내뿜었다. 무슨 일이 생기면 학교 이미지에 치명타를 입힐 터, 교장은 가희의 안위보다 그걸 걱정하고 있는 듯했다. 호시탐탐 재단이사장직을 노리고 있는데 학교에 불미스러운 일이 발생하면 곤란하다는 투였다. 지금은 교장의 형수가 이사장으로 앉아 있지만 실무는 보지 않는 병풍에 해당했다. 실제 모든 일은 교장이 총괄한다. 그러나 교장은 이사장 타이틀이 중요한 모양인지 틈만 나면 자기 형수를 비난했다. 무능의 전형이니, 암탉이 울면 집안이 망한다는 둥 막말을 서슴지 않았다. 설립자인 형은 정계 진출용으로 사학을 만들었을 뿐, 교육엔 아예 손방이었다. 듣기에 다음 총선에 출마를 고려하고 있는 모양이었다. 교장도 정치적 야망이 컸다.

"아침까지 연락 안 오면 경찰에 실종신고 하시죠."

교장이 시간이 늦었다며 자리에서 일어났다. 가희 엄마가 교장에게 뭐라 말하려다 고개를 숙였다. 학교 이미지 때문에 실종신고를 미루게 한 처사가 마음에 들지 않은 모양이었다. 나는 가희 엄마를 모시고 교장실을 나섰다. 우선 노트를 들고 학교로 온 이유가 궁금했다. 무슨 추리소설이라도 읽는 기분이었다. 교장이 나가자 교무실도 곧 불이 꺼졌다.

"가희가 평소에도 선생님 얘기를 많이 했어요."

가희 엄마가 몰고 온 차에 오르려다 말고 나에게 말했다. 두 해 동안 담임을 했고, 문학 동아리 지도교사까지 했으니 가희가 나를 자주 들먹인 것은 어쩌면 당연한 것 아닌가. 하지만 그 내용이 궁금했다. 가희는 도대체 어디로 갔을까.

"그러지 마시고 저하고 지금 경찰서로 가시죠. 휴대폰 가지고 갔죠? 수속을 밟아 위치 추적하면 알 수 있습니다."

"수능 시간에 휴대폰 지참 못하게 되어 있잖아요?"

"감독에게 맡기고 시험 끝나면 찾아요."

"가지고 갔는지 집엔 없었어요. 그리고 교장 선생님 부탁도 있고 하니 아침까지 기다려보죠 뭐."

"제 전화번호 아시죠? 전화 주세요."

나는 가희 엄마에게 인사하고 내 차로 걸어갔다. 그런데 왜 교장은 이 노트를 읽어보라고 했을까. 가희 엄마가 노트를 읽고 뭔가 미심쩍은 구석이 있어 학교로 가져온 모양이었다. 운전석 옆 의자에 놓아둔 노트가 마치 모든 의혹을 풀어줄 마법의 열쇠로 보였다. 가희가 썼다는 단편소설도 궁금했다. 문학 동아리 시간에 합평회를 자주 했지만 단편소설을 제출한 적은 한 번도 없었다.

"언론에 알려지지 않도록 입단속 시켜."

교장이 고3 담임들에게 당부했다. 교장 차가 교문을 빠져나가자 박종훈 선생님을 비롯한 고3 담임들 차가 떠났다. 내가 그 뒤를 이어 운전하고 가희 엄마가 제일 뒤를 따라왔다. 어둠 속에 헤드라이트가 휙휙 지나갔다. 언론에 알려지지 않도록…… 교장의 말이 비수처럼 가슴에 꽂혔다.

집으로 돌아온 나는 아침이 밝아올 때까지 가희의 노트를 읽었다. 일기도 보이고 시도 보이고 중간에 소설도 보였다. 문창과에 진학하기 위해 고1때부터 포트폴리오 형식으로 써 둔 게 분명했다. 가희는 언어영역에 가중치를 많이 주는 대학의 문창과에 가겠다고 했었다. 그 대학에서 실시하는 전국 고교생 백일장에 입선한 바도 있으나, 아쉽게도 대상을 놓쳐 문예 장학생으로는 선발되지 못했다. 몇 장 넘기자 김수영의 시 「폭포」가 보였다. 활자로 된 시만 보다가 가희가 직접 펜으로 적은 시를 보자 감회가 더 새로웠다. 가희는 시 밑에 나름대로의 해설을 적어 두었다. 수업 시간에 내가 강조했던 말들이었다.

"이 시에서 가장 중요한 것은 폭포의 의미야. 이 시에서 폭포는 무엇을 의미할까? 시의 내용으로 보아 시적화자 혹은 시인이겠지? 물론 시에서 시적화자와 시인은 반드시 일치하지는 않아. 하지만 시인 김수영이 내려다본 폭포는 우리 시대 지식인을 의인화한 게 분명해. 시에서 폭포는 절벽을 무서운 기색도 없이 떨어진다, 고 했어. 왜 폭포는 떨어지면서 무서워하지 않았을까?"

내가 묻자 가희가 손을 들었다.

"그 시대 지식인들이 시대의 부조리에 눈 감고 두려워하고 망설였다는 전제가 깔려 있는 아닐까요?"

"좋은 지적이다. 다음 연을 보자."

나는 2연과 3연을 읽었다. '규정할 수 없는 물결이/ 무엇을 향하여 떨어진다는 의미도 없이// 계절과 주야를 가리지 않고/ 고고한 정신처럼 쉴 사이 없이 떨어진다.'

"여기서 규정할 수 없는 물결이란 무엇이며, 왜 폭포는 떨어진다는 의미도 없이 떨어질까?"

"쉽게 말하면, 앞뒤 재지 않은 거죠."

가희가 웃으며 말했다. 나는 가희의 해석에 긍정했다. 겨우 고1이 그 시대 지식인들에게 직격탄을 날리고 있었다. 이것을 달리 표현하면 '진정한 지식인은 불의 앞에서 유불리를 계산하지 않는다.' 정도 될 것이다. 그 시대, 얼마나 많은 지식인들이 곡학아세를 했는가. 사정이야 지금이라고 달리진 게 없었다. 대통령 선거 캠프에 가장 뻔질나게 드나드는 사람들이 바로 대학 교수들이었다. 우리 시대 지식인의 표상이기도 한 교수들이 이 캠프 저 캠프 기웃거리는 꼴이라니. 하지만 그들 중 저 오월과 유월에 거리로 나선 사람이 몇이나 될까. 그런 의미에서 가희의 해석은 촌철살인에 가까웠다. 열일곱, 그 푸른 나이에 가희는 세상에 냉소적이었으며 때론 저주에 가까운 말을 하기도 했다. 하지만 나는 그게 두려웠다. 나는 문학을 통해 선동하는 교사는 되기 싫었다. 시란 어차피 '백만 개의 창'이 아닌가. 가희는 아직 세상에 냉소할 나이가 아니었다.

그 다음 연을 읽었다. '곧은 소리는 소리이다./ 곧은 소리는 곧은/ 소리를 부른다.' 이게 무슨 뜻일까? 내가 묻자 이번에는 반장인 정혜가 대답했다. '말이라고 다 말이 아니라, 정의로운 말과 행동만이 민중들의 연대를 불러온다, 란 뜻 같습니다.' 역시 전교학생회장을 노리는 정혜다운 해석이었다. 아이들은 시인 김수영이 정교하게 깔아놓은 비유와 상징을 제법 정확하게 알고 있었다.

"선생님, 대학 다니실 때, 데모 많이 하셨어요?"

내가 수업을 끝내자 지혜가 마뜩찮은 표정을 짓고 다가왔다. 내 해석이 너무 과격했나? 내가 머쓱하게 웃자 지혜가 흥, 하고 저쪽으로 걸어갔다. 지혜는 아마 집으로 가면 부장 검사인 아빠께 우리 학교에 사상이 불온한 선생님이 있다고 말할지도 모른다.

서재 창에 새벽이 희끄무레 밝아왔다. 뭘 그렇게 봐요? 아내가 주방으로 가다말고 고개를 삐쭉 내밀었다. 명수는 일찌감치 일어났는지 욕실에서 샤워 소리가 들려왔다.

"내가 담임을 맡은 아이가 수능을 보고 지금까지 집에 들어오지 않은 모양이야. 당신도 알지? 송가희라고……."

"송가희? 간혹 글 써서 우리 집으로 가지고 온 여학생?"

"맞아. 미래의 시인이지."

나는 가희의 노트를 덮고 잠시 기지개를 켰다. 도로에 차 지나가는 소리가 시끄럽게 들려왔다. 밤새 서재 주변을 어슬렁거리던 도둑고양이들은 다 어디로 갔을까. 서서히 아침이 밝아왔지만 가희가 집으로 들어왔다는 소식은 없었다. 수능도 끝났고 마침 금요일엔 수업이 없어 나는 차를 몰고 밖으로 나갔다. 우선 가희 엄마를 불러 경찰서에 실종신고 먼저 해야 했다. 교장도 더 이상 학교 이미지 운운하지 못할 것이다. 오히려 실종신고를 미루었다고 여론의 질타를 맞을지도 몰랐다. 정계 진출을 노리는 자기 형에게도 치명타를 입힐지 누가 아는가.

"어느 부서에 가시죠?"

차를 거리에 세워두고 경찰서 안으로 들어가자 전경이 신분증을 요구했다. 내가 교사 신분증을 보이자 나이 어려 보이는 전경이 "충성!"하고 받들어총 자세를 취했다. 나는 그 소리가 나라에 충성하겠다는 뜻이지 나에게 충성하겠다는 것인지 헛갈렸다. 유년 시절, 초등학교 건물 중앙 벽에 '나라에 충성, 부모에게 효도'란 검정 페인트 글씨가 대문짝만하게 씌어 있었다. 지극히 좋은 말이긴 하지만 충성이나 효도가 구호처럼 외친다고 이루어질까. 대통령 선거가 다가오자 거리마다 '습관성 구호'가 넘쳤다. 공약을 모두 실현하면 아마 우리나라는 천국이 될 것이다.

"오셨어요?"

내가 경찰서 안으로 들어가자 가희 엄마가 미리 와 기다리고 있었다. 밤새 잠을 못 잤는지 얼굴이 까칠해 보였다. 하긴 하나 있는 딸이 열두 시간째 행방이 묘연하니 잠이 올 리 만무했을 것이다.

"왜 이제 오셨어요?"

"수능 끝나고 어디서 놀고 있는 줄 알았죠."

당직 형사가 묻자 가희 엄마가 안절부절못했다. 대답이 궁색하다고 여겼는지 형사가 고개를 갸웃했다.

"일단 실종신고 접수했으니까, 집에 가셔서 기다리시죠."

형사가 실종신고 서류를 동료 형사에게 건성으로 넘기며 자리에서 일어났다. 밤새 당직을 섰는데 아침부터 웬 실종신고야, 하고 귀찮아하는 눈치가 역력했다. 하긴 한두 건도 아니고 밤새 취객들과 시달렸을 테니 그 심정은 이해가 갔다. 하지만 작금의 상황은 연일 벌어지는 취객과 경찰 사이의 실랑이 정도가 아니었다. 수능을 본 고3 여학생이 열두 시간째 소식을 알 수 없는, 경우에 따라서는 이 도시가 발칵 뒤집어질 수도 있는 사안이었다. 어디서 방황하다가 돌아오면 다행이지만 이미 비극이 발생했다면 잠시 보인 '귀찮아니즘'이 얼마나 큰 죄인지 알게 될 것이다. 무엇이든 당사자가 아니면 절실하지 않은 법, 설령 가희가 어디서 자살했다고 해도 그것은 한 가정의 불행일 뿐 모든 시민에게 슬픔을 주는 것은 아니었다. 불이 난 호텔에서 알몸으로 뛰어내리는 불륜 커플을 보고 웃어대는 구경꾼도 있지 않은가. 인간의 DNA 속에는 타인의 불행이 자기 행복을 배가시켜 줄 거라는 '이기적 유전자'가 존재한다고 어느 심리학자가 말한 바 있다. 겉으론 슬퍼하는 척하면서 속으론 은근히 상황을 즐기는 사람들이 얼마나 많은가. 솔직히 고백하자면 나도 그런 적이 있다.

"혹시 가희 공부방에 좀 가볼 수 있을까요?"

경찰서에서 나와 내가 묻자 가희 엄마가 잠시 망설이더니 좋다고 했다. 가희 엄마가 길에 세워둔 차에 탔다. 중고 자동차 시장에 가면 기십만 원 주고 살 수 있는 작고 낡은 차였다. 저런 차가 신호가 바뀌었는데도 가지 않으면 뒤에서 삼 초도 안 되어 경적을 울렸다. 하지만 상대 차가 '에쿠스'일 경우는 달랐다. 약 이십 초 동안 누구도 경적을 울리지 않았다. 오히려 에쿠스를 돌아 우회했다. 언젠가 TV에서 본 내용이었다. 만약 부장 검사 딸 지혜가 실종되었다면 어떻게 되었을까. 경찰은 물론 지청 검사들까지 모조리 동원되었을 것이다. 사람은 죽어서도 차별을 받는 동물이다. 누구는 이름 없는 언덕에서 쓸쓸히 썩어가고 누구는 죽어서도 아방궁 같은 곳에서 산다. 몸은 죽었으나 부와 명예는 후손들에게 전해져 천년을 간다. 그러니 누구 말마따나 억울하면 출세할 일이다.

"이 방입니다."

가희 집에 도착한 나는 가희 엄마의 안내를 받아 작고 허름한 방으로 들어갔다. 문학 동아리 멤버답게 책장에 시집이며 소설

책, 그리고 인문학 서적 등이 제법 많았다. 참고서라곤 EBS 교재 몇 권뿐이었다. 책상 앞에 김수영의 시 「폭포」가 붙어 있었다. 글씨체로 보아 가희가 직접 쓴 게 분명했다.

"대접할 게 이것밖에 없어서……."

가희 엄마가 종이컵에 커피를 타왔다. 보통 선생님이 집에 오면 고급 찻잔에 몸에 좋은 녹차나 인삼차를 대접하는데 커피, 그것도 전에 다방에서 자주 마시던 양촌리 커피라니! 나는 기쁜 마음에 커피를 한 모금 마셨다. 입안에 야릇한 추억이 피어올랐다. 그 시절, 데모를 하다가 다방으로 도망가 마담에게 커피를 얻어 먹었던 기억이 떠올랐다. 기억하건데 1987년 6월 어느 오후였다. 25년이 지났으니 그때 같이 거리를 헤매던 친구들도 이제 지천명이 가까워졌을 것이다. 그들도 간혹 그 거리를 걸으며 커피를 떠올릴까. 선거 때가 되면 각종 인터넷 사이트에 그 시절 추억이 어린 글들이 많이 올라왔다. 이상과 현실 사이에서 누굴 찍을지 고민하는, 이제는 주름이 깊어진 아버지들…… 가희의 책상에 깔린 유리 속에 사진 한 장이 보였다. 선한 눈매가 가희를 닮았다. 내가 이 분이 누구냐고 묻자 가희 엄마가 남편, 그러니까 가희 아빠라고 했다. 그런데 인상이 어디서 본 듯했다. 하지만 가정실태조사에 아빠가 이미 죽은 걸로 나와 있어 나는 침묵했다.

"노트는 다 읽어 보셨어요?"

"대충 읽었습니다. 그런데 왜 이 노트를 학교로 가져가셨죠?"

"아무래도 가희가 아빠를 생각하는 것 같아서……. 학교에선 아빠에 대해서 말하지 않던가요?"

내가 말없이 커피를 마시며 사진을 들여다보고 있을 때, 가희 엄마가 조심스럽게 물었다. 노트 속의 문학이 혹시 현실과 관련이 있다고 믿는 것일까. 기억컨대 가희는 한 번도 아빠에 대해 언급한 적이 없었다. 그럼 가희의 실종은 그 아빠와 관련이 있을까. 가희 엄마는 그렇게 믿고 있는 듯했다. 나는 노트를 다시 펼쳐 천천히 읽었다. 무심코 읽었던 시 한 편이 눈에 들어 왔다. 「해바라기의 변명」이란 시였다. 나는 마치 시낭송에 초대받은 원로 시인처럼 그 시를 읽었다.

해를 좇아 피는 꽃이라 해바라기
그래 사람들은 권력의 양지만 찾아 떠난 사람들을
해바라기라고 부른다
이 아름다운 꽃에 누가 그런 비유를 했는지
너에게서 이용악의 '오랑캐 꽃'을 보는구나
오랑캐와 아무런 관련이 없는데
권력의 양지와는 거리가 먼데
그저 추워서 햇볕 나는 곳으로
살짝 얼굴 돌렸을 뿐인데……
세상의 꽃 중 햇볕 받지 않고
살 수 있는 꽃이 있을까
자세히 보면
너는 해를 따라 도는 게 아니라
네 안에 태양을 안고 있다
그리움이 탄 태양의 흑점 주위로

노란 햇볕이 타지 않니

네가 태양인데

누가 태양을 좇는다 하는가

네가 우주인데

누가 이 꽃의 이름을 더럽혔나

당당하게 고개 들어

태양을 마시는 너

빈센트 반 고흐를 닮은 너

하늘에선 해가 타고

地上에선 노란 희망이 타오른다.

　내가 시 낭송을 마치자 가희 엄마가 세차게 어깨를 떨었다. 그해, 아빠가 자살한 후 쓴 시예요. 나는 방금 가희 엄마가 한 말을 의심했다. 자살……? 가슴 속으로 둔중한 것이 툭 떨어졌다. 물결에 이는 파문 같은 것이 동심원을 이루며 가슴을 파고들었다. 나는 계속 노트를 넘기다 눈에 익은 시 한 편에 시선을 두었다. 「우리 아빠」란 제목을 단 시였다.

사내는 흙을 다져

작은 成을 만든다

장작더미에 어린

하오의 햇살이 어질다

한 생애가 뜨겁게 타오르는

장작불처럼 타다 진다

사내는 잘 빚어진 항아리를
하나하나 살핀다
쩡쩡쩡 깨지는
저 미완성의 成
깨진 도자기에서는 한 고집불통 사내의
망치 소리가 퍼렇게 스며 있다.

　내가 시를 낭송하자 가희 엄마가 말했다. 그해 그분이 그렇게 가자 가희 아빠는 가희 할아버지의 유업을 물려받아 고향으로 가 도자기를 구웠지요. 가희 엄마가 묻지도 않은 말을 계속했다. 어쩌면 그 속에 가희가 실종된 이유가 숨어 있을지도 몰랐다. 그런데 '그해 그분'이란 또 뭘까. 언뜻 머리에 스치는 이름이 있었으나 설마 하고 묻지 않았다. 다음 장을 펼쳤다. 가희가 쓴 단편 소설이 보였다. 자신이 교사가 되어 제자들과 문학 토론을 하는 내용이었다. 거기에도 정 선생이 나왔다. 아마도 교장은 소설 속의 정 선생이 나라고 믿은 모양이었다. 마지막 장에 이런 시가 보였다. 「상처」란 제목을 단 매우 짧은 시였다.

철갑선이 지나가자
파도가 부서지면서
바다에 길게 상처가 난다
검푸른 치마 속에 난
물보라 같은 추억들이 으깨지면서
하얗게 뻗은 기억의 고속도로

제 몸을 오므려

아픈 시간들을 지우는 바다는

상처를 오래 기억하지 않는다.

가희 엄마가 이 시에 대해서 설명했다. 아빠가 자살하고 남해안에 여행 갔을 때 쓴 시라고 했다. 가슴에 난 상처를 스스로 치유해 보려고 애쓴 흔적이 보였다. 시는 그렇게 썼지만 가희는 아빠의 억울한 죽음을 잊지 못했을 것이다. 그런데 가희 아빠는 어쩌다 자살했을까. 나는 더 이상 인내할 수 없었다.

"가희 아빠는 어떤 분이셨죠?"

내가 묻자 가희 엄마가 잠시 천장에 시선을 두었다. 아실지 모르지만 가희 아빠 그분 운전사였어요. 그해, 그분이 그렇게 가시자 가슴을 치며 술만 마시더니 결국 고향에 있는 폭포로 가서 투신했지요. 주변에서 가희 아빠를 욕하는 사람들이 많았어요. 마치 부정축재자처럼. 하지만 우리 집은 여전히 가난하기만 한데…… 사람들은 거리에서 고양이만 봐도 도둑고양이라고, 도둑고양이는 무섭고 음흉하며 남의 제사 음식까지 훔쳐 먹는다고 쫓아내려 하지요. 단지 배가 고파 거리에 쌓인 쓰레기 봉지를 뒤적였을 뿐인데 말이죠. 그분 운전을 해준 게 죄인가요? 가희 엄마가 주먹으로 가슴을 쳤다. 인간의 가슴에서 북소리가 난다는 것을 나는 처음 알았다. 텅텅텅, 그 소리는 분명 북소리가 분명했다. 오래전 억울한 백성들이 쳤다는 신문고였는지도 몰랐다. 그분이 누구인지 구체적으로 말해주지 않았지만 나는 짐작하고도 남았다.

“그 폭포, 어디에 있죠?”

내가 다급하게 물었다. 가희 아빠 고향 뒷산에 폭포가 하나 있어요. 매우 높죠. 그럼……? 그때서야 가희 엄마가 내 질문의 의도를 파악했는지 자리에서 벌떡 일어났다. 나와 가희 엄마는 누가 먼저랄 것도 없이 집을 나와 차에 올라탔다. 내가 운전을 했다. 운전석 옆자리에 앉은 가희 엄마가 손가락을 연신 꼼지락거렸다. 과연 그 폭포에 가희는 있을까. 있을 것이다. 수능에 김수영의 시 「폭포」를 보고 문득 아빠가 떠올랐는지도 몰랐다. 평소엔 잊고 있다가 어떤 소리나 색깔, 냄새에 의해 과거가 되살아나는 것을 정동성 콤플렉스라고 하지요. 가희는 아마 시험에 ‘폭포’가 보이자 아빠가 생각났을 거예요. 내가 설명했지만 가희 엄마는 그 ‘슬픈 인연’을 믿지 않았다. 중요한 것은 가희가 어디에 있든 살아 있느냐 죽었느냐, 하는 것이었다. 만약 가희가 그 폭포에 가 있다면 걱정하고 있을 엄마에게 전화 한 통 해주지 않을 수 있을까. 나는 서서히 불길한 예감에 사로잡혔다.

“저희 집 주변에도 고양이가 많아요.”

“네? 그게 무슨……?”

내가 잠시 속도를 줄이며 말하자 가희 엄마가 한참 후 의미를 깨우쳤는지 슬며시 웃었다. 사람들은 밖으로 나도는 고양이는 무조건 도둑고양이라고 욕하지요. 꼬리만 보고 말이죠. 사실은 배가 고파 쓰레기를 뒤지고 있는데…… 마치 자기 제사상 음식이라도 물고 간다는 듯 의심하지요. 고양이 앞에 ‘도둑’이란 말을 붙여 일방적으로 매도해 버리지요. 인간 세상이라고 얼마나 다르겠습니까. 내가 다시 속도를 높이자 가희 엄마가 손수건을 꺼내 눈으로 가져갔다. 그분을 모시며 이웃에게 선물 하나 받은 게 그렇게 큰 죄인가요? 진짜 도둑고양이들은 따로 있는데……. 가희 엄마가 소리 내어 울기 시작했다. 그랬구나……. 나는 다시 차 속도를 줄였다. 저만큼 폭포가 있다는 산이 보였다. 첫눈이라도 내리려는지 하늘에서 진눈깨비가 흩날렸다. 차를 산 아래 세워두고 한 시간 남짓 걸어 산을 올라가자 저만큼 폭포가 보였다. 초겨울인데도 폭포 물줄기가 은빛 비단을 펼치며 장하게 쏟아지고 있었다. 한 치의 망설임도 없이, 상처 받은 영혼을 저 천길 아래로 내던지고 있었다. '무엇을 향하여 떨어진다는 의미도 없이, 계절과 주야를 가리지 않고, 고고한 정신처럼 쉴 사이 없이…….' 폭포 아래 바위가 푹 꺼져 있었다. 세찬 물줄기를 온몸으로 받으며 견디고 있는 거기, 한 여학생이 잠자듯, 마치 아빠 곁에서 재롱을 피우는 소녀처럼, 허리를 새우처럼 굽히고 누워 있었다. 어디선가 새 소리가 들려왔다. 목에 피가 나도록 운다는 저 새, 귀촉도일 것이다. 아니, 산으로 추방된 어느 도둑고양이 인지도 몰랐다. 초겨울의 햇살이 폭포 주변에 무성한 솔잎 사이로 헤살을 부리며 쏟아졌다.

청산도 가는 길

파도는 수만 년 자맥질을 계속했지만
용머리바위는 사라지지 않았다.
어쩌면 그게 용머리바위를 향한 파도의 사랑이 아니었을까.

절망의 끝에 서 있을 때 저만큼 신기루처럼 떠오른 것은 언제나 고향 바다에 있는 용머리바위였다. 그 바위로 올라가 밑을 내려다보면 저 아래 검푸른 파도가 아가리를 벌리고 꿈틀거렸다. 용머리바위 밑을 때리는 파도는 광폭하기 그지없었다. 산줄기 같은 파도가 밀려와 바위에 부딪치면 허공으로 치솟은 하얀 물보라가 우박처럼 내렸다. 파도는 수만 년 자맥질을 계속했지만 용머리바위는 사라지지 않았다. 어쩌면 그게 용머리바위를 향한 파도의 사랑이 아니었을까.

생존의 법칙

황보는 집을 나와 사거리 모퉁이에 있는 가게를 바라보다 걸음을 멈춘다. 빙판이 된 도로에 자동차 바퀴가 지나간 자국들이 어지럽게 나 있다. 밤새 쌓였던 눈들이 지상의 먼지와 섞여 녹다가 그대로 얼어붙고, 그 위를 트럭이 지나 갔는지 밭이랑 같은 흙더미가 굽이쳐 있다. 황보는 얼어붙은 트럭 자국을 발끝으로 툭툭 차 본다. 먼지와 섞여 얼어붙은 눈덩어리가 깨지지 않고 텅텅 튄다. 황보는 구두 굽으로 트럭 바퀴 자국을 세차게 서너 번 더 찬다. 얼어붙은 눈 알갱이들이 깨지면서 사방으로 튀자 이윽고 황보가 씩 웃는다. 저만큼에서 가게 주인 송 씨가 그 모습을 고개를 갸웃하며 바라보고 있다.

황보는 집으로 돌아가려다 말고 휙 돌아서서 가게로 걸어간다. 서산마루에 걸려 있는 해가 지자 거리가 금세 어두워진다. 가게 주인 송 씨가 전깃불을 켠다. 네 평 남짓한 가게가 환해진다. 황보가 가게로 들어가 라면 두 봉지하고 소주 한 병만 주라고 하자 송 씨가 그래도 양심은 있나보네? 하고 웃는다. 황보도 지은 죄가 있어 따라서 웃는다. 송 씨가 말한 양심이란, 면목이 없을 때 오히려 감정적으로 되살아나는 용기 혹은 오기란 것을 황보는 알고 있다. 황보는 석 달째 외상값을 갚지 못했지만 송 씨 앞에서 애면글면 비굴하고 싶지 않다. 지난 십 년 동안 올려 준 매상이 얼마인데, 하는 생각이 갈마든 탓이다. 송 씨도 아마 그 생각을 하고 웃었을 것이다. 올해 회갑인 송 씨는 무슨 일인 지 혼자 산다.

"고향이 섬이라며? 이제 고향으로 가지. 도시는……."

송 씨가 한참 지청구를 늘어놓더니 마지못해 라면 두 봉지와 소주 한 병을 검은 비닐에 넣어 준다. 가긴 가야겠는데…. 황보 는 비닐봉지를 들고 골목을 돌아 이층 슬라브 건물로 걸어간다. 집주인 부부가 마당에서 김장독을 옮기다 말고 황보를 흘깃 바라본다. 황보는 주인에게 슬쩍 목례를 하고 계단을 오른다. 어제 내린 눈이 얼어 계단이 제법 미끄럽다. 황보는 계단 난간을 한 손으로 잡고 옥상으로 이어진 계단을 천천히 오른다. 저만큼 옥상 끝에 황보가 거주하고 있는 세 평 남짓한 방이 납작 엎드려 있다. 남쪽으로 난 책받침만한 유리창이 하얗게 눈을 뜨고 있을 뿐, 옥상은 쥐새끼 한 마리 얼씬거리지 않는다. 하긴 쥐도 뭐 먹을 게 있어야 나타나지……. 황보는 흐흐흐 웃으며 잠시 달빛에 젖은 도시를 바라본다. 하늘에 보름달이 휘영청 떠 있지만 그 아래 짙게 깔려 있는 스모그 탓인지 도시는 온통 잿빛이다.

황보는 방으로 들어가 냄비를 씻어 물을 두 컵 남짓 담은 다음 가스레인지에 올려놓고 버튼을 돌린다. 팍, 소리와 함께 퍼런 불꽃이 빙글 돌며 솟아올라 냄비 밑바닥을 달구기 시작한다. 라면 봉지를 이로 물어뜯어 개봉하고 스프를 따로 내놓은 후 라면을 두 개로 쪼갠다. 오 분 정도 지나자 냄비 뚜껑이 달그락거리며 삑삑 김을 뿜어내자 황보는 냄비뚜껑을 열고 라면을 집어넣는다. 펄펄 끓던 물이 라면이 들어가자 조금 잦아들다가 다시 물방울을 일으키며 뒤끓는다. 황보는 스프를 이로 물어뜯어 넣은 후 냄비뚜껑을 닫는다. 삼 분 정도 더 끓여야 면이 쫄깃쫄깃해 맛이 좋다. 황보가 세상에서 가장 잘 할 수 있는 것은 라면 끓이기였다. 하지만 황보는 반찬 만들기에는 아주 손방이었다.

라면이 끓자 황보는 행주로 냄비 양 귀퉁이를 잡고 냄비를 소반에 내려놓는다. 소반엔 냄비 자국이 둥그렇게 나 하얗게 변색되어 있다. 처음엔 접시를 놓고 냄비를 올려놓았으나 얼마 전에 접시가 깨졌다. 사기접시도 열을 자주 받으니 깨진다는 사실을 황보는 처음 알았다. 접시가 깨진 후 황보는 냄비를 소반에 그냥 내려놓았다. 그 바람에 소반 가운데에 냄비 밑바닥 자국이 상처처럼 났다. 밥 한 그릇, 국 한 그릇 그리고 반찬 몇 가지 올려놓으면 꽉 차는 매우 작고 귀여운 소반인데, 황보는 그마저 채우지 못했다. 오늘같이 라면을 먹을 땐 김치 하나면 충분하다. 황보는 냉장고 문을 열어 김치통을 통째로 꺼낸다. 김치 담을 그릇도 따로 없고 또 있다 해도 설거지하기가 번거로웠다. 김치통 뚜껑을 열어 가위로 김치를 자른 후 황보는 젓가락을 든다. 황보는 라면을 젓가락에 돌돌 말아 한 입 먹어본다.

"역시 난 라면 끓이기 천재야. 그렇지?"

황보가 벽에 걸려 있는 사진 속의 아내에게 묻는다. 사진 속의 아내는 대답 없이 그저 환하게 웃고 있다. 황보는 냄비를 들어 라면 국물을 한 방울도 남기지 않고 모두 마시고 애써 크윽, 트림을 한다. 거기에다 소주 몇 잔을 반주로 마시자 세상이 다 내 것 같다. 창가에 달빛이 쓱 사라지고 눈발이 흩날린다. 황보는 전기장판의 온도를 조금 높이고 드러눕는다. 휘잉― 밖에서 바람소리가 감때사납게 들려온다.

"당신도 잘 자."

황보는 사진 속의 아내에게 말하고 반닫이 위에서 이불을 내려 덮는다. 이불에서 누리치근한 냄새가 풍겨온다. 일층에 가서 세탁기를 사용하고 싶지만 인색하기가 소금에 가까운 주인 내외가 허락할 리 없다. 더구나 월세까지 밀려 언제 쫓겨날지 알 수 없다. 남쪽으로 난 유리창이 바람에 덜컹거리며 심사를 돋운다. 전기장판도 고장이 났는지 온도를 높였지만 별반 달라진 게 없다. 황보는 일어나 전기를 끄고 이불을 겹으로 덮은 채 잠을 청한다. 이불의 감촉과 황보의 체온이 더해 제법 따스한 기운이 감돈다. 어둠 속에 고향 바다가 검푸르게 출렁거린다. 가자니 숭산이요, 안 가자니 태산이다. 황보는 휴– 한숨을 내뿜다 스르르 잠이 든다.

"황보 있는가?"

얼마나 잤을까. 누가 부른 소리에 황보는 눈을 뜬다. 그 사이 유리창이 희부윰 밝아 있다. 황보는 기지개를 켜고 일어나 밖으로 나간다. 눈이 내리고 있다. 집주인이 눈을 맞으며 뜨악한 눈초리를 하고 서 있다. 보나 마나 밀린 방세 내놓으라고 으름장을 놓을 것이다. 황보는 뒤통수를 긁으며 계면쩍게 웃는다. 갑자기 일어나서인지 현기증이 밀려온다. 최근 들어 자주 있는 증세다.

"이달 말까지 방세, 전기세, 수도세 해결하게. 안 그러면 방 내놓겠네."

"노력해 보겠습니다."

"노력만 가지고 되나? 고향에 부모형제도 없어?"

"부모님도 다 돌아가시고 섬이라 딱히……."

"에휴, 참 나……. 언제까지 이럴 거야? 고향 가서 차라리 고깃배라도 타지, 왜 이렇게 사느냐고? 나이도 젊은 사람이……."

집주인이 되숭대숭 지껄이다 일층으로 내려간다. 눈이 계속 거세게 퍼부어진다. 옥상을 가로 질러 쳐진 빨랫줄에 눈송이가 엉켜 밑으로 툭툭 떨어진다. 옥상 바닥이 까맣게 변하면서 물기가 옆으로 번진다. 갑자기 앞이 안 보이면서 현기증이 밀려온다. 황보는 방으로 가려다 옥상에 힘없이 쓰러진다. 교회에서 기도 하는 소리가 들려오다 끊긴다.

절망 혹은 희망

눈을 떠 보니 병원이다. 황보는 팔에 꽂혀 있는 링거 주사 바늘을 내려다보면서 다시 절벽에 놓아둔 구두를 떠올린다. 왜 죽지 못했을까. 죽음보다 못한 삶이 있다는 걸 알았는데, 왜 죽지 못하고 병원에 누워 있는 것일까. 옥상에서 현기증이 나 휘청거렸던 기억이 떠오른다. 그때 픽 쓰러지자 누군가 병원으로 데려온 모양이다. 차라리 죽게 놔두지……. 황보는 깨끗한 입원실이 낯설어 어느 무인도에 와 있는 기분이 든다. 삼인용 병실인데 옆자리에는 환자가 보이지 않는다.

"정신이 조금 드십니까?"

그때 의사가 중환자실로 들어와 묻는다. 이마가 유난히 하얗고 미소가 안정감을 주는 의사다. 흰 가운에 매달린 명찰에 '내과과장 장성훈' 하고 박혀 있다. 그 옆에 허리가 잘록한 간호사가 단정하게 서 있다.

"제가 왜 여기에 있죠?"

"기억 안 나요? 개처럼 짖다가 쓰러져 병원으로 실려 왔습니다. 집주인이 신고했다고 하더군요."

"제가 개처럼 짖었다구요?"

"저도 들어서 알고 있습니다. 왜 그러셨죠?"

"하긴 내가 개란 생각은 자주 했습니다."

60

“언제부터 그런 생각을 했지요?”

“강아지 때부터요.”

황보가 대답하자 의사가 킥 웃다 말고 다시 심각한 표정으로 황보를 바라보다 밖으로 나간다. 뭐 잘못 됐나? 황보는 다시 침대에 드러눕고 심호흡을 한다. 다시 묻지만 왜 죽지 못했을까. 지난 시간들이 낡은 필름처럼 스쳐간다. 퇴직금도 타지 못한 채 직장에서 나오고 공사장을 전전했지만 일자리도 얻지 못했다. 식당에 나간 아내가 어느 날 갑자기 가슴을 움켜쥐고 쓰러졌다. 폐암. 그리고 두 번의 수술과 죽음. 모든 게 사라졌다. 아내도 돈도 희망도. 그리고 겨울잠 자는 곰처럼 방에 틀어박혀 지냈지.

“소식을 듣고 교회에서 왔습니다.”

잠시 후, 교회 목사와 신도들이 찾아와 밑도 끝도 없이 기도를 하자 황보는 어리벙벙해진다.

“이건 저희들이 모은 겁니다. 재기하는 데 도움이 되기를 바랍니다.”

오십 대의 목사가 황보에게 봉투 한 장을 주며 환하게 웃는다.

“생면부지인 저에게 왜……?”

“저희들은 하나님의 말씀을 실천하고 있을 뿐입니다.”

목사와 신도들이 뭐라 기도하고 나간다. 황보는 봉투 안에 든 돈을 세보고 깜짝 놀란다. 무려 백만 원이다. 교회가 상당히 부자인 모양이다. 아니지, 교회에서 딱한 소식을 듣고 수많은 신도들이 십시일반 모은 돈일 거야. 구깃구깃 구겨진 만 원짜리 지폐가 그걸 증명했다. 어쨌거나 거금을 보자 황보는 힘이 생긴다. 황보는 돈을 침대 시트 밑에 숨겨 두고 이 돈으로 뭘 할까 생각해 본다. 가게 주인 송 씨 말처럼 고향으로 내려갈까. 아니야. 잘 살아 보겠다고 고향 뜬 지 스무 해, 패잔병처럼 하고 고향으로 내려갈 수는 없어. 그럼 뭘 하지? 앞이 보이지 않는다. 옥탑방도 이제 비워주어야 한다.

"내일 퇴원하셔도 됩니다."

황보가 생각에 잠겨 있을 때, 의사가 다시 들어와 건강 잘 챙기라며 당부하고 황보의 등을 톡톡 다독여 준다. 단순한 영양실조란다. 하지만 황보는 그게 하나도 기쁘지 않다. 차라리 불치병에 걸려 죽는 게 나을 것 같았다. 직접 겪어보니 사람들이 왜 자살하는지 알 것 같았다. 아무리 둘러봐도 도와줄 사람 하나 없는 절망의 나락에서 가장 편한 것은 스스로 죽는 것이었다. 하지만 그것도 용기가 필요하다는 것을 황보는 나중에 알았다. 아니, 의식 어딘가에 죽지 말라고 손짓하는 뭔가가 있었다. 아내인 것 같기도 하고 고향 용머리바위인 것 같기도 했다. 고향 친구 상복이 자주 꿈에 나타나고, 어느 때는 어렸을 때 대장 노릇을 했던 성종이 허공에 나타나기도 했다.

"그럼 병원비는……?"

"교회에서 다 냈습니다."

"그런 교회도 있네요……."

"저도 그 교회에 나갑니다. 교회에서 살 곳도 장만해 둔 모양입니다. 그 교회 목사님이 봉사를 많이 하신 분이거든요."

"그런데 왜 기쁘지 않죠?"

"이제 희망이 생겼잖아요?"

의사가 엄지를 세워 파이팅! 하고 밖으로 나간다. 황보는 절벽 위에 놓아둔 구두를 슬그머니 거둔다. 이게 꿈인가, 생시인가? 황보는 팔을 꼬집어본다. 도시에서 살면서 이런 인정을 받아보기는 처음이다. 부러 공장을 부도내고 중국으로 도망 간 사장, 월세를 내놓지 않는다고 으름장을 놓던 집주인만 떠올랐는데, 갑자기 천사라도 만난 기분이다.

"여깁니다."

다음 날, 황보가 퇴원하자 목사가 허름한 한옥으로 황보를 데리고 간다. 변두리에 위치한 집이지만 혼자 지내기에는 충분하다.

"돌아가신 신도가 죽기 전에 교회에 기증한 집입니다. 재기할 때까지 여기서 사시죠."

목사가 성경을 펴고 기도를 한 다음 집을 나간다. 황보는 목사에게 인사를 하고 집으로 들어간다. 옥탑방에 있던 물건들이 옮겨져 깨끗하게 정리되어 있다. 요금을 장기 연체하자 끊어졌던 휴대폰도 살아 있다. 황보는 가장 먼저 고향 친구 상복에게 문자를 보낸다. '상복아, 나 이사했어. 서울시 관악구 봉천동 1343…' 황보는 문자를 보낸 후 집을 둘러본다. 도시가스도 들어오고 전기도 들어오고 욕실에서 따뜻한 물도 잘 나온다. 당연히 있어야 할 그것들이 왜 이렇게 새롭고 신기한지 모르겠다.

고향에서 온 택배

이곳으로 이사 온 지 며칠이 지났다. 종일 눈이 내려 세상이 온통 하얀데, 갑자기 누군가 벨 누르는 소리가 들려온다. 황보는 졸고 있다가 벨소리에 놀라 눈을 뜬다. 누구지? 황보가 늘어지게 기지개를 켜고 밖으로 나간다. 대문까지 가려면 마당을 지나야 한다. 열 평 남짓한 마당에 눈이 쌓여 발이 푹푹 빠진다. 푸진 것하나 없는 도시에서 눈 하나 만큼은 오달지게 내린다. 내의차림이라 온몸이 오싹하게 춥다. 발목에 눈이 스며들자 찬 기운이 등골을 타고 정수리까지 기어오른다. 뇌혈관이 좁아진 듯 현기증이 밀려온다.

“거기 누구시오?”

“택뱁니다.”

대문 밖에서 굵직한 사내 목소리가 들려온다. 택배? 그런 소식도 없었고, 또 특별하게 누가 자기에게 물건을 보내줄 사람도 없어 황보는 고개를 갸웃한다. 혹시 상복이가……? 아마 그럴 것이다.

“뭔 택배요?”

“아, 얼른 문이나 열어줘요. 무거워 죽겠구만.”

혹시 강도일지 몰라 황보가 재우치며 묻자 사내가 퉁명스러운 목소리로 외친다. 무겁다? 택배 직원이 무거울 정도로 누가 물건을 보냈단 말인가. 도대체 누가? 아무래도 수상해. 요즘 뉴스 보니까 이상한 놈들이 다 있더라구. 전월세 광고를 내놓고 찾아오는 아가씨를 성폭행한 놈들도 있었다.

“택배 온다는 전화도 안 왔는데, 혹시 누가 보낸 거요?”

“청산도에서 김상복이라는 사람이 보냈습니다.”

청산도 김상복……? 고향에 있는 친구다. 그때서야 황보는

대문을 열어주고 멋쩍게 웃는다. 어깨에 박스를 메고 있던 사내
가 뜨악한 눈으로 황보를 쳐다본다. 경우에 따라서는 한 대 칠
것 같다. 그도 그럴 것이 사내가 어깨에 메고 있는 박스 크기가
엄청나게 크다. 저 무거운 박스를 어깨에 메고 일 분 남짓 서 있
었으니 부아가 솟을 만하다.

"세상이 하도 그래서……"

"여기에다 서명하세요."

황보가 배시시 웃으며 뒤통수를 긁어대자 사내가 작은 단말
기를 내민다. 황보는 거기에 '황보' 하고 쓴다.

"집에 황금 송아지라도 있소?"

사내가 잠시 집안을 둘러보더니 강도 맞을 것도 없겠구만, 하
고 비아냥거리다 차로 걸어간다. 저게 그냥! 황보는 욱 피가 솟
아올랐지만 기다리게 한 죄가 있어 참는다. 또 대거리해봐야 이
길 수도 없을 것 같다. 사내의 덩치가 사람 잡게 생겼다. 겨울인
데도 옷소매를 걷어붙인 사품하며 팔에 울룩불룩 솟은 근육이
장난이 아니다. 거구에 두 눈이 부리부리 빛나고 등짝이 보리 서
말 갈 정도로 넓다. 주먹은 호박만해 한 대 얻어맞으면 그대로
사망 아니면 졸도할 것 같다. 저 덩치에 조폭이나 하지 왜 힘들
게 택배람… 황보는 호호호 웃으며 박스를 들고 집으로 간다. 묵
직한 게 속에 뭐가 잔뜩 들어있는 모양이다.

"상복이가 뭘 보냈을까……?"

거실로 들어간 황보는 칼로 박스를 친친 동여맨 줄을 끊고 테
두리에 붙인 청색 테이프를 벗긴다. 플라스틱으로 된 박스 뚜껑
을 열자 확 풍겨오는 것은 바다 냄새다. 세상에, 이게 뭔가. 전복

이다. 도시 부자들도 함부로 먹기 힘들다는 전복이 박스 안에 가득하다. 돈으로 환산하면 기십만 원은 될 것 같다. 노량진 농수산물 시장에서 어쩌다 해산물을 사서 끓여먹곤 했지만 전복은 사보지 못했다. 양식 전복이라도 서민들은 엄두도 못 낼 정도로 비쌌다. 양식 전복이 그러한데, 자연산 전복은 구경도 할 수 없었다. 혹 회장님들이나 먹을까 몰라?

"응, 이건 뭐지?"

박스 귀퉁이에 검정색 비닐이 꽂혀 있다. 비닐을 개봉하자 편지 봉투 한 장이 나온다. 거기 '내 친구 황보에게' 하고 씌어 있다. '내 친구'란 말에 황보는 코끝이 시큰해진다. 살기 각다분해 전화도 자주 못하고 사는데, '내 친구'라 하니, 기쁘기도 하고 슬프기도 하다. 지금 때면 고향 청산도에선 한창 전복이 출하될 시기다. 전복은 겨울에 먹으면 더 맛이 있다. 황보는 편지 봉투 안에 든 편지지를 꺼낸다. 컴퓨터 시대에 연필로 쓴 편지를 보자 잊고 살았던 유년의 기억들이 새록새록 떠오른다. 아마도 상복은 아들이 쓰고 있는 연필로 즉석에서 이 편지를 썼으리라. 노트를 찍 찢어 쓴 편지지에서도 바다 냄새가 풍겨온다. 황보는 천천히 편지를 읽는다.

내 친구 황보에게

황보야, 잘 사냐? 난 잘 산다. 김 양식 하다가 몇 년 전부터 전복 양식을 시작했는데 올 겨울에 첫 출하를 했다. 제법 돈도 만졌다. 그 작은 포자들이 이렇게 크는 동안 내가 한 고생이야

말로 다 못하겠지만, 가장 먼저 생각난 사람이 너였다. 도시생
활 힘들지? 스무 해 전에 네가 고향을 떠날 때 내 맴이 아팠다.
하지만 지금은 고향도 자기 노력에 따라 얼마든지 잘 살 수 있
다. 도시생활 힘들면 고향으로 와라. 수협에서 융자도 해주고
귀향 자금도 좀 주어진다. 보낸 전복 잘 먹고 건강해라. 그럼
이만 총총…….

편지를 다 읽은 황보는 잠시 말없이 창밖을 바라본다. 눈이
더욱 거세게 내린다. 고향에도 저 눈이 내릴까. 거실 유리창에
청산도 바다가 떠오른다. 바다에 떠 있는 수만 개의 하얀 부표
들, 그 아래 자라고 있을 미역이며 김, 전복들이 눈에 선하다.
　"전복회나 먹어볼까?"
　황보는 전복들을 냉장고 구석구석 넣어두고 초장을 만든다.
고추장에 대파를 송송 썰어 넣고 거기에다 식초 몇 방울을 떨어
뜨리자 훌륭한 양념이 됐다. 전복은 된장에 찍어 먹거나 연탄불
에 구워 먹어도 감칠맛이 난다. 황보는 냉장고에서 전복을 꺼내
칼로 자른 후 초장에 찍어 한 입 먹어본다. 쫄깃쫄깃한 게 신선
하다. 전복 세 개는 따로 썰어 내장과 함께 죽을 끓이고, 실한 놈
다섯 개를 골라 가스레인지에 구워 먹자 세상이 다 아래로 보인
다. 문득 교회가 떠오른다.
　"목사님, 접니다. 신도님들 모시고 제 집으로 오시죠. 고향에
서 전복이 많이 왔습니다."
　황보가 목사에게 전화를 하자 목사가 반기며 그러겠다고 한
다. 황보는 냉장고에 넣어둔 전복을 모두 꺼내 일부는 삶고 일부

는 가스레인지에 굽고 일부는 생으로 썰어 상을 마련한다. 누구를 위해 음식을 장만한 게 몇 년 만인가. 섬 출신인 황보는 신명이 나 한 시간 동안 전복 요리를 마련하고 목사와 신도들을 기다린다.

"웬 전복?"

삼십 분 남짓 지나자 목사와 신도들이 집으로 들어온다. 마당까지 깨끗이 청소되어 있자 모두 반긴다. 좁은 거실이 사람들로 꽉 찬다. 목사와 신도들이 상 가득 차려 놓은 전복 요리에 놀란다. 전복죽, 전복구이, 전복회, 전복무침 등 접시마다 오종종 담긴 전복 요리들이 손님들을 기다리고 있다. 마치 고급 요릿집에 온 기분이다. 고향에 있을 때 황보는 회 하난 잘 떴다. 고향 특산물인 삼치는 종잇장처럼 회를 떠 사람들을 놀라게 한 적도 많았다. 교회 신도들이 칭찬하자 황보는 기분이 오롯해진다.

"음, 맛이 깊어."

목사가 전복죽을 한 숟가락 맛보고 마음에 드는지 고개를 끄덕인다. 신도들도 부지런히 젓가락을 움직인다.

"전복 요릿집 차려도 되겠구만."

윤성후 장로도 전복구이 맛이 일품이라며 엄지를 세운다. 황보는 냉장고에서 소주를 꺼내려다 멈칫한다. 손님들이 교회에 다닌다는 사실을 잠시 망각한 터다. 하여튼 그 버릇 개 못 주지. 황보는 슬그머니 웃으며 손님들과 섞여 전복을 먹는다.

"제 고향 친구가 보내온 겁니다. 고향엔 김, 미역, 전복 등이 많이 생산되지요. 저 남해안에 있는 청산도라고 들어 보셨지요? 요즘 신문이나 TV에 자주 나오는데……."

"아, 거기? 아시아 최초 슬로시티가 아니오? 느림보 섬이라고 하지 아마? 경치가 수려하고 깨끗하다고 하더구만."

목사가 어디서 들었다며 청산도 자랑을 하자 신도들도 가보고 싶다고 난리다. 황보는 점점 신명이 난다.

"언제 시간 나시면 제가 고향으로 모시겠습니다. 특히 봄에 유채꽃이 필 때 가장 아름답습니다."

"봄이 되면 당장 가지 뭐."

목사가 성마르게 나서자 신도들이 일제히 박수를 친다. 웃음소리, 박수 소리. 너무 오랜만에 들어본 소리에 황보는 마치 꿈을 꾸고 있는 것 같다. 사진 속의 아내가 환하게 웃고 있다.

가자, 청산도로

긴 겨울이 가고 봄이 왔다. 교회 앞에 대형 버스가 서 있다. 옆구리에 '○○교회 청산도 기행단' 하고 씌어 있는 작은 현수막이 걸려 있다. 신도들이 마치 수학여행이라도 가는 듯 즐거운 표정을 하고 버스에 오른다. 황보는 목사와 함께 운전석 뒷자리에 앉는다. 바로 옆에 장로가 앉아 여행 경비를 계산하고 있다. 삼십 명 가까운 신도들이 타자 버스가 묵직해진다. 목사는 그 와중에도 성경을 꺼내놓고 기도하고 있다. 주여, 여기 어린 한 양이 힘들게 살다가 고향으로 내려갑니다. 탕자를 껴안아주는 어머니의 넉넉한 가슴처럼 주여, 이 어린 양을 안아주소서. 남은 삶이 성령으로 충만하게 하소서, 아멘. 목사가 기도를 마치자 신도들이 아멘, 하고 따라서 한다. 황보도 얼떨결에 두 손을 모으고 아멘, 한다. 하지만 누구도 교회에 나오라고 강요하지 않는다. 그저 묵묵히 실천하다 보면 스스로 감복해 교회에 나오게 되리라. 버스가 출발한다. 버스에 오르지 못한 신도들이 교회 밖까지 나와 손을 흔든다. 이제 보니 변두리에 있는 교회치고 제법 크다.

"경치 한번 죽이네."

버스가 시내를 벗어나 고속도로로 접어들자 속도를 내기 시작한다. 차창 밖은 온통 봄이다. 도로 좌우로 개나리, 진달래가 흐드러지게 피어 있다. 하늘 푸르고 햇볕은 따스하다. 목사가 차창으로 스치는 경치를 보고 감탄을 한다. 우리나란 가는 데마다 금수강산이다.

"몇 시간 정도 걸리지요?"

버스가 만남의 광장을 지날 때, 성경을 읽고 있던 목사가 묻는다.

"서울에서 완도읍까지 다섯 시간, 완도읍 항만터미널에서 철갑선을 타고 오십 분 정도 더 들어가야 합니다."

"와— 멀긴 머네."

"다른 섬들은 연륙교가 놓아져 섬 신세를 면했지만, 제 고향 청산도는 육지와 사십 리 정도 떨어져 있어 영원한 섬입니다."

"영원한 섬이라, 그거 좋네. 섬은 섬이어야지."

"그럼요."

"이제 어떻게 사시렵니까?"

목사가 묻자 황보가 시무룩해진다. 다시 생각하기 싫은 지난 삶이 차창으로 스쳐간다. 고향을 뜬 지 스무 해, 아등바등 살았던 지난 시간들이 지내놓고 보니 꿈만 같다. 아내와 결혼식도 올리지 못하고 공장을 다녔지만 사장이 일부러 부도를 내고 중국으로 도피해버리자 몇 달 밀린 월급은 물론, 퇴직금 한 푼 받지 못했다. 설상가상, 식당을 나가던 아내가 폐암에 걸려 두 차례 수술을 받았으나 결국 하늘로 갔다. 앞이 보이지 않았다. 공사장에 나가 보아도 일자리가 없었다. 말로는 3D 업종은 사람이 없다고 했지만, 실제 가보니 거긴 외국인 노동자로 가득했다. 저임금으로도 부릴 수 있으니 사용자 측에서는 당연히 그쪽을 선호할 수밖에. 직장을 구하지 못한 황보는 몇 달을 술로 살았다.

"가서 고향 사정을 보고 이참에 블루 마운틴 아일랜드에 정착해 새 삶을 살려고 합니다."

"블루 마운틴 아일랜드?"

"청산도(靑山島) 말입니다."

"아, 그렇군. 예부터 청산은 이상향이었지. 국어 시간에 배운 「청산별곡」이 문득 떠오르는구만."

"거기에 나오는 청산은 아니지만, 청산도는 참 아름다운 섬입니다. 고향에 있을 때는 느끼지 못했는데, 간혹 드라마나 영화에서 보니까 내 고향이 저렇게 아름다웠나, 하고 감탄이 저절로 나오더군요."

"원래 가까이에 있는 것들은 소중하지가 않아. 멀리 떠나봐야 그 가치를 알지. 외국에 나가면 다 애국자가 된다는 말도 그래서 나온 게지. 사물도 조금 떨어져서 봐야 제대로 보이거든."

"맞습니다. 너무 오랫동안 고향을 잊고 있었어요. 마치 고향을 떠나는 게 무슨 벼슬이라도 하는 듯 도도했었는데, 도시에 나와서 살다 보니 고향이 얼마나 따뜻한 곳인지 알게 되었습니다.”

“그럼, 그럼.”

황보가 길게 숨을 몰아쉬자 목사가 황보의 손을 꼭 잡아 준다. 그 손길은 따스하고 마음까지 아늑하게 한다. 하지만 목사는 끝내 교회에 나오란 말은 하지 않는다. 멀리 산줄기 아래 오종종 엎드려 있는 시골 마을이 천천히 지나간다. 그 앞으로 논밭이 펼쳐져 있다. 경운기가 탈탈탈 소리를 내며 논을 갈고 있다. 저기에 곧 모가 심어질 것이다.

“제 고향 청산도는 아직도 황소가 쟁기를 끕니다.”

“응, 나도 TV에서 보았지. 돌담도 인상 깊었어. 사람들은 느리고 결코 서두르지 않더구만. 해녀들도 있지 아마?”

“네, 제주도에서 와 물질을 하다가 현지인 남자를 만나 더러 정착을 하지요. 제주도 성산포나 김영에서 많이 오죠.”

“해녀들이 캐 온 전복은 자연산이겠지?”

“그렇죠. 아주 귀한 겁니다. 그거 하나 죽 끓여 먹으면 몸살감기도 도망가고 맙니다. 하지만 양식 전복도 바다에서 다시마를 먹고 자라니까 자연산과 진배없습니다.”

“그러더라구. 맛이 아주 깊었어.”

목사가 지난겨울에 맛 본 전복 맛을 상기하며 흐뭇하게 웃는다. 그 사이 버스는 대전을 지나고 있다. 이제 서너 시간 더 달리면 완도 앞바다가 나타날 것이다.

“고향엔 누가 계시는가?”

“사촌들이 살고 있습니다. 부모님은 그해…….”

황보가 고개를 숙이고 흐느끼자 목사가 다시 두 손을 모으고

기도를 한다. 황보의 어깨가 세차게 흔들린다.

그리운 청산도

버스로 다섯 시간, 배로 오십 분 남짓 달려 도착한 청산도는 봄을 맞이해 관광객들로 붐빈다. 부두에 '아름다운 청산도' 하고 각인된 거대한 표지석이 보인다. 철갑선이 부두에 닿자 먼저 사람들이 내리고 나중에 차들이 내린다. 교회에서 대절한 버스가 육중한 몸을 이끌고 철갑선에서 내리자 현지 주민의 시선이 그쪽으로 몰린다.

"황보야, 오랜만이다."

"응, 상복이구나?"

황보가 버스에서 내리자 친구 상복이 환하게 웃으며 다가온다. 황보가 미리 문자를 보냈던 터라 일찌감치 나와 기다린 모양이다. 둘은 깊은 포옹을 나누고 파안대소한다. 황보가 교회 사람들을 소개하자 상복이 환영한다며 두 팔을 벌린다. 표정들이 청산도 바닷물보다 맑다.

"제 마을로 모시겠습니다."

상복이 버스에 올라 길을 안내하자 버스가 도락리로 간다. 상복이 미리 민박집을 잡아 놓았다고 했다. 몇 분 달리자 도락리가 나타난다. 드라마에 자주 나오는 해안가를 거느린 아름다운 마을이다. 버스가 워낙 덩치가 커 마을 초입에서 멈춘다. 마을길은 좁아서 버스가 더 이상 들어갈 수 없다. 승용차는 겨우 지나가지만 사십오인 용 버스가 지나가기에는 버겁다. 길도 직선이 아니라 구절양장이다. 버스가 마을회관 주차장에 멈춘다.

"조금 걸어가면 민박이 나옵니다."

상복이 외치자 신도들이 짐을 챙겨 버스에서 내린다. 마을 사람들이 몇 명 나와 서 있다. 이장도 보이고 어촌계장도 보인다. 황보는 버스에서 내려 그들에게 다가간다.

"안녕들 하십니까?"

"응, 우리 황보구나."

어른들이 반가워하며 황보의 손을 잡는다. 몇 년 안 본 사이에 주름살이 깊다. 평생 바다에서 살아 실제 나이보다 더 겉늙어 보인다. 보리깜부기 같은 까만 얼굴에 깊은 주름살, 하지만 선한 눈매는 어질게 살아온 그들의 지난 생을 말해준다. 황보의 아버지뻘 되는 사람들이다.

"황보 너, 교회에 나가는 모양이구나?"

"아닙니다. 저를 도와준 분들입니다."

"그래? 너 어렵다고 들었는데, 고마운 분들이구나."

황보의 사정을 들어서 알고 있다는 어촌계장이 목사와 신도들에게 다가가 고맙다며 인사한다. 어촌계장은 황보의 아버지와 친했다.

"우리 마을에 오신 것을 환영합니다. 이분은 저희 마을의 이장님이시고, 저는 어촌계장입니다."

"아, 그래요. 반갑습니다."

목사가 마을 어른들과 악수를 하고 잠시 기도한다.

"그런 민박으로 가죠."

상복이 외치자 일행이 마을길을 따라 해안가로 걸어간다. 상복이 잡아놓은 민박은 최근에 새로 생긴 곳이라 시설이 좋고 바다가 한눈에 보여 전망도 좋다. 수협에 다니던 사람이 퇴직금으로 민박을 지었다고 했다. 민박 건물 앞으로 TV 드라마나 영화에서 봤던 해안가가 펼쳐져 있다. 오목하게 들어간 해안선을 따라 펼쳐진 풍경이 그야말로 한 장의 그림이다. 일행들이 감탄사를 연발한다. 남빛 바다에 하얀 부표가 수만 개 떠 있고, 선창엔 고기잡이 나갔다 돌아온 어선들이 서로 옆구리를 맞대고 있다. 어부들이 고기를 푸는지 텅텅 소리가 들려온다. 갯벌에서는 꼬막을 캐는 사람들이 바지런히 호미를 움직이고 있다. 갯골 사이로 어린 새우들이 은빛 재롱을 펴고, 천지에 널려진 김이며 미역 줄기가 어느 원시의 섬으로 온 것 같다. 민박에 짐을 푼 사람들이 썰물로 드러난 갯벌로 달려가 거기 널려 있는 김이며 파래를 뜯기 시작한다.

"세상에, 그 비싼 김하고 파래가 널려 있네?"

"참게들이 무리를 지어 기어 다니네?"

"저기 저것, 조개 아냐?"

교회 신도들이 신명이 나 한 마디씩 한다. 성태훈 목사도 어린애처럼 이리저리 돌아다니며 갯바위를 뒤집어 고둥을 잡는다. 끝없이 펼쳐진 갯벌은 그야말로 해산물의 보고다. 호미로 슬쩍 파기만 해도 조개며 꼬막이 알토란처럼 튀어 나온다. 육지와 바다로 연결되는 갯골에는 붕장어 새끼가 느릿느릿 기어 다니고, 은빛 새우새끼들이 톡톡 뛴다. 조금 더 바다 쪽으로 나가자 관광객들이 고등어 새끼와 모래무치를 낚시로 낚고 있다. 낚싯줄을 던지자마자 고등어 새끼들이 꼬리를 흔들며 올라온다. 바구니마다 고등어 새끼며 모래무치가 가득하다. 관광객들이야 신이 났지만 청산도 사람들은 고기 취급도 하지 않는 고기들이다. 광어, 우럭, 삼치, 감성돔 정도 잡아야 청산도 사람들은 고기로 취급한다.

"뭔 고기가 이렇게 많데요?"

"청산도는 예부터 고등어와 삼치의 주산지로 지리책에도 나와 있제라잉. 하지만 다 옛말입니다. 요즘은 잔챙이밖에 안 잡혀요."

교회 신도 중 오십 대 여자가 묻자 상복이 시무룩한 표정을 짓는다. 도시 사람들에게는 그저 목가적 낭만의 대상인 섬이 그 속에서 부대끼며 사는 주민들에겐 뼈마디 쑤시는 현실이며, 어느 때는 바다가 황천길이 된다는 것을 그들은 모르고 있다. 낭만의 바다와 현실의 바다는 다르다. 하지만 상복은 도시 사람들에게 그걸 억지로 주입하지 않는다. 그저 고향에 와 편하게 쉬다가 가면 그만이다. 천리 길을 찾아와 준 것만 해도 고맙다. 더구나 친구 황보가 두 해 만에 고향으로 왔지 않은가.

"자, 그럼 청산도에 오신 걸 환영하는 의미에서 제가 직접 요리를 해 드리겠습니다. 민박집으로 가시죠."

한 시간 남짓 신도들이 뜯고, 캐고, 잡아온 해산물이 모이자 상복이 팔을 걷어붙이고 나선다. 민박집 마당에 평상을 펼쳐놓고 잔치가 벌어진다. 상복이 장작에 불을 피워 고등어 새끼들을 적쇠에 올려놓고 굽자 노릇한 냄새가 퍼진다. 상복이 아내가 와 김이며 파래 무침을 만들고 민박집 주인이 조개와 꼬막을 삶아 내놓자 평상은 먹을 것으로 가득 찬다. 교회 신도들이므로 소주를 곁들이지 못한 게 조금 유감이다.

"천국이네, 천국."

목사가 고등어를 발라 먹으며 엄지를 세우자 신도들도 이구동성 고개를 끄덕인다. 민박 주인이 막 버무린 김치와 밥을 퍼 온다. 오늘 저녁 식사는 이것으로 대신해도 충분하다. 거기에다 매생이국까지 나오자 서로 먹으려고 난리다. 여기에 소주가 있으면 최곤데…. 상복이 아쉬워하자 뜻밖에 목사가 "까짓 것 마십시다!", 하고 외친다. 신도들이 잠시 어리둥절하다가 마치 해방이라도 된 듯 와— 박수를 친다.

"믿음이 중요하지요."

상복이 가게로 가 소주를 사오자 목사가 신도들에게 직접 한 잔씩 돌린다. 망설이는 신도들도 있었으나, 대체로 오늘 하루는 계율 같은 것은 잊은 듯 즐겁게 논다. 상복이 태진아의 노래 '사랑은 아무나 하나'를 '소주는 아무나 마시나'로 개작해 부르자 다들 배꼽을 잡는다.

"하느님도 오늘 하루는 용서할 겁니다. 한 잔씩 하세요."

성태훈 목사가 종이컵에 소주를 따라 시범을 보이자 소주를 마시지 않던 신도들도 종이컵을 든다. 일본말이긴 하지만 청산도 사람들이 자주 쓰는 '산다이'가 벌어진다. 민박을 통째로 빌려 누가 시비할 사람도 없다. 일행은 밤이 이슥해질 때까지 노래 부르고 먹고 마신다. 성령이 중요하지 술, 담배를 마시고 피우는 것은 형식에 지나지 않는다는 목사의 말에 황보도 공감한다. 멀리 바다에 어화(漁火)가 꿈결처럼 떠 있다. 그들이 마시고 노는 사이에도 섬사람들은 바다에 나가 고기를 잡는다. 그래야 자식들을 도시로 보내 학교에 보낼 수 있다.

　다음 날, 일행은 상복이가 부리는 배를 타고 청산도 바다를 한 바퀴 돈다. 바다에 널려진 하얀 부표들, 그 밑에서 자라는 김, 미역, 전복들이 신기한지 모두 수학여행 온 학생들 같다. 특히 손바닥만한 전복이 주렁주렁 올라오자 입을 다물지 모른다. 이장과 어촌계장도 합세한다.

　“이게 요즘 효자 노릇 하지요.”

　상복이 전복 양식장에서 전복을 끌어 올려 즉석 회를 친다. 미리 준비해 온 초장에 전복을 먹는 맛, 일행은 천국에라도 온 듯 즐거워한다. 택배로 온 전복을 먹었지만 현장에서 먹는 맛과 비교가 될 리 없다. 파도 소리를 들으며 배 위에서 먹는 전복 맛은 그야말로 꿀맛이다. 쫄깃쫄깃한 살점이 입안에 씹힐 때마다 바다가 통째로 가슴으로 스며드는 기분이다. 갈매기 무리가 배 위로 낮게 날며 운다.

　“이 전복을 키우느라고 내가 얼마나 고생했는지 저들은 모르지. 하지만 저들에게 그런 말은 하고 싶지 않다.”

　상복이 황보에게 다가오며 낮은 소리로 말하자 황보가 고개를 끄덕인다. 타인에 대한 이해는 꼭 말한다고 전해지는 것은 아니다. 그저 보고 느끼고 맛보다 보면 저절로 알게 될 테니.

　“고맙다, 상복아.”

　“이 사람이…….”

　황보가 상복의 어깨를 끌어안자 상복이 손사래를 치며 다시 전복을 건져 칼로 딴다. 전복을 도마에 올려놓고 쓱쓱 썰어 푸지게 내놓자 목사가 저 비싼 걸, 하며 우려한다. 하지만 오늘 상복은 작심한 듯하다.

"제가 한 가지 제안을 하겠습니다."

한창 분위기가 무르익어 가고 있을 때, 목사가 손을 들고 좌중을 둘러본다. 배 갑판에 앉아 전복을 먹고 있던 신도들이 모두 목사를 쳐다본다. 이장과 어촌계장도 목사에게 주목한다.

"우리 교회와 청산도하고 자매결연을 맺는 게 어떻겠습니까? 그래서 청산도에서 올라온 해산물을 우리가 직접 구매하면 서로 도움이 되지 않을까요? 청산도 주민은 제값을 받아 좋고, 우린 시가보다 조금 싸게 사서 좋고, 그야말로 누이 좋고 매부 좋고, 도랑 치고 가재 잡고, 청소하다 동전 줍는 것 아니냐, 이말입니다."

목사가 농담까지 섞어 일장 연설을 하자 신도들이 웃으며 일제히 박수를 친다. 이장과 어촌계장의 얼굴에도 환하게 꽃이 핀다.

"이장님과 어촌계장님 의견은 어떻습니까?"

"저희들이야 좋지요."

이장과 어촌계장이 환영하자 다시 박수가 터진다.

"청산도는 해산물만 많이 나오는 곳이 아닙니다. 청산도는 반농반어촌으로 쌀, 고구마, 보리, 감자 등도 많이 나옵니다. 아예 서울에다 청정해역 청산도 농수산물 유통센터를 내면 어떻겠습니까? 우리 황보가 마침 거기 사니 책임자로 일하면 좋을 것 같은데……."

어촌계장의 제안에 목사가 잠시 생각하더니 굿 아이디어! 하고 반긴다. 황보의 얼굴이 붉어진다. 뜻밖의 제안이 당황스럽다.

또 그 일에 자기가 적임자인지도 모르겠다. 처음엔 좋은 뜻으로 생긴 그런 류의 유통센터가 나중에 흐지부지 된 사례를 더러 본 터다. 누가 투자하느냐도 변수다. 서울에 농수산물 유통센터를 내려면 적지 않은 돈이 들어갈 텐데⋯. 교회가 그런 돈이 있을까? 그때 이장이 나선다.

"공동 투자로 합시다. 우리 마을에서 절반, 교회에서 절반, 그래야 위험 요소가 줄어들고 책임감도 커질 테니."

이장이 말하자 신도들이 서로 의견을 나눈다.

"교회가 투자한 게 아니라, 우리 신도들이 각자 투자하는 겁니다. 교회 자체는 수익사업을 할 수 없으니까요."

목사의 말에 이장도 수긍한 듯 고개를 끄덕인다.

"그 사업에 투자하려면 어떻게 해야 하죠?"

신도들이 관심을 보인다. 배가 어느덧 청산도를 한 바퀴 돌아 도락리 마을 선창으로 다가간다.

"자세한 사업 계획서는 전문가의 도움을 받아 다시 쓸 겁니다. 서둘러 해서 할 일이 아니지요."

목사의 말에 모두 긍정한다. 배가 선창에 닿자 사람들이 조심조심 배에서 내린다. 멀미를 약간 하는 신도도 보인다. 그 사이 서녘 하늘에 노을이 곱게 물들어 있다. 수만 개의 하얀 부표들이 금빛으로 물든다.

배에서 내린 일행이 민박으로 가 휴식을 취하고 있는 동안 목사와 이장, 어촌계장이 마을 회관으로 가 좀 더 자세한 의논을 한다. 황보와 상복도 의견을 보탠다.

"처음이니까 규모는 조금 작게 합시다. 성과가 있으면 나중에 키우더라도. 그래야 서로 부담이 없지요.”

“옳으신 말씀입니다.”

목사의 의견에 어촌계장이 고개를 끄덕인다. 이장, 황보, 상복도 대체로 의견이 같다.

“그런데 마을에 그런 돈이 있습니까?”

“어촌계에서 모아 둔 돈도 조금 있고, 필요하면 수협에서 대출도 조금 받아야제라잉. 또 여유가 있는 사람들은 개인이 직접 투자할 수도 있는 문제고요잉. 그런데 돈은 얼마 정도 들어갈까랑잉?”

“서울에 올라가 유통센터를 할 만한 장소를 알아보고, 임대료며 제반 경비가 얼마나 드는지 알아보고 다시 만나죠.”

“그럽시다. 그런데 유통센터 책임자로 우리 황보를 임명하는 것 괜찮겠지요? 사실 저 황보 애비가 나하고 친구요. 그해 그 일만 없었다면….”

어촌계장의 눈이 흐릿해진다. 황보가 고개를 돌리고 유리창으로 드러난 바다를 말없이 바라본다. 상복도 쯔쯔 혀를 찬다.

“황보 씨 사연을 듣고 저희 교회가 나섰는데, 저야 대환영입니다. 바다를 잘 아는 사람이 해야죠. 황보 씨는 어때요?”

“글쎄요. 제가 그런 깜냥이 될지…. 또 섬에서 태어나 배를 타고 김 양식을 한 경력이 있다고 해서 사업까지 잘 한다는 보장은 없지요. 사업은 마케팅이 중요한데…….”

황보가 확답을 유보하자 목사가 더 미더워한다.

“무조건 하겠다고 할 줄 알았는데, 신중한 것 보니까 역시 적임자입니다. 바로 그 자세로 일하면 됩니다. 모르면 배우고. 중요한 것은 진정성입니다. 모든 사업도 진정성이 바탕이 되어 있어야 소비자들의 마음을 얻을 수 있습니다. 마침 저희 교회 신도 중에 마케팅 전문가가 있으니 도움을 줄 겁니다. 한 번 해 봅시다.”

목사가 주먹을 불끈 쥐자 황보가 씩 웃는다. 이장과 어촌계장이 황보의 어깨를 톡톡 다독여 준다. 상복도 마음에 드는지 연신 싱글벙글 웃는다. 황보가 군대에 다녀온 후 도시로 나갈 때 노심초사했는데, 이제 조금 마음을 놓을 것 같다. 둘의 나이 어느덧 불혹이다.

“그럼 민박으로 가서 쉬시지요.”

이장과 어촌계장이 목사에게 인사하고 집으로 간다. 세 사람은 다시 민박으로 가 신도들과 노래를 부르며 저녁내 논다. 중천에 뜬 달이 휘영청 밝다. 파도가 밀려와 자갈밭을 스치고 내려가자 잘잘잘 소리가 들려온다. 해안가 소나무 숲 아래 텐트를 치고 노는 사람들이 보인다.

“계속 여기서 살고 싶네.”

“나도 그래.”

신도들이 청산도의 경치와 천혜의 자연 환경에 매료되어 아예 눌러 살고 싶다고 말한다.

“사실은 자식새끼들 도시로 학교 보내기도 힘듭니다.”

상복이 듣다못해 말하자 신도들의 얼굴이 붉어진다. 황보가 묘하게 웃으며 바다를 바라본다. 저들에게 저 바다는 그저 낭만의 대상에 지나지 않을 것이다. 하지만 바다는 섬사람들에게 삶의 터전이면서 동시에 황천길이기도 하다. 청산도엔 시신이 없는 허묘가 수십 개 있다.

"제 부모는 저 바다에서 돌아가셨습니다."

황보의 말에 일행이 충격을 받은 듯 잠시 멍해진다. 고조되었던 분위기가 쑥 가라앉는다. 그러자 목사가 나선다.

"섬으로 놀라와 그저 구경만 하고 가는 것은 여행이 아니지요. 이곳 사람들의 삶을 직접 보고 듣고 가는 것도 의미가 있습니다. 우리는 섬사람들의 저 지나한 삶에 감사드려야 합니다. 우리가 식탁에서 먹는 고기 한 마리에 그들의 생명이 오간지도 모릅니다. 기도하겠습니다."

목사가 기도를 하자 신도들이 자세를 바로 하고 두 손을 모은다. 역시 목사다. 신도들을 일순간에 한곳으로 집중시켜버린다.

"하나님, 그저 섬으로 와 웃고 즐긴 우리를 벌하여 주옵소서. 타인의 삶을 이해하지 못한 저희들의 이기심을 벌하여 주옵소서. 저 풍요의 바다가 성령이 되어 그들에게 축복이 내려지게 하여 주옵소서, 아멘."

기도를 마친 신도들이 노는 것을 멈추고 경건한 자세로 각자 방으로 간다. 상복이 미안한 듯 얼굴을 붉힌다.

"그럼 내일 뵙겠습니다."

상복이 목사에게 인사하고 민박을 나선다. 황보도 목사에게 허락을 받고 상복을 따라 나선다.

*

일행은 다음 날, 청산도 슬로길을 걸으며 서편제 촬영소, 드라마 세트장, 범바위 등을 구경하고 오후 배로 떠났다. 황보는 청산도에 남아 마을 유지들과 사업에 대해 더 의논을 했다. 청년 회장 강두식도 얘기를 듣고 적극 돕겠다며 나섰다. 이만하면 일이 순조롭게 출발하는 셈이다. 문제는 사업성이 있느냐이다. 한 가지 다른 점은 교회가 적극 나선다는 점이다. 성태훈 목사는 기독교장로회에서도 인정해 주는, 평생 봉사를 하며 살아온 목사다. 그가 나서 교회를 움직인다면 충분히 승산이 있는 사업이다. 단순히 돈을 버는 사업이 아니라, 도시와 농촌이 소통하고 서로 돕는 프로젝트가 아닌가. 하지만 취지와 달리 중간에 문을 닫은 유통센터가 많아 황보는 은근히 걱정이 된다.

"우리끼리 한 잔 하자."

밤이 되자 황보는 친구 상복과 선창에 앉아 술을 마시며 얘기한다. 대부분 도시로 떠나고 상복과 성무만 고향에 남아 배를 부리고 미역 양식이며 전복 양식을 하고 산다. 황보가 상복과 소주를 나누고 있을 때, 읍에 나갔다 온 성무가 선창으로 온다.

"어촌계장님께 얘기 들었다. 나도 좀 투자하마."

"그 돈 다 똥배에다 투자했냐?"

전복 양식으로 돈을 조금 만진 성무가 툭 튀어나온 배를 손으로 치며 너스레를 떨자 상복이 조크를 준다. 셋은 어렸을 때부터 '아삼박' 이었다. 황보가 군대에 다녀온 후 고향을 떴지만 둘은 한 번도 고향을 떠난 적이 없었다. 이제 불혹이 된 성무는 나이보다 겉늙어 보인다.

"성무 너, 술집에 돈 좀 뿌리고 다닌다며?"

"이 사람아, 이십 년 동안 바다에서 살다가 이제 조금 힘 핀다. 자식새끼들 도시로 고등학교, 대학교 보내려면 등골이 휘겠지."

황보가 성무를 보고 부러워하자 성무가 지난 삶을 회고하며 거푸 소주를 마신다. 안다, 왜 그걸 모를까. 전복 양식하고 배 한 척 부린다고 부자 되는 것 아니라는 것, 포 떼고 장 떼면 남은 것 별로 없다는 것, 도시 횟집에서 팔리는 해산물 가격과 현지 가격이 너무나 차이가 난다는 것, 공무원을 하는 친구는 도시에 아파트라도 사서 살지만 아직 도시에 아파트 한 채 장만하지 못한 것……. 황보가 고개를 끄덕인다.

"그래도 다들 장하다. 패잔병이 되어 돌아온 나보다 낫잖아?"

"왜 네가 패잔병이냐? 이제 유통센터 사장 아니냐?"

황보가 낙담하자 성무가 일이 다 된 것처럼 황보의 등을 그 넓적한 손바닥으로 턱 친다. 전부터 성무의 손은 깜때사납도록 아팠다.

"간 떨어지겠다, 이놈아. 사장은 무슨……. 걱정이 많다."

"한번 해봐. 죽으란 법 있냐? 교회도 돕고 또 재경 향후회도 찾아가 도움을 청하고 하면 성공할 거야."

"성무 넌 언제나 도전적이고 긍정적이구나?"

"그 배짱으로 저 바다와 싸웠다. 징한 놈의 바다. 김 양식, 미역 양식 하다가 몇 번 실패했다. 태풍으로 망하고 적조 때문에 망하고…. 그때 새까맣게 탄 내 가슴을 누가 알리요."

성무가 자작으로 소주를 거푸 마시자 황보가 종이컵을 들고 소주를 따라준다. 마을 쪽에서 개 짖어 대는 소리가 어슴푸레하게 들려온다.

"자, 우리 셋이 드디어 모였다. 우리가 어렸을 때 헤엄쳐 저 지초도로 가서 고구마 서리하는 용기로 일하면 성공한다. 이십 미터 높이인 용머리바위에서 뛰어내린 우리들이 아니냐잉?"

상복이 어린 시절을 떠올리자 황보의 머리에 그 구두가 떠오른다. 앞이 캄캄할 때 황보는 용머리바위에 구두를 올려놓는 상상을 했다.

"날씨도 좋은데, 우리 내일 지초도로 헤엄쳐서 가봐?"

성무가 호기 있게 말했지만 과연 그게 가능할까. 황보의 뇌리에 열 살 때의 기억이 낡은 필름처럼 떠오른다.

푸른 날들

그 시절, 여름이 되면 바다는 아이들의 놀이터였다. 방학이 나자 아이들은 각기 소를 몰고 해안가 소나무 숲으로 모여들었다. 사람들은 거길 '작개'라고 불렀다. 천년 묵은 소나무 군락이 해안가를 따라 쭉 늘어서 있고 그 밑으로 자갈밭이 펼쳐졌다. 하오의 햇살을 받은 자갈들은 손으로 만지기만 해도 뜨거웠다. 자갈밭 밑으로 모래밭이, 그 밑으로 갯벌이 펼쳐졌다. 아이들은 소를 소나무에 묶어두고 바다로 쏟아져 들어갔다. 해수욕복도 없었다. 모두 깨를 벗고 뛰어 다녀도 누가 흉보지 않았다. 푸른 열 살, 아이들은 바다로 뛰어들어 헤엄치고 자맥질을 해 소라며 전복이며 해삼을 건져냈다. 그것들은 나중에 훌륭한 간식이 되었다. 굴멩이라도 건지면 즉석에서 갯바위에 밀어 우적우적 씹어먹었다. 아이들 입에 감청색 물이 들어 귀신처럼 보였다.

"모두 모여라!"

출발할 시간이 되자 소대장인 성종이 소리쳤다. 바다에서 놀고 있던 아이들이 소나무 숲으로 모여들었다. 성종은 아이들보다 네 살 더 많고 허우대가 장사감이었다.

"먹을 것 많이 건졌냐?"

"네에-."

대장이 묻자 아이들이 각자 자신들이 건진 소라, 전복, 해삼, 굴멩이 등을 들어 보였다.

"오늘 쌀 당번 누구지?"

"성무요."

대장이 묻자 황보가 소리쳤다. 서푼머리산으로 소먹이러 가면 아이들은 나뭇가지를 모아 밥을 짓고 각자 잡아온 해산물을 구워 반찬으로 먹었다. 섬이라 쌀이 귀해 당번을 정해 두었다. 아이들은 돌아가면서 쌀 한 됫박씩 가져왔다.

"성무, 쌀 가져 왔나?"

대장이 묻자 성무가 고개를 푹 숙였다. 집이 가난한 성무는 대신 보리를 담은 봉지를 힘없이 들었다. 괜찮아, 인마. 대장이 보리를 확인하고 성무를 격려했다. 다른 아이들이 미간을 찌푸리자 상복이 나서서 무마했다. 셋은 항상 우군이고 동지였다. 마을에는 동창이 열 네 명이나 있었지만 셋은 유독 친했다. 모두 가난한 집 아이들이었다.

"자, 출발!"

대장이 외치자 아이들이 소를 몰고 서푼머리산으로 출발했다. 해안가 길을 따라 스무 마리의 황소와 스무 명의 아이들이 쭉 늘어선 모습은 장관이었다. 소의 목에 단 핑경이 딸랑딸랑 소리를 내고, 고삐로 소의 옆구리를 치며 이랴, 하는 소리가 울려 퍼졌다. 아이들보다 열 배는 큰 황소들이 음무— 울며 천천히 걸었다. 앞으로 둥글게 휜 소뿔은 튼튼하고 억셌다. 어쩌다 소싸움이라도 벌어지면 아이들이 양쪽으로 나뉘어 서로 응원했다. 아랫마을과 윗마을 아이들이 동군 서군으로 나뉘어 응원가라도 불면 서푼머리산이 다 떠나갈 정도였다. 해안가 길이 끝나는 지점부터 산길이 이어졌다. 소나무, 오리나무, 전나무 등이 우거진 숲 속 길을 따라 목적지인 서푼머리산 중턱에 도착하면 아이들이 일제히 고삐를 소의 뿔에 감았다. 고삐를 소뿔에 감아두지 않으면 가시덤불이나 바위틈에 고삐가 걸려 소가 움직이지 못했다.

"누렁아, 많이 묵어라잉!"

황보가 소의 엉덩이를 손바닥으로 쳤다. 누렁이가 소나무 숲을 지나 풀이 많이 있는 곳으로 걸어갔다. 상복도, 성무도 소를 산으로 몰아놓고 산 중턱에 모였다.

"자, 지금부터 오락을 시작하겠다."

바위로 올라간 대장이 소리치자 아이들이 와— 박수를 쳤다. 해가 저물 때까지 오락을 하고 배가 고프면 바다에서 잡아온 전복, 소라, 해삼, 굴멩이 등을 꺼내 구워 먹었다. 옆 마을 밭에 가서 콩이며 고구마 서리를 해올 때도 있었다. 해안가 바위에 장작불을 피우고 해산물들을 구워 먹는 맛은 경험해 보지 않은 사람은 몰랐다. 자갈들이 불에 톡톡 튀어 어느 때는 아이의 눈에 맞았다. 위험천만했지만 아이들은 누구 말마따나 '눈탱이가 밤탱이'가 된 아이를 놀렸다. 눈에 주먹만한 혹이 붙은 아이는 분해 씩씩거리고 아이들은 해안가 바위를 돌며 "얼레리꼴레리"하고 놀렸다. 소나무 가지에 그물을 쳐 둔 곳에 드러누운 대장은 그야 말로 상감마마였다. 물 떠와라, 먹을 것 가져와라, 명령만 하면 부하들이 대령했다. 가까이 소안도, 노화도, 보길도 등의 섬이 보이고, 날씨가 맑은 날은 멀리 추자도까지 희미하게 보였다.

"와, 간첩 잡는 배다!"

어쩌다 해군 소속 쾌속선이 엄청난 속도로 바다를 지나갔다. 인근 섬에서 간혹 간첩선이 나타나곤 했다. 아이들은 국민교육헌 장과 새마을 노래를 모두 암기했다. 마을 회관 안에는 대통령 사 진이 걸려 있고, 밖에는 새마을기가 태극기와 나란히 나부꼈다.

"자, 그럼 간식을 먹어볼까?"

대장이 소리치자 아이들이 삭정이 가지를 주워 모아 불을 지 폈다. 활활 타오르는 불길 속에 전복, 소라가 누런 액을 뿜어내 며 익어갔다.

"맛있게들 먹었냐? 그럼 지금부턴 담력 훈련을 실시하겠다."

간식 시간이 끝나자 대장이 아이들을 용머리바위 부근으로 모이게 했다. 서푼머리산 끝에 용머리 형상을 한 바위가 있었다. 멀리서 보면 진짜 용이 하늘로 비상하는 것 같았다. 대장은 아이 들이 열 살이 되면 용머리바위에서 바다로 뛰어내리는 훈련을 시켰다. 그래야 열한 살이 될 수 있었다. 이 훈련에 불합격 판정 을 받으면 그 아이는 평생 열 살이었다. 그 시험에 통과하지 못 한 아이가 도시로 전학 가는 경우도 있었는데, 그만큼 대장의 명 령은 절대적이었다.

"오늘은 누가 도전할래?"

대장이 물었지만 아무도 손을 들지 않았다. 황보, 상복, 성무도 침을 꿀꺽 삼키며 서로 눈치를 보았다.

"황보 너부터 뛰어내려."

"왜 하필 저란가잉?"

"말이 많다. 빨리 안 뛰어내려?"

"알았구만이라."

대장이 호박만한 주먹을 들자 하릴없이 황보가 용머리바위로 기어 올라갔다. 용머리바위에서 바다까지는 이십 미터 정도 되었다. 도시 건물로 치면 칠층 가까운 어마어마한 높이였다. 도시 아이들은 바라만 보아도 기절할 정도였지만 섬 아이들은 이십 미터 정도는 대수롭지 않게 뛰어내렸다. 하지만 지금 통과해야 할 바위는 그 악명 높은 용머리바위였다. 저곳에서 뛰어내리지 않으면 열한 살이 되지 못했다. 이 불문율은 어른들도 지켜 온 것이어서 누구도 거역하지 못했다. 황보가 덜덜 떨며 올라가 용머리바위 정상에 섰다. 밑에서 쳐다보면 사람이 손가락만하게 보였다. 하오의 햇살에 황보의 옆모습이 흐려졌다.

"준비됐나?"

"에이-"

대장이 소리치자 황보가 떨리는 목소리로 외쳤다. 팽팽하게 긴장감이 감돌았다. 다이빙을 잘못하여 배부터 떨어지면 내장이 터져나간 듯 아팠다. 하지만 아이들은 그전에 십 미터 정도 되는 바위에서 훈련을 많이 해 머리부터 잠수했다. 밑이 바다가 아니라면 다이빙은 엄두도 내지 못했다. 이 전통은 수백 년 이어져 왔다.

"파이브, 포, 스리, 투, 원, 제로!"

대장이 카운트하자 황보가 전방 사십오 도에 시선을 두고 뛰어내려 허리를 새우처럼 굽히자 몸이 빙글 세 바퀴 돌다가 마지막에 직선으로 바다에 떨어졌다. 아시안 게임에서 중국선수들이 다이빙하는 것보다 더 멋졌다. 검푸른 바닷속으로 황보의 머리가 푹 들어가더니 잠시 후 물보라를 일으키며 솟아올랐다. 아이들이 일제히 기립박수를 쳤다. 대장도 마음에 드는지 합격! 하고 소리쳤다.

"다음 상복이 준비해."

대장이 외치자 상복이 용머리바위로 기어 올라갔다. 다음 차례인 성무는 벌써부터 오금이 저린지 손을 옴지락꼼지락 비비며 마른침을 삼켜댔다. 상복이 용머리바위 정상에 섰다. 체구는 작지만 다부진 상복은 대장의 카운트에 맞춰 멋지게 뛰어내렸다. 약간 '배치기'를 했지만 대장이 합격! 하고 소리쳤다. 아이들이 박수를 쳤다.

"다음은 성무 차례지?"

"저…. 배가 살살 아파온디요잉."

성무가 큰 덩치답지 않게 엄살을 부렸다. 아이들이 킥킥 웃어댔다. 대장이 미간을 찌푸리며 주먹을 쥐자 성무가 마지못해 용머리바위를 기어 올라갔다. 엉덩이가 앞산만 하고 축 처진 똥배가 가관이었다.

"성무, 파이팅!"

황보가 올려보며 외치자 성무가 눈을 감은 채 엉덩이부터 뛰어내렸다. 공중에서 몇 번 회전하던 성무가 바다에 이르러 신기하게 머리부터 잠수했다. 아이들이 배꼽을 잡으며 웃어댔다. 코끼리 뒷다리로 쥐 잡은 꼴이었다. 대장이 합격! 하고 소리치자 잠수했다가 솟아오른 성무가 "뭐여, 아무것도 아니구마!" 하고 외쳤다. 아이들이 아예 바닥을 뒹굴었다. 그렇게 해서 셋은 그 무시무시한 시험을 통과했다.

"축하한다. 하지만 마지막 관문이 남아 있다. 내일은 여기서 부터 저 지초도까지 헤엄쳐서 다녀오는 시험을 보겠다."

대장이 외치자 셋은 저 멀리 엎드려 있는 지초도를 바라보았다. 용머리바위에서 지초도까지는 왕복 2km였다. 그 사이 해가 수평선 너머에 걸려 있고 서서히 그림자가 졌다.

"자, 지금부터 소몰이 하러 간다."

대장의 명령에 아이들이 산으로 가 풀을 뜯고 있는 소들을 한 군데로 몰았다. 배가 불룩한 소들이 느릿느릿 공터로 모였다. 어쩌다 옆 산으로 소가 넘어가 애를 태우는 아이들도 있었다. 그러면 마을 어른들이 일제히 횃불을 켜고 소를 찾으러 갔다. 고삐가 풀려 나뭇가지에 걸린 바람에 오도 가도 못한 소가 발견되면 소 주인이 만세를 불렀다. 그때만 해도 소가 '가보 1호'였다.

배가 불룩한 소를 몰고 집으로 돌아가는 시간, 멀리 마을에서는 밥 짓는 연기가 한가롭게 솟아오르고, 마당에선 생솔을 태워 모깃불을 피우느라 냄새가 자욱하게 퍼졌다. 선창에선 고기를 잡아 온 어부들이 갑판 창고에서 고기를 푸느라 텅텅 소리가 났다. 시나브로 어둠이 찾아오고 널따란 평상에 모여 저녁을 먹는 가족들은 모두 행복했다. 집집마다 아들과 딸이 평균 대여섯 명씩 됐다. 바다와 전답으로 나가 하루 종일 일했던 부모들은 일찍 잠들고 아이들은 밤이 깊도록 숨바꼭질도 하고 가설극장 텐트

안으로 몰래 끼어들다가 얻어터지기도 했다.

"아빠, 나 오늘 시험 통과했어."

"뭔 시험?"

밥을 먹다가 황보가 자랑하자 아빠가 고개를 갸웃했다. 밥상에는 아빠가 오늘 잡아온 넙치구이가 놓여 있었다. 엄마가 젓가락으로 넙치 살을 발라 황보에게 주었다. 다른 집과는 달리 황보는 독자였다. 엄마가 황보를 낳고 몸이 아파 그 후론 더 이상 아이를 낳지 못했다. 그래 황보는 집안에선 금지옥엽이었다. 작은 어선을 부리는 아빠는 사람들의 반대에도 불구하고 엄마까지 배에 태웠다. 다른 사람을 쓰자니 경비가 많이 드는 터였다. 그때만 해도 여자가 배 타는 것을 금기시 했으나 아빠는 그게 다 헛소리라며 기어코 엄마를 배에 오르게 했다.

"오늘 용머리바위에서 뛰어내렸당게."

"오, 그래? 이제 열한 살 되겠네? 아부지도 그 시험 통과했지. 어찌나 무섭던지……."

"참 이상한 전통이야, 그치 아빠?"

"나라마다 지역마다 그런 전통이 있단다. 저 아프리카에도 비슷한 전통이 있다고 하더라. 그걸 어려운 말로 통과의례라고 한단다. 일종의 성인식인데, 더불어 살려면 따라야지 뭐."

"상복이하고 성무도 통과했어."

"뚱뚱보 성무도?"

"엉덩이 먼저 뛰어 내렸는데, 마지막엔 머리가 바다로 들어가 합격했당게. 다들 배꼽 잡고 웃었어."

"그랬겠구나. 하하하. 어쨌든 우리 아들 장하다."

아빠가 넙치 한 도막을 잘라 황보에게 주며 다 먹으라고 흐뭇하게 웃었다. 황보는 그중 일부를 떼어 개에게 주었다. 황보집에는 개가 두 마리나 있었다. 바다는 오뉴월이 따로 없어 겨울을 이겨내려면 단백질을 많이 먹어야 했다. 그래서 섬에는 개를 키우는 집이 많았다. 어쩌다 외지에서 사람이 오면 개들이 알아보고 컹컹 짖어댔다. 개들은 보지 않고도 마을 사람인지 외지 사람인지 금방 알아냈다. 개는 후각이 인간보다 만 배나 발달했다고 했다.

"하지만 마지막 시험이 남아 있어."

"지초도 헤엄쳐 갔다 오는 거?"

"아빠, 그것도 전통이야?"

"그럼. 그게 진짜 시험이지. 나도 그때 숨이 차서 죽을 지경이었다. 하지만 진짜 섬놈이 되려면 그 정도는 헤엄칠 줄 알아야지. 아빠는 어렸을 때 더 먼 곳까지 헤엄쳐 갔다. 겁먹지 말고 해봐."

"알았당게."

황보는 밥을 다 먹고 개를 몰고 해안가로 갔다. 해안가 팔각정에 상복이와 성무가 나와 있었다.

"성무 너, 똥배 성하냐?"

"뭐시여?"

황보가 놀리자 성무가 자기 개를 시켜 황보를 물게 했다. 성무가 데리고 온 개가 으르릉 적의를 드러내자 황보집 개가 눈에 퍼런 불을 켰다. 개들도 서로 지지 않으려 해 셋이 왁자하니 웃어댔다. 셋은 개들을 해안가에 풀어놓고 팔각정에 앉아 노래도 부르고 가위바위보도 하고 소나무로 올라가 만세를 부르기도 했다. 어둠에 잠긴 바다엔 어화(漁火)가 꿈결처럼 떠 있고, 자갈밭을 핥고 가는 파도 소리가 차르르 들려 왔다. 옆구리를 맞대고 선창에 정박해 있는 배들이 바람에 폐타이어가 서로 부딪치며 끽끽 소리를 냈다.

"내일 시험 통과하려면 일찌감치 자 두자."

상복이 먼저 개를 데리고 집으로 갔다. 황보와 성무도 개를 데리고 각자 윗마을과 아랫마을로 향했다. 상복이하고 성무는 아랫마을에 살고 황보는 윗마을에서 살았다. 같은 행정구역이지만 두 마을은 간혹 싸우기도 했다. 아랫마을은 대부분 어업을 했고, 윗마을은 거의 농사를 짓고 열 가호 정도만 배를 부렸다.

"황보 너, 오늘 시험 통과했다며?"

황보가 집으로 걸어갈 때, 마을 회관에서 나오던 어촌계장이 장하다고 칭찬해 주었다. 어촌계장은 아빠와 초등학교 동창이었다. 평생 바다에서 살아서 그런지 눈 밑에 주름살이 자글자글했다. 얼굴도 흑인처럼 검었다. 미역 양식을 하다가 몇 번 실패해 생활이 곤란하다고 했다. 수협과 농협에 빚이 많아 전답이 압류된다는 말도 들려온 터라 마음고생이 심한 모양이었다. 황보가 집으로 들어가자 아빠의 코고는 소리가 탱크 굴러가듯 들려왔다. 황보는 개를 맷돌에 묶어두고 방으로 들어가 잠을 청했다. 마당에서 생솔이 톡톡 탔다.

*

다음 날 오후, 용머리바위 밑에서 지초도까지 헤엄쳐 돌아오는 시험이 실시됐다. 황보, 상복, 성무가 깨를 벗고 갯바위에 섰다. 불알들이 오달진 해삼처럼 늘어졌다. 대장이 전마선을 타고 왔다. 사고가 발생하면 대비하기 위해서였다. 더러 실신하는 아이도 있었다.

"자, 출발!"

대장이 외치자 셋이 일제히 바다로 뛰어들어 헤엄을 쳤다. 처음엔 자유형으로 조금 힘들면 배영으로 바꾸었다. 대장이 노를 저으며 셋을 뒤따랐다. 대장의 노 젓는 실력은 근동에서도 알아주었다. 읍에서 실시된 노 젓기 대회에 나가서 일등을 했다. 겨우 열다섯 살인데도 허우대가 어른보다 컸다. 눈이 부리부리하고 코가 오똑했으며 입이 한 뼘이나 됐다.

"힘을 내, 힘!"

아이들이 반환점을 통과하면서부터 힘들어 하자 대장이 노를 허공으로 올리며 소리쳤다. 셋은 기진맥진하다가 다시 힘을 내 수영을 했다. 시간 내에 도착하지 못하면 허사였다. 황보는 숨이 턱밑까지 차오르고 가슴이 금방이라도 터질 것 같았다. 하지만 가야 했다. 이걸 통과하지 못하면 학교에 가서도 큰소리치지 못했다. 여자아이들도 이 시험을 통과해야 사내 취급을 해주었다. 황보는 속으로 좋아하는 해란이를 위해서라도 이를 악물고 두 팔을 저었다. 제일 뚱뚱한 성무가 잠수 반 수영 반 하며 허우적거렸다.

"성무야, 내 뒤로 와."

황보가 소리쳤다. 앞선 사람 뒤에서 수영하면 물살의 저항을 조금 덜 받았다. 성무가 황보 뒤로 왔다. 상복은 작은 체구에 비해 지구력이 강해 아직 멀쩡했다.

"고지가 저기다, 힘내!"

상복이 앞장서며 리드했다. 저만큼 용머리바위가 그 위용을 자랑하며 우뚝 서 있었다. 심장이 터질 것 같은 고통 속에 셋은 시간 내에 용머리바위 밑에 도착했다.

"세 명 모두 합격!"

대장이 외치자 다른 아이들이 일제히 갯바위에서 일어나 박수를 쳤다. 갈매기들도 축하한다는 듯 용머리바위를 빙빙 돌았다.

"자, 마셔라."

대장이 미리 준비해 온 사이다를 셋에게 내밀었다.

"지금부터 너희들은 진정한 사내들이다."

셋이 사이다를 마시자 대장이 선언했다. 축하 잔치가 벌어졌다. 다른 아이들이 사 온 과자며 사이다가 갯바위에 차려졌다. 얼음 속에 담긴 사이다 맛은 지상 최고였다. 서녘 하늘에 물든 노을이 단풍보다 고왔다.

바다의 그림자

"카― 그때 사이다 맛, 잊을 수 없지."

성무가 감탄사를 연발하자 황보와 상복도 그 시절이 그리운 듯 쩝쩝 입맛을 다신다. 벌써 삼십 년이 지난, 참으로 푸른 날들이었다. 이제 불혹이 된 셋은 어려울 때, 죽고 싶을 때, 항상 용머리바위와 지초도를 생각하며 이겨내곤 했다. 특히 도시로 나간 황보는 그 감회가 새로웠다. 상상이나마 몇 번을 용머리바위에 구두를 벗었던가. 실직하고 아내를 잃어버리고 세상이 온통 어둠일 때, 그것들은 빛을 발휘했다.

"그나저나 대장이 많이 아프다고 하던데, 걱정이다."

성무가 읍내 병원에 다녀왔다며 대장의 소식을 전한다. 이제 사십 대 중반이 되어버린 대장은 지난해 원양어선을 탔던 아들이 의문의 사고로 죽자 시들시들 말라가더니 급기야 입원했다고 했다. 자식을 잃었으니 그 마음이 여북할까. 건장하던 대장이 허깨비처럼 말라갔다.

"그놈의 바다가 원수지."

황보가 주먹으로 가슴을 친다. 농부는 농사짓다가 죽고, 어부는 고기잡다가 죽는 것이야 당연한지도 모르지만 문제는 시신을 찾지 못한 가족들이 많다는 점에 있었다. 청산도에는 시신 없이 묘를 만들어 놓은 곳이 수십 개나 된다. 모두 바다에 나갔다가 태풍을 만나거나 좌초해 목숨을 잃은 사람들이다.

"아버지, 어머니……."

황보가 두 손으로 얼굴을 쓸며 흐느끼자 상복도 성무도 허공에 시선을 두고 허허, 한다.

"울지 마라. 그게 운명인데……."

상복이 황보를 위로했다. 하지만 황보는 그 운명이란 말에 묘한 거부감을 느꼈다. 섬사람은 꼭 바다에서 죽어야 하는가. 바다의 신은 왜 죄 없는 어부들을 데려 가는 것일까. 그걸 운명으로 간단히 치부할 수 있을까. 선창가에 부서지는 파도 물보라에 아버지와 어머니의 얼굴이 떠오른다.

*

황보가 중학교에 들어갔을 때, 바다에 큰바람이 불었다. 추자도로 은갈치 낚시를 갔던 청산도 배 몇 척이 조업을 마치고 돌아오던 중 태풍을 만났다. 바람이 살살 불자 비교적 일찍 출발했는데, 일기예보와 달리 파도가 높았다. 추자도로 들어가 잠시 피하는 게 상책이었으나 출발할 때만 해도 바람이 그리 거세지 않아 청산도로 바로 갔다. 두 척은 먼저 출발하고 황보 부모 배만 나중에 출발했다. 그게 탈이었다. 두 척이 무사히 청산도에 들어온 반면 한 시간 남짓 늦게 출발한 청해호가 시간이 지났는데도 돌아오지 않고 있었다. 그때만 해도 휴대폰이 없어 연락을 취할 방법이 없었다. 작은 어선이라 무전기 장치도 없었다.

"허허, 이게 무슨 일인고?"

선창으로 나온 이장이며 어촌계장이 발을 동동 굴렀다. 청해호에 친구가 타고 있었다. 더구나 부부가 함께 배를 타 사람들을 더 애달프게 했다. 지서에서도 순경들이 나와 목포해양항만청과 연락을 주고받으며 촉각을 곤두세웠다. 밤이 되자 파도가 선창을 범람해 해안가 길까지 튀어 올랐다. 휘잉, 해조음이 음산하게 울려 퍼졌다.

"우리 아빠, 엄마 죽은 거예요?"

황보가 울부짖자 마을 사람들이 옷소매를 눈으로 가져갔다. 저 정도 파도면 큰 배도 견디지 못할 것 같았다. 더구나 추자도에서 청산도 중간에 있는 바다는 해류가 세기로 유명했다. 산줄기 같은 파도가 어깨동무한 채 밀려와 해안사구를 지우고 소나무 밑동까지 타고 오르며 허연 이를 드러냈다. 자갈들이 일제히 쓸리며 차르르 소리를 냈다.

"바람이 거세고 파도가 워낙 높아 목포해양항만청에서도 손을 못 쓰고 있답니다."

지서 순경이 소식을 전하자 어촌계장이 자리에 주저앉았다. 황보가 바다로 달려가려 하자 이장이 붙잡았다.

"황보야, 기적이란 것도 있으니 기다려 보자."

이장이 달랬지만 그것은 어디까지나 희망사항에 불과했다. 황보는 어린 나이지만 아빠와 엄마가 죽었다고 믿었다. 그렇지 않고서야 밤이 깊도록 나타나지 않을 수 없었다. 개들도 불행의 전조를 느꼈는지 일제히 컹컹컹 짖어댔다. 바람이 더욱 거세지자 사람들의 몸이 흔들렸다. 여자들은 선창 부근 집으로 들어가 대기하고, 남자들만 선창에 남아 어둠에 잠긴 바다를 바라보았다. 불빛 한 점 없는 바다는 오직 바람과 파도만 존재했다. 평소 같으면 어화들이 꿈결처럼 떠 있을 바다에 거대한 공포가 밀려왔다. 생사를 알 수 없는 가족을 기다리는 가족의 심정이란 사형 날짜를 기다리는 사형수보다 더 참혹했다. 사형은 시신이라도 건질 수 있다. 하지만 태풍에 배가 뒤집히면 대부분 시신을 찾지 못했다. 어쩌다 해류에 밀려 인근 섬에서 발견되곤 하지만, 온 바다를 뒤집어 놓을 듯 뒤채는 태풍은 시신을 먼 바다로 끌고 가거나 배와 함께 해저로 침몰시켜 버렸다.

*

공포의 밤이 가고 아침이 희끄무레 밝아도 아무런 소식이 없자 마을 어른들이 장례식을 준비했다. 혹시 추자도항으로 피신했을지 몰라 지서 순경이 여락을 취해 보았으나 허사였다.

"왜 우리 아빠, 엄마 배만 늦게 출발했어요? 같이 오지 않고."

황보가 무사히 돌아온 어부들에게 따지듯 말하자 어부들이 먼산을 보았다. 그게 자신들의 책임은 아니지만 그렇다고 자식 같은 아이에게 뭐라 지청구할 노릇도 아니었다. 오죽 답답했으면, 하고 이해했다.

"갈치 한 마리라도 더 낚으려고 그렇겠지. 너 도시로 고등학교 보낸다고 을매나 고생했더냐."

어촌계장이 황보를 가슴에 안았다. 그 말은 사실이었다. 황보 부모는 누구보다 부지런했다. 가장 일찍 바다로 나가고 가장 늦게 돌아왔다.

"그놈의 일기예보하고는……."

이장이 중앙관상대를 원망했다. 아직 최첨단 기계가 도입되지 않아 번번이 오보를 했다. 가까이 부두가 있다면 몰라도 먼 바다로 나가 조업을 하는 배들은 갑자기 태풍이 불면 속수무책이었다. 더구나 5톤 미만의 소형 어선들은 파도가 한번 뺨을 쳐도 그대로 넘어지기 마련이었다. 구명기구가 있어도 소용없었다. 망망대해 속에 인간이란 일엽편주에 지나지 않았다. 모든 생명은 소중하지만 성난 바다는 무자비했다. 닥치는 대로 삼키고 쓸어버리고 침몰시켜버렸다.

바다는, 그 몰인정한 바다는 사흘이 지나서야 시치미를 뚝 떼고 다시 남빛 치마를 드리우고 살랑거렸다. 썰물에 드러난 갯벌은 뒤집혀져 김 양식 발대며 하얀 부표들이 수천 개 널려 있었다. 전쟁터가 따로 없었다. 해안가에 멸치와 고등어와 꽁치가 지천으로 쌓여 있어도 누구 하나 눈짓 한번 주지 않았다. 그때만 해도 청산도에선 그런 고기들은 밭 거름이나 했다. 삼치나 돔 정도 되어야 고기 취급을 받았다.

사흘이 지나도 배가 나타나지 않고 인근 섬을 모두 뒤져 보았지만 황보 부모의 흔적이 없자 마을 사람들은 다음 날 장례식을 거행했다. 청산도 앞산에 허묘(墟墓)가 두 개 늘어났다. 유족들은 명절 때면 시신도 없는 묘 앞에서 슬피 울었다. 가족의 죽음이란 시간이 지나면 자연스럽게 내면화되기 마련이지만 시신을 찾지 못한 가족들은 아무리 시간이 지나도 결코 잊을 수 없었다. 죽은 사람은 차라리 편했다. 고통은 살아 있는 사람들의 몫이었다. 지금도 구천을 헤매고 있을 영혼들, 그러나 사람들은 그 섬을 떠나지 못했다. 그게 운명이려니 하고 살았다. 섬사람들에게 운명은 순리의 다른 이름이기도 했다.

황보는 작은아버지 밑에서 자라다 군대에 다녀온 후 서울로 갔다. 친구인 상복과 성무가 말렸지만 바다가 싫었다. 바람이 불고 파도만 쳐도 가슴이 울렁거렸다. 그러나 도시는 또 다른 바다였다. 아니 태풍보다 더 잔인한 약육강식의 현장이었다. 아내마저 암으로 갔을 때 황보는 죽기 위해 절벽에 올라가 구두를 가지런히 모아두고 심호흡을 하다가 허공에 용머리바위와 지초도가 떠올라 다시 구두를 신었다.

"지금부터 너희들은 진정한 사내들이다."

죽고 싶을 때, 대장이 외친 그 말이 들려 왔다. 대장이 말한 그 사내란 어떤 시련이 와도 절망하지 않은 남자를 의미했을 것이다.

파랑새는 날까

서울, 관악구 봉천동 사거리에 새로운 농수산물 유통센터가 들어섰다. 규모는 작지만 매일 아침 청정해역 청산도에서 올라오는 농수산물이 진열되어 주부들의 시선을 끌었다. 가격도 싸고 품질도 우수해 대형 마트로 갔던 주부들이 입소문을 듣고 그쪽으로 몰렸다. 황보는 거기서 책임자로 일했다. 상복과 성무가 번갈아 가며 직접 트럭을 몰고 서울로 올라왔다. 트럭 탱크 안에는 청산도산 바닷고기, 전복, 미역, 김, 톳, 우뭇가사리, 청강, 파래 등이 수북하고, 다른 한쪽에는 쌀, 보리, 감자, 고구마, 마늘 등이 수북하게 쌓여 있다. 인근 교회까지 나서자 황보는 신명이 났다. 백 평 남짓한 유통센터는 손님들로 가득 찼다. 간혹 목사와 신도들이 와 자원봉사를 해주었다. 재경 향우회에서도 나섰다.

"자, 청정해역 청산도 미역 사세요. 먹기만 하면 아들, 딸이 쏙쏙 들어섭니다."

황보가 핸드 마이크로 소리치자 주부들이 황보의 넉살에 웃어댄다. 임산부가 아이를 낳고 미역을 먹는다는 소리는 들어보았지만, 미역을 먹으면 아들, 딸이 쏙쏙 들어선다는 말은 처음들은 터다. 어쨌거나 밉지 않은 홍보여서 아직 아이를 낳지 못한 여인들이 속은 셈치고 미역을 다발로 사간다.

"감사합니다. 예쁜 아들 나세요."

"전 딸이 좋은데요?"

삼십대 초반의 주부가 돌미역을 세 가닥이나 사자 황보가 덕담을 한다. 그러자 주부가 딸이 좋다고 해 좌중이 웃어댄다. 황보는 허우대도 멀쩡한데다 얼굴도 맵싸하게 생겨 주부들에게 인기가 높다. 어디에 그런 근성이 숨어 있었는지 노래도 부르고 성대모사도 해 주부들은 덤으로 스트레스까지 푼다. 황보가 마이클잭슨 춤을 추면 다 뒤집어진다.

"황보 사장님, 최고!"

경리를 보던 미스 강이 엄지를 들어 보이고 윙크를 하자 황보의 가슴이 살짝 설렌다. 하지만 그녀는 겨우 스물세 살이다. 일찍 장가갔으면 그만한 딸을 둘 나이어서 황보는 그 설렘을 거둔다. 아내가 간 지 얼마 되었다고 벌써…. 그런 생각도 든다. 어쨌든 참하게 생긴 미스 강이 관심을 보이자 기분은 좋다. 누가 말했나, '모든 사랑은 첫사랑이'라고.

"청산도 모래와 황토에서 자란 육종 마늘이 거접니다, 거저."

황보가 이번에는 청산도 농산물을 홍보한다. 거저란 말에 구미가 당긴 주부들이 몰려온다. 다른 시장에 비해 15% 정도 싼 것을 거저라 했지만 누구도 지청구를 하지 않는다. 주부들이 신뢰하는 것은 상대적으로 싼 가격도 있지만 여기에 있는 농수산물이 청정해역 청산도에서 직접 올라왔다는 점에 있다. 더구나 청산도는 아시아 최초의 슬로시티로 지정되어 드라마와 영화에 자주 나왔다. 특히 '봄의 왈츠'가 방영되었을 때 시청자들은 청산도의 경치에 매료되었다. 노란 유채꽃이 만발하고 청보리가 맥랑(麥浪)을 일으켰을 때, 사람들은 저절로 감탄사를 연발해야 했다. 드라마에 나오는 오스트리아의 수도 '빈'보다 청산도가 더 아름답다고 경탄했다. 신문과 방송이 연일 청산도를 소개하자 관광객들이 구름처럼 몰려들었다. 지난해만 약 사십만 명의 관광객이 다녀갔다. 바야흐로 청산도의 전성시대가 도래한 셈이었다. 청산도의 1차 전성시대는 저 칠십 년대, 삼치 파시(波市)가 한창일 때였다. 그때 청산도는 개들도 천 원짜리를 물고 다니지 않는다고 했다. 하지만 화무십일홍이라고 그 많던 삼치가 서서히 자취를 감추자 청산도 부두엔 배 몇십 척만 남았다. 그 많던 술집이며 다방들도 철수했다. 그랬던 청산도가 최근에 다시 살아난 것이다. 소박한 자연 경관이 도시 사람들을 매료시켰다.

"자, 오늘도 저희 청산도 농수산물 유통센터를 찾아주신 여러분께 감사드리며, 십 분 뒤에 폐장하오니 신선한 농수산물 많이 사시길 바랍니다. 지금부터 15% 더 할인해 드립니다."

황보가 외치자 주부들이 쏟아져 들어온다. 주부 중에는 폐장 시간을 기다렸다가 들어오는 얌체족도 있다. 어쨌거나 모두 고객이어서 황보는 덤으로 듬뿍듬뿍 담아 준다. 알고 보면 이것도 다 교회 목사가 소개해준 마케팅 전문가에게 배운 것이다. 농수산물은 신선도가 생명이므로 폐장이 되기 전에 모두 파는 것이 상책이다.

"오늘 매출 얼마지?"

밤 열 시가 되자 유통센터가 조용해진다. 황보가 미스 강에게 묻자 미스 강이 컴퓨터 엑셀을 이용해 계산을 한다. 농협 마트에서 근무한 적이 있는 미스 강은 척척 일을 잘 한다. 성격도 수더분하고 맑다.

“사백이십만 원입니다.”

“오늘도 제법 했네?”

“사장님이 거의 다 팔았죠 뭐.”

“아니야. 직원들이 더 고생했지. 배가 출출한데, 어디 가서 국밥이나 먹을 까? 부담되면 관두고…….”

“뒷말은 안 해야 더 매력적인데…….”

“그래? 그럼 가지 뭐.”

황보가 머쓱해 하며 유통센터를 나선다. 미스 강이 시건 장치를 하고 따라온다. 둘은 부근 국밥집으로 가 식탁 앞에 앉는다.

“오늘은 둘이네? 애인이야?”

식당 주인인 통영댁이 의미심장한 눈빛으로 말하자 황보가 아니라고 손사래를 친다. 황보 얼굴에 노을이 물들자 미스 강이 피, 하며 웃는다.

“자, 통영 굴을 듬뿍 넣었습니다.”

통영댁이 국밥 두 그릇을 탁자에 놓고 미스 강을 보며 “참하네?” 하자 황보는 부러 천장을 본다. 그 모습이 우스운지 미스 강이 황보의 옆구리를 손가락으로 쿡 찌른다.

“식사 안 해요?”

“으응? 해야지.”

숟가락을 든 황보의 손이 약간 떤다. 황보가 국물을 한 숟가락 떠 천천히 음미한다. 오지랖 넓은 통영댁만큼이나 국물 맛이

진국이다.

"이 굴, 통영에서 바로 올라오나요?"

"그럼. 매일 오지."

통영이 고향인 그녀는 이 굴 국밥만 이십 년 동안 팔았다고 했다. 새벽까지 장사를 해 인근에서 술을 마신 사람들이 자주 찾는 명소이기도 하다. 돈도 제법 모았는지 부근에 점포도 사놓았다고 했다. 바닷가에서 태어난 운명일까, 그녀 남편도 바다에서 죽었다고 했다.

"이건 서비스야."

통영댁이 생굴 한 접시와 소주 한 병을 들고 온다. 노련한(?) 그녀가 무슨 작전을 세우라는 뜻 같기도 하고, 그저 후한 인심 같기도 하다. 황보는 가슴이 콩닥거려 잠시 심호흡을 한다.

"어디 아프세요?"

"응? 아니."

이제 보니 미스 강은 순 악질 여사 기질이 있는 것 같다. 평소엔 얌전하다가 둘만 같이 있으면 노골적이다. 황보는 은근히 겁이 나 부러 딴청을 피운다.

"재혼 안 하세요?"

"응? 그걸 어떻게……?"

"목사님한테 얘기 다 들었어요. 남자 나이 마흔한 살이면 한창인데, 어서 좋은 여자 만나세요."

"좋은 여자가 있어야지…. 그리고 난 아직 아내를 잊지 못해. 가슴에 주먹만 한 것이 들어 있어."

황보가 휴- 한숨을 쉬며 자작으로 소주를 마신다. 미스 강이

흥, 하며 소주병을 가져간다.

"그래, 미스 강도 한 잔 해."

황보가 다시 소주병을 빼앗아 과감하게 따른다. 그제야 미스 강의 얼굴이 환해진다. 통영댁이 오가는 분위기가 심상치 않다 여겼는지 흐뭇하게 웃으며 주방으로 간다. 남편을 잃고 살아온 세월을 얘기하며 눈물짓던 그녀가 떠오르자 황보 가슴도 아릿해 온다. 그녀는 밤낮으로 일해 자식 넷을 모두 대학을 냈다고 했다. 집에 가면 사각모 네 개가 도열된 사진이 걸려 있다고 했다. 재혼도 하지 않고 오직 자식들을 위해서 손발이 닳도록 일만 했다니, 그게 과연 옳은 삶인가 생각도 들고, 한편으론 저 어쩔 수 없는 조선 여인의 전형을 보는 것 같아 애달프기도 했다.

"잘 먹었습니다."

지하철이 끊길 시간이 되어 가자 미스 강이 먼저 자리에서 일어난다. 황보는 남은 소주를 단숨에 마시고 일어난다.

"소주를 물마시 듯하네요?"

미스 강이 마치 마누라도 된 듯 지청구를 하자 황보가 픽 웃는다. 푸른 스물세 살, 그 나이면 좀 더 좋은 조건의 남자가 지천으로 깔려 있을 텐데 자꾸만 가까워지려고 하자 부담이 된다. 또 여자가 먼저 대시하는 것도 모양새가 어째 좀 그렇다. 도도하게, 관심 없는 척해야 오히려 안달이 난 남자들이 달라붙지. 황보는 그 정도는 안다. 하늘로 간 아내는 처녀 때 그랬다. 아무리 애원해도 마음을 열지 않던 그녀가 바다에서 죽은 부모 얘기를 꺼내자 눈물을 흘리며 다가왔다.

"참, 숙소는 어디세요?"

미스 강이 지하철 입구에서 갑자기 돌아서며 묻는다. 황보의 가슴이 쿵 하고 무너진다. 이 시간에 숙소는 왜⋯⋯?

"응? 교회에서 마련해 준 한옥이 있어. 허접하지만 그런대로 살 만해."

"이제 돈도 많이 버는데, 어디 오피스텔 하나 임대하지 그래요?"

"나 주제에 무슨⋯⋯."

"자기비하예요? 아니면 겸손한 건가⋯⋯?"

"미스 강, 잘리고 싶어?"

황보가 웃으며 엄포를 놓자 미스 강이 혀를 낼름 내밀고 지하철로 내려간다. 귀엽다. 그리고 맑다. 황보는 휘파람을 불며 집으로 걸어간다. 이십 분 남짓 걸으면 집이어서 그냥 걸어 다닌다. 자정이 다 된 시간이어서 그런지 거리가 한산하다. 문득 옥탑방과 송 씨 가게가 생각난다. 그래, 이참에 외상을 갚자. 황보는 365 코너로 들어가 돈을 뺀다. 외상값이 35만 원, 거기에다 이자 5만 원을 보태 40만 원을 빼 봉투에 담는다. 서울에 살면서 몇 달 동안 지척에 있는 거길 가보지 못했다. 첫 월급 타면 제일 먼저 송 씨에게 가려했는데, 차일피일 미루다 보니 어느 새 반년이 지났다. 그 사이 여름이 가고 가을이 왔다. 은행나무 잎이 누렇게 물드는 가을의 초입, 황보는 보무도 당당히 송 씨 가게로 걸어간다.

"안녕하⋯⋯?"

가게로 들어가자 송 씨는 안 보이고 웬 사십 대의 사내가 철제 의자에 앉아 있다. 다리가 불편한지 약간 휘어 있다.

"여기 송 씨 아저씨 안 계십니까?"

"송 씨요? 아, 전 주인 말이군요?"

"전 주인이요?"

"네, 두 달 전에 가게 내놓고 고향으로 갔습니다. 전북 고창인가? 거기 가서 아들하고 농사짓는다고……."

"주소 모르세요?"

"그거야 알 수 없지요. 그런데 왜 그러세요?"

"아, 아닙니다."

황보는 사내에게 인사를 하고 가게를 나선다. 그 사이에 가게를 팔고 고향으로 가다니 서운하다. 당당히 내 모습을 보여주고 싶었는데…. 황보는 대신 옥탑방이 있었던 집 쪽으로 걸어간다. 이 시간이면 집주인 내외는 골아 떨어져 있을 것이다. 옥탑방은 비워 있을까, 누가 들어 왔을까. 황보는 어두컴컴한 옛집 앞에서 오래도록 서 있다가 집으로 허적허적 걸어간다. 옥탑방에 난 책받침만한 유리창도 그립다.

황보는 집으로 들어가 벽에 걸려 있는 아내의 사진을 바라본다. 뭐가 그리 좋은지 사진 속의 아내는 늘 웃고 있다. 흡연도 하지 않은 아내가 어쩌다 폐암에 걸렸는지, 그게 자신이 피워댄 담배 탓은 아닌지 만감이 교차된다. 하지만 이차 수술을 거부했던 아내의 말을 어기고 가지고 있는 돈을 모두 털어 수술을 한 것은 지금도 후회되지 않는다. 만약 2차 수술을 하지 않고 아내가 죽었다면 더 후회하고 있을지도 모를 테니. 죽을 줄 뻔히 알면서도 가족을 수술하게 하는 한국인에게는 한(恨)의 정서가 존재한다. 어떤 작가는 한은 풀어지지 않는 것이라고 했다. 그 한은 단순한 억분과 다르다. 한국인에게 한은 퍽 문화적인 말이다.

"여보, 나 어떻게 살고 있는지 보고 있지?"

황보는 아내의 사진을 어루만져 주고 샤워를 한 후 잠을 청한다. 오늘 하루도 최선을 다 해 보냈다. 미래는 알 수 없다. 다만 할 일이 있는 것, 더구나 그 일이 고향과 관련이 있다는 사실에 황보는 만족을 느낀다. 매출도 점점 늘어나고 있고 주부들의 반응도 좋은 편이다.

"여보, 나 잔다?"

황보는 불을 끄고 이불 속으로 들어간다. 교회에서 제공해 준 숙소지만 꼭 자기 집 같다. 이 집에서 살다가 죽은 사람은 누구일까. 왜 집을 교회에 기증했을까. 형제가 없었을까. 이런저런 생각을 하던 황보가 이윽고 가늘게 코를 곤다. 창밖으로 은행잎이 한 잎 두 잎 떨어진다.

우리들의 대장

거리가 은행잎으로 뒤덮일 무렵, 상복에게서 불행한 소식이 전해져 온다. 읍내 병원에 있던 대장이 위독하다는 전갈이다. 생때같은 아들을 잃고 시들시들 말라가던 대장이 간혹 심장마비 증세가 나타난다고 했다. 며칠 전에는 호흡 장애 증세로 몇 번 혼절하더니 오늘은 의식까지 없다고 한다. 황보는 전화를 받은 즉시 고향으로 내려갈 채비를 한다. 유통센터는 팀장에게 맡겨 두고 황보는 급하게 밖으로 나간다. 미스 강이 걱정스러운 표정으로 주차장까지 따라 나온다.

"그분이 누구에요?"

"우리들의 대장."

"대장이요? 혹시 군대……?"

"그건 아니고, 정신적 대장? 아무튼 다녀올 테니, 일 잘 하고 있어."

"네, 다녀오세요."

황보가 차를 몰고 주차장을 빠져나가자 미스 강이 손을 흔든다. 꼭 남편 출장 보내는 신혼 초의 주부 같다. 하지만 황보 가슴에는 여전히 아내가 차 있다. 미스 강의 호의는 좋지만 마음이 가야 사랑도 하지.

차가 대전을 지나고 있을 때 상복에게서 다시 전화가 온다. 대장이 아무래도 오늘을 넘기지 못할 것 같아 광주 대학병원으로 옮겼다고 했다. 황보는 차 속도를 높인다. 한 달 전에 새로 뽑은 차는 성능이 우수하다. 차창으로 단풍이 물든 산이 휙휙 지나간다.

*

세 시간 만에 광주에 도착한 황보는 대장이 입원해 있는 대학병원으로 차를 몬다. 황보는 주차장에 차를 세워두고 급하게 엘리베이터를 탄다. 엘리베이터 안에 환자와 가족이 타 있다. 병세가 호전되지 않은지 가족들의 표정이 어둡다. 이 가족들도 가장의 죽음을 기다리고 있을까. 병원에 올 때마다 황보는 오만하게 살지 말자, 오만하게 살지 말자, 하고 중얼거렸다. 무슨 환자가 그리도 많은지, 하루에도 여러 명이 죽어나가는 병원은 다른 세상처럼 보였다. 이곳에 오면 오만하게 살았던 사람들도 숙연해질 수밖에 없다. 나도 언젠가 병들고 저렇게 죽겠지. 이 깨달음이야말로 병원이 건강한 사람들에게 주는 교훈이기도 하다. 펄펄 날던 사람이 불치의 암에 걸려 침대에 누워 있는 모습을 보면 삶이 얼마나 허망한 것인지 온몸으로 알게 된다. 거기에는 회장님도, 장관님도, 국회의원도 예외가 없다. 죽음은 공평해서 누구도 그 운명에서 벗어날 수 없다. 재산이 조금 있다고, 권력이 조금 있다고 설치다간 병원에 들어서는 순간 그 모든 게 허깨비 그림자에 지나지 않다는 것을 알게 된다.

"대장님."

황보가 중환자실로 들어서자 대장 곁을 지키고 있던 상복과 성무가 자리에서 일어난다. 형수님도 황보를 알아보고 흐느낀다. 대장은 산소 호흡기를 쓴 채 침대에 누워 있다. 황보가 조용히 불러보았지만 미동도 하지 않는다. 링거액이 천천히 떨어지고 있다.

"어떻게 된 겁니까?"

"아들을 그렇게 허망하게 보낸 후 통 밥을 먹지 않고 술로 살았지. 누구보다 건강하고 강골이었는데……"

황보가 묻자 형수님이 옷소매를 눈으로 가져간다. 그 덩치 크고 두 눈이 부리부리 빛났던 대장이 파삭 말라 미라처럼 누워 있자 황보는 다시금 삶의 가벼움에 치를 떤다.

"제가 고향에 갔던 봄만 해도 괜찮을 것 같더니……"

황보가 대장의 손을 잡고 흐느낀다. 호박만했던 대장의 손이 삐쩍 말라 칡뿌리 같다. 손등에 퍼런 정맥이 도드라져 금방이라도 터질 것 같고, 나무 등걸처럼 강건했던 팔은 말라 비틀어져 툭 건드리면 부러질 것 같다. 아, 그 무섭고 용감했던 대장이 지금 아무 말이 없다.

"바쁠 텐데 이렇게 눌러 앉아 있으면……."

형수님이 미안해했지만 셋은 누구도 자리를 뜨지 않는다. 오히려 시간이 지날수록 멀리 부산, 창원 등지에서 살던 친구들이 병원을 찾아 중환자실이 북적거린다. 자정이 되자 스무 명 가까운 사람들이 모인다. 모두 서푼머리산으로 소먹이러 다녔던 친구들이다. 비록 세월이 많이 흐르고 시대도 변했지만, 그들의 가슴에 대장은 영웅으로 각인되어 있다. 삶의 어리마리에 찾아오는 절망과 공포를 이기게 해 준 것이 대장의 그 담력 훈련이다. 이십 미터나 되는 용머리바위에서 뛰어내린 친구들은 결코 하찮은 삶에 굴복하지 않는다. 사지가 마비되도록 헤엄쳐 지초도를 왕복한 친구들은 결코 도전을 두려워하지 않는다. 대장이 우리에게 남긴 유산은 그 용기였다.

"여보……!"

새벽 두 시, 드디어 대장의 호흡이 멈춘다. 우리들의 영웅이 하늘로 간 것이다. 아니, 아직도 구천을 헤매고 있을 아들 곁으로 갔을 것이다. 아무리 건강한 사람도 자식을 잃고는 이토록 허물어질 수 있다는 사실에, 지금은 다들 불혹이 된 친구들은 한마음으로 울었다. 하지만 그들의 가슴 속에는 언제나 용머리바위가 우뚝 서 있을 것이다.

"가네, 가네, 대장이 아조 가네."

장례식 날, 상여가 용머리바위를 돌며 마지막 인사를 한다. 대장의 죽음을 알았는지 수십 마리의 갈매기들이 용머리바위 주변을 선회하며 끼룩끼룩 운다. 우리가 숨을 헐떡이며 헤엄쳐 갔던 지초도는 여전히 갈묏빛 그리움으로 엎드려 있다. 대장은 그의 아들 허묘(墟墓) 위에 묻혔다. 나무로 뭘 깎기를 좋아했던 상복이 '우리들의 대장 여기 잠들다' 하고 각인된 판자를 비석 대신 세운다. 우연이었을까, 대장이 묻힌 자리 정면으로 멀리 용머리바위가 그 위용을 자랑하며 서 있다. 대장은 저기서 다시 소리칠 것이다. 지금부터 너희들은 진정한 사내들이다! 사내가 된 그때의 부하들이 묘를 돌며 군가를 부른다. '멋있는 사나이, 많고 많지만…….' 삼십 년이 된 그 군가가 어쩌면 대장을 위해 지어진 것이 아닌가 할 정도로 내용이 딱 들어맞는다.

"다들 대장의 가르침 잊지 말고 잘 살자."

상복이 외치자 친구들이 박수를 친다. 장례식을 마친 친구들은 오랜만에 선창에 모여 추모의 시간을 가진다. 소주 대신 대장이 좋아했던 동동주가 나와 다들 기뻐한다. 선창에 열 명 남짓한 중년들이 빙 둘러 앉아 동동주를 마시고 있을 때, 지금은 고희가 되어 머리가 하얀 어촌계장과 이장이 안주로 간재미를 썰어 가지고 온다.

"고맙습니다."

친구들이 모두 일어나 두 분에게 인사를 한다. 다른 것은 모르겠다. 장유유서가 낡은 가치로 전락하고 더러 보험금을 타기 위해 부모를 죽이는 시대, 이곳 청산도는 아직도 선후배 사이의 질서가 명확하다. 한 해라도 늦게 태어났다면 선배에게 정중하게 인사해야 한다. 그것도 대장이 가르쳐준 미덕이다. 비록 많이 배우지 못했지만 대장은 아이들의 스승이기도 했다. 밤이 깊어지자 먼 바다에 떠 있는 어화(漁火)들이 동화 속 등불처럼 빛난다. 이 시간에도 어버이들은 바다로 나가 고기를 잡고 양식을 하고 잠수를 한다. 자식들에겐 지긋지긋한 가난을 물려주기 않기 위해, 운명처럼 살았던 이 바다에서 자식들만큼은 벗어나라고, 시신도 찾지 못한 비참한 최후가 오기 전에 도시로 보네 공부시키기 위해, 밤새도록 바다와 싸우고 있는 것이다. 비록 그 바다가 황천길일지라도 어버이들은 오늘도 바다로 나간다.

"그나저나 우리 황보 재혼해야지?"

상복이 재우치듯 말하자 황보가 고개를 돌린다. 바다에 미스 강이 떠오른다. 꿈에 아내가 나타나 재혼하라고 했지만 왠지 기분은 좋지 않았다. 마흔이 넘은 내가 과연 그 어린 여자를……. 황보는 고개를 흔든다.

"생각해 보마."

"뭘 생각해? 그 미스 강 참해 보이던데……."

"알고 있었어?"

"내가 바보냐? 눈짓만 봐도 알지."

상복이 씩 웃는다. 성무도 빨리 낚아채라고 보챈다.

"뭔 볼락이야? 낚아채기는……."

황보의 얼굴에 진달래가 피어난다. 친구들이 왁자하니 웃어댄다. 선창에 부딪친 물보라가 허공으로 솟아오른다. 하늘에 푸른 별이 가득하고 먼 바다에 어화가 꿈결처럼 떠 있다. 청산도의 밤이 깊어간다.

내 인생의 봄날

봄, 봉천동 예식장에 청산도 사람들이 북적거린다. 재경 청산도 향우회는 물론, 교회 목사와 신도들, 그리고 유통센터 직원들이 정장을 하고 예식장 의자에 앉아 있다. 어촌계장이 주례를 보고 그 앞에 신랑, 신부가 맞절을 한다.

"신랑은 미역줄기가 파뿌리가 되도록 신부를 사랑하겠는가?"

"네이—"

주례가 외치자 하객들이 와— 웃어댄다. 신랑의 목소리가 마치 태권도 유단자가 같아 더 우습다. 신부의 얼굴이 빨개진다.

"다음, 신부는 신랑을 자연산 전복처럼 여기고 살겠는가?"

"네."

하객들이 다시 무릎을 치며 웃는다. 가장 청산도다운 주례가 아닐 수 없다. 세상에, 미역줄기가 파뿌리 되도록은 뭐며, 자연산 전복은 뭔가. 이 넉살 좋은 비유에 예식장이 뒤집어진다. 목사가 아멘, 하고 기도하자 신도들이 일제히 따라서 한다.

"으메, 자연산 전복은 낮에도 쩍쩍 달라붙는데, 으짜까잉?"

상복이 소리치자 예식장이 초토화된다. 전국에서 온 황보 친구들도 박장대소한다. 황보 옆에 이장이 부모 대신 앉아 있다. 신부가 음악에 맞춰 퇴장한다. 딴따란…. 자세히 보니 미스 강이다.

"내 국밥 먹으러 올 때 이미 알아 봤다 아이가, 그제?"

국밥집 주인 통역댁이 오달지게 웃어댄다. 대장의 부인도 다가와 진심으로 축해해 준다. 식이 끝나자 신랑, 신부가 신혼여행 갈 준비를 한다. 교회 목사와 상복, 성무 등이 각자 봉투를 꺼내 황보에게 주자 황보가 손사래를 친다. 상복이 봉투를 거두어 차창 사이로 집어넣는다. 하여튼 못 말리는 친구다. 예식장 앞 도로에 백 명 가까운 하객들이 모여 손을 흔든다. 차가 떠난다.

"너무 달라붙지 마라잉!"

상복이 마지막 카운터펀치를 날린다. 청산도 친구들이 다시 바닥을 구른다. 미스 강, 아니 강예진 신부의 얼굴에 때 아닌 단풍이 든다. 황보는 직접 차를 몰고 천천히 예식장을 떠난다. 하늘 푸르고 가까이에 있는 공원에 진달래와 개나리가 흐드러지게 피어 있다.

"아니, 그런데 고속도로로 안 가고 어딜 가요?"

"갈 데가 있어."

차가 엉뚱한 방향으로 가자 신부가 묻자 황보가 씩 웃는다. 차가 한참 달리자 송 씨 가게가 보인다. 거기서 우회전 해 조금 더 가자 옥탑방 집이 나타난다. 황보는 차를 골목에 세워두고 차에서 내린다.

"내려, 인사할 사람이 있어."

"누군데?"

"마음의 부채."

"그건 또 뭐야?"

신부가 마지못해 차에서 내린다. 황보가 전 주인집 대문에 있는 벨을 누른다. 잠시 후, 주인이 누구요? 하고 나온다.

"안녕하십니까?"

"아니, 자넨……?"

주인이 깜짝 놀라며 어색하게 반가움을 전한다. 황보가 그간의 사정을 말하자 주인이 환하게 웃는다.

"드디어 봄이 왔구만?"

비록 매몰차게 굴긴 했지만 황보가 성공해 재혼까지 했다고 하자 주인도 진심으로 축하해 준다.

"그리고 이것……."

황보가 미리 준비한 봉투를 내민다. 돈이 많이 들어있는지 봉투가 두툼하다. 주인이 어리둥절해한다.

"밀린 월세, 전기세, 수도세, 거기에다 이자 조금 보탰습니다."

"아니 이 사람이……."

주인이 봉투를 황보 호주머니에 찔러 넣으며 버럭 화를 낸다. 황보가 다시 봉투를 주자 주인이 미안한 표정을 지으며 봉투를 받는다. 황보가 옥탑방을 한번 보고 싶다고 하자 주인이 허락한다. 황보는 신부 손을 잡고 옥탑방으로 걸어간다. 계단을 올라 옥상으로 오르자 아, 그 작은 옥탑방에 사람이 살고 있는지 커튼이 드리워져 있다. 분홍색 커튼.

"누가 살고 있나요?"

"응, 인근 공장에 나가는 아가씬데, 오늘 마침 쉬는 날이라 방에 있겠구만. 아주 착해. 월세도 안 밀리고……. 허허허."

주인이 웃자 이번에는 황보 얼굴에 단풍이 든다. 그때 아가씨가 빨래가 담긴 플라스틱 바구니를 들고 옥상으로 나온다.

"어머, 누구세요?"

“그 방, 복방입니다. 잘 사세요.”

황보가 덕담을 해주고 1층으로 내려간다. 그 방 전 주인이야. 주인이 대신 말하자 아가씨가 네, 하며 부끄러워한다.

“어쨌든 고마우이. 잘 살아.”

주인이 황보의 어깨를 톡톡 다독여 준다. 황보는 비로소 마음속 부채가 사라진 느낌이다. 황보 부부는 주인에게 정중하게 인사를 하고 차로 걸어간다. 한 가지 아쉬운 점은 송 씨의 주소를 알 수 없다는 점이다. 만난다면 유통센터에 가게 하나 내 주고 싶은데……. 황보가 송 씨 가게를 바라보며 중얼거린다. 사십 대의 사내가 목발을 짚고 가게 앞에 서 있다. 가게를 인수한 저 사내에게도 축복을…. 황보는 마음속으로 기도하고 차를 대로로 몬다.

“자, 지금부터는 내 인생의 봄날 속도로 몬다잉?”

차가 대로로 접어들자 황보가 소리친다. 아내 예진이 안전벨트를 매며 겁을 먹는다.

“그런데 지금 어디로 가요? 괌으로 가려면 공항으로 가야 하는데?”

“신부는 지금 블루 마운틴 아일랜드로 가고 있습니다.”

“거기가 무슨 나라야?”

“청산도.”

“네?”

예진이 기가 막혀 입을 다물지 못한다. 신혼여행을 신랑 고향으로 가는 최초의 신혼부부가 탄생할 순간이다.

“거기 가서 용머리바위에 올라 다이빙 한 번 하고 괌으로 갈

거야."

"다이빙?"

"높이가 이십 미터야."

"그러다 죽으면?"

"과부돼야지 뭐."

"뭐야?"

예진이 손가락을 오므려 참게 발을 한 채 달려든다. 차가 잠시 끼익, 하다가 다시 정상으로 달린다.

"수영할 줄 알아?"

"그럼. 내 몸매 보면 몰라. 내 별명이 미스 인어였다구."

"왕복 2㎞인데?"

"뭐라구요? 난 풀장에서만 배웠는데……."

"풀장은 바다가 아니야. 거긴 파도가 없잖아. 바다는 파도가 있어야 바다지. 삶도 그러지 않을까?"

황보가 외치자 예진이 알 듯 모를 듯 고개를 끄덕인다. 파도가 없는 바다는 바다가 아니다……. 미리부터 삶의 시련을 예고하는가 싶자 예진도 긴장한다.

"집은 안 살 거예요?"

"유통센터가 반석에 서면 나는 고향으로 내려갈 거야. 가서 친구들하고 배도 부리고 양식도 하며 살 거야."

"네? 세상에…. 우리 결혼 물려요."

"그러든지."

"뭐에요?"

황보가 웃어대자 예진이 거품을 보글보글 끓는 바닷게처럼 손가락을 오므리고 달려든다.

"도시는 더 무서운 바다야."

황보의 말이 무슨 경고처럼 들려와 예진은 손을 거두고 심호흡을 한다. 남편이 그저 오지랖 넓은 남자인줄 만 알았더니, 산전수전 공중전까지 다 겪은 어설픈 철학가 같다. 하지만 아내가 되려면 그 어설픈 철학도 삶의 지혜가 되겠지? 예진이 다정한 누나처럼 황보의 어깨를 톡톡 쳐준다. 차가 고속도로로 접어들자 '내 인생의 봄날' 속도로 달리기 시작한다.

사진 한 장

아빠가 정처 없이 떠났지만
엄마는 바다에서 물질하는 것을 멈추지 않았다.
나는 갯바위에 앉아 엄마가 나오길 기다렸다.
저러다가 영영 나오지 않으면 어떻게 될까.

바다에 가고 싶다는 가족들의 의견을 묵살하고 나는 올 여름 휴가도 설악산으로 떠나기로 결정했다. 내 결정에 아내와 아이들은 순순히 따랐다. 겉으론 가족회의지만 최종 결정은 항상 내가 내렸다. 아내와 아이들은 내 의견에 항상 순종했다. 저항해봐야 소용없다는 것을 알고 있고, 또 바다에는 가지 않으려는 나의 태도에 자기들 나름대로 뭔가 느끼고 있는 듯했다. 그것이 회피든 아니면 어떤 대상에 대한 콤플렉스든 가장이 싫어하는 것을 가족이 좋아해야 할 이유는 없는 것이다. 가족들은 내가 바다를 멀리하고 가능한 한 고향과 부모 애기를 하지 않는 것을 알고 있었다. 그것은 가장의 권위에 순종하는 것과는 성격이 달랐다. 가장의 명령에 하릴없이 순종하는 것이 아니라, 가장의 내면을 이해하고 가능하면 아픔을 건드리지 않으려는 일종의 배려라고 해야 옳았다. 물론 그것마저 나의 자의적 해석일지 모르지만.

설악산 콘도에 전화해 예약을 하려는데 문제가 발생했다. 그 사이에 동생에게서 문자가 왔다. 휴대폰으로 온 문자를 확인한 나는 잠시 망연자실해졌다. '형 덥지? 고향에 한번 와. 어머니가 많이 편찮으셔.' 동생이 보낸 문자를 읽은 나는 베란다로 나가 담배를 피워 물었다. 거실에서 여름휴가 계획을 짜고 있던 아내와 아이들이 자꾸만 나를 쳐다보았다. 그동안 끊었던 담배를 다시 피우는 것에도 실망했을 테고, 뭔가 걱정이 있는 듯한 표정에 긴장도 되었을 것이다.

담배 연기를 허공에 훅 뿜었다. 어머니가 많이 편찮으시다는 말이 마음에 걸렸다. 평소 전화를 자주 하지 않았던 동생이 여북했으면 문자로 소식을 전했을까. 나와 열네 살 터울이 난 동생은 평소에도 나를 어렵게 생각했으며 웬만한 일이면 연락을 하지 않았다. 더구나 동생은 어머니를 모셔야 할 의무가 없는 차남이 아닌가. 부모를 반드시 장남이 모시는 세상은 아니지만, 나 대신 어머니를 모시고 사는 동생에게 나는 늘 미안했었다. 간혹 생활비를 보내준 것으로 의무를 대신했지만 중요한 것은 고향과 부모에 대한 나의 태도였다. 아내와 결혼 후 나는 의식적으로 고향과 어머니를 멀리 했다. 거기에는 나만이 간직하고 있는 콤플렉스가 작용했다. 생각해 보면 내 유년은 온통 콤플렉스뿐이었다.

베란다 유리창 너머로 한강공원을 걷고 있는 시민의 모습이 보였다. 연일 계속되는 폭염으로 시민은 그늘이 있는 곳이나 물이 있는 곳으로 몰려들었다. 많은 사람들이 이미 서울을 떠나 휴가를 갔다. 그늘에 앉아 수박을 먹으며 즐거워하는 가족들의 모습이 보이자 가슴이 더 먹먹해졌다. 삼대(三代)로 보이는 가족들이 수박을 먹으며 대화하고 때론 파안대소하는 모습이 부러웠다. 할아버지의 넉넉한 미소 속에 잘 자란 손자들이 재롱을 피우

는 저런 모습은 도시에선 흔히 볼 수 있는 장면이 아니었다. 온
통 시멘트 숲으로 둘러싸인 서울, 그것도 강남에서 삼대가 한데
어울려 노는 모습은 오랜만에 보는 정겨운 그림이었다. 저게 가
족인데……. 죄책감과 부러움이 동시에 밀려 왔다. 해가 서산에
떨어졌지만 한강공원에는 사람들로 북적거렸다. 지금쯤 내 고향
고하도에도 피서객들이 모여들어 왁자지껄할 것이다. 그래… 이
참에 고향으로 가자. 가서 어머니도 만나고 내 유년의 바다에 가
서 가족들과 수영도 하자. 동생이 보낸 문자와 한강공원에서 놀
고 있던 삼대의 모습이 휴가 때면 늘 산을 선택했던 나를 변하게
했다.

"갑자기 웬 고향?"

내가 고향에 좀 다녀와야겠다고 말하자 아내의 눈이 깊어졌
다. 아이들도 의아해했다. 일상의 대화 중 고향 얘기를 거의 하
지 않았던 내가 갑자기 고향을 다녀오겠다고 했으니 놀랄 수밖
에 없었을 것이다. 하지만 놀란 사람은 나였다. 고향이란 말에
가족들이 그토록 놀라하다니, 뭔가 잘못되어도 한참 잘못되었
다. 은근히 자존심이 상하기도 했으나, 그 모든 게 내 탓이니 누
굴 원망할 수도 없었다.

"어머니가 많이 편찮으시대."

"그래요? 그럼 모두 같이 가요."

내가 한숨을 쉬자 뜻밖에 아내가 나의 고향에 관심을 보였다.
나는 기뻐해야 할지 슬퍼해야 할지 몰랐다. 아내와 결혼해 산 지
스무 해 남짓 되는 동안 나는 마치 금기어처럼 고향, 그리고 부
모에 대해서 침묵했다.

“너희들도 가고 싶어?”

“네에-”

아이들까지 나서 바다가 보고 싶다는 말을 하자 나는 어리둥
절해졌다. 하지만 나는 그것이 할머니에 대한 그리움인지 단순
히 도시에서 벗어나 낭만을 누리자는 것인지 알 수 없었다. 어쨌
거나 가족 모두가 나의 고향에 가고 싶다는 말에 나는 적지 않게
당황했다. 살다보면 당연한 도리나 의무가 부담이 될 때가 있는
데, 지금 내가 그랬다. 가족들이 내 고향에 가고 싶다고 하자 가
슴 한구석이 오롯해지면서 밝아지는 것은 일부러 멀리한 고향에
대한 죄책감일까.

“정말 고하도에 가고 싶어?”

내가 재우치듯 묻자 가족들이 일제히 네, 하고 대답했다. 비
록 내 어두운 유년의 기억들이 가족들에게 알려진다 해도 나는
저 일치된 소망을 거스를 수 없었다. 거기에다 어머니의 나이가
올해 여든 살이니 언제 가실지 몰랐다.

“좋아, 내일 아침 일찍 출발한다.”

내가 마치 무슨 선언이라도 하듯 말하자 아이들이 환호했다.
아내는 벌써부터 여행용 가방을 꺼내 먼지를 털고 사야 할 물건
들 목록을 적었다. 남편, 그리고 아빠의 고향에 가는 것이 그렇
게도 좋을까. 명절이면 어쩌다 어머니가 서울로 올라왔지만 가
족들을 모두 데리고 고향에 간 것은 처음이었다. 우리네 국민 정
서로는 도저히 이해할 수 없는 고향 멀리하기, 그게 사실은 나의
콤플렉스에서 기인한 것이다.

찐빵집 아이가 가장 싫어하는 것은 찐빵이라는 말은 슬픈 말

이다. 마찬가지로 생선가게 아이는 생선 냄새가 가장 싫을 것이
다. 나는 어머니 몸에서 풍겨오는 바다 냄새가 제일 싫었다. 아
니 바닷속 갯벌에서 풍겨오는 그 누리치근하고 기분 나쁜 냄새
가 싫었다. 어머니 몸에서는 하루 종일 그 냄새가 났다. 옷에서
도 방에서도 심지어는 어머니가 차려준 반찬에서도 그 냄새가
났다. 내 콤플렉스의 근저에는 그 냄새가 자리했다. 학교에 가면
나는 옷에 코를 대고 그 냄새가 나는지 코를 킁킁거리곤 했다.
심지어는 노트에서도 그 냄새가 배어 있었다. 베란다 유리창에
유년의 바다가 검푸르게 출렁거렸다.

그 시절, 내 고향 고하도는 문명과는 거리가 먼 곳이었다. 섬
이라 전기도 들어오지 않았다. 절반은 농사를 짓고 절반은 어업
을 하는 이른바 '반농반어촌'이었다. 마당만 나서면 스카이블루
색 바다가 끝없이 펼쳐져 있었고, 멀리 섬들이 부레옥잠처럼 떠
있었다. 부두에 들어 찬 배들에선 하루 종일 삼치며 고등어가 쏟
아져 내렸다. 얼음 공장에서는 굵은 얼음 덩어리가 레일을 타고
쉭쉭 지나갔다. 파시(波市)라도 벌어지면 부두엔 다른 섬에서 온
배들까지 몰려와 서로 옆구리를 맞대고 늘어섰다. 파도가 칠 때
마다 배 옆구리에 묶어둔 폐타이어들이 부딪히며 끽끽 소리를
냈다. 살이 통통 찐 갈매기들이 부두를 선회했다. 아낙네들이 김
치 한 통 배에 올려주면 고등어 대여섯 마리가 어판장에 내려졌
다. 다산성의 바다는 풍요로웠으나 나는 늘 의기소침했다.

내가 학교에 가면 아이들이 묘한 시선으로 나를 바라보았다.
하나같이 가난하고 머리에 부스럼딱지가 선연한 그들이 나보다

잘난 것은 하나도 없는데, 왜 나만 보면 무시하는 듯한 표정을 짓는지 알 수 없었다. 다른 아이들에 비해 허우대가 비교적 작은 나는 아이들이 놀려도 함부로 대거리하지도 못하고 가슴만 앓았다. 마음속으로 좋아하고 있던 해란마저 나를 멀리하는 느낌이 들자 죽고 싶었다. 해란은 우리 학교에서 가장 예쁜 아이였다. 아빠가 수협조합장으로 집도 부자여서 입고 다니는 옷이며 도시락 내용물까지 달랐다. 그때만 해도 아이들은 도시락을 싸서 학교에 갔다. 대부분 꽁보리밥에 김치를 싸온 반면에 해란은 쌀밥에 고기반찬을 가져 왔다. 해란이 입은 연분홍빛 원피스에 매달린 하얀 리본이 살짝 내 가슴을 설레게 했다. 나는 마음속으로 해란과 결혼하겠다고 다짐했다. 하지만 나의 그런 황홀한 상상은 기태에 의해 산산이 부서졌다.

"야, 정해송, 니 엄마가 해녀라며?"

점심시간이 끝나고 아이들이 유리창을 열어 김치 냄새를 지우고 있을 때, 평소 거만하기로 소문난 기태가 다가와 씩 웃었다.

"그런데 왜?"

"아니, 그렇다고."

기태가 교실 밖으로 나가자 아이들이 일제히 "해송이는 해녀 아들이라네, 얼레리 꼴레리" 하고 놀렸다. 관자놀이가 솟아오르고 이마에 식은땀이 맺혔다. 섬에서 엄마가 해녀 하는 게 그토록 부끄러웠을까. 나는 수업이 끝나자 곧장 집으로 달려가 엄마에게 소리쳤다.

"아이들이 해녀 아들이라고 놀린단 말이야!"

내가 앙탈부리듯 외치자 엄마가 잠시 아무런 말을 못하고 마당으로 가더니 멀리 드러난 바다를 바라보았다. 엄마의 고향은 제주도였다. 서귀포시 성산포읍이라고 했다. 제주도 하면 해녀가 떠오른 것이야 그때나 지금이나 자연스러운 것이지만, 그때만 해도 제주도에서 다른 섬으로 이주해 결혼해 사는 해녀들은 그 지역에서 무시를 당하고 살았다.

"나, 학교 안 갈래!"

다음 날에도 내가 앙탈을 부리자 엄마가 마루에 주저앉으며 노래를 불렀다. 그때는 무슨 노래인지 몰랐으나 나중에 알고 보니 제주 해녀들이 자주 부른다는 '해녀 노래'였다. '이여도 사나 이여도 사나 요 넬 젓엉 어딜 가리. 진도 바당 한골로 가서 한착 손에 테왁 심고 한착 손에 빗창 심어…….' 무슨 말인지도 모를 노래를 엄마는 계속 불렀다. 목소리는 깊고도 슬펐다. 나는 커서야 그 노래의 뜻을 알 수 있었다. 이어도는 제주 사람들에게 피안(彼岸)의 섬이었다. 각 지방마다 고유의 사투리가 있었으나 제주도 사투리는 유독 알아듣기 어려웠다. '요 넬 젓엉'은 이 노를 저어란 뜻이고, '한착 손에 테왁 심고'는 한쪽 손에 물에 띄우는 박통을 잡고란 뜻이었다. 빗창은 전복을 따는 도구였다. 제주도에선 전복을 '생복'이라 했고, '손에 퀭이'는 손에 굳은 살, '몽고지에'는 손잡이에, '놋둥'은 파도란 뜻이었다. 하지만 엄마는 이쪽 말을 익혀 썼다.

"따라오너라."

내가 학교에 가지 않은 날이면 엄마는 나를 데리고 바다로 갔다. 엄마가 하는 일을 직접 보면 하나도 이상하지 않으며 네가 무시당하며 살 이유가 없다고 했다. 제주도에서 고하도로 물질

하러 왔다가 어느 사내와 눈이 맞아 나를 낳은 엄마는 그 후로 고하도에 눌러 앉았다고 했다. 하지만 아빠는 내가 태어나자 얼마 후 도시로 가버렸다고 했다. 결혼식도 올리지 않아 나는 졸지에 '애비 없는 자식' 이 되어 버렸다. 아이들이 무시하는 것도 아마 그 때문일 것이다.

아빠가 정처 없이 떠났지만 엄마는 바다에서 물질하는 것을 멈추지 않았다. 해녀는 능력에 따라 상군, 중군, 하군으로 나뉘었다. 상군에 속한 엄마는 한번 잠수를 하면 삼 분 남짓 바닷속에서 나오지 않았다. 나는 갯바위에 앉아 엄마가 나오길 기다렸다. 저러다가 영영 나오지 않으면 어떻게 될까. 거대한 상어라도 나타나면……. 엄마가 바닷속으로 들어가 나오지 않는 시간은 나에겐 공포였다. 호오이– 잠시 후, 엄마가 긴 숨을 내쉬며 바다에서 나왔다. 숨이 가빠 휘파람처럼 내쉬는 저 소리를 사람들은 '숨비소리' 라고 했다. 바다엔 박으로 만든 부표가 있었는데 그걸 '테왁' 이라고 했다. 박을 타서 구멍을 내 막으면 박이 부력에 의해 바다에 떴다. 테왁에는 망사리라는 그물이 드리워져 엄마가 잡은 전복이며 소라, 성게 등이 담겼다. 시간이 지남에 따라 망사리에 해산물이 채워지고 테왁이 반쯤 바닷물에 잠겼다.

"어떠냐, 엄매 실력이?"

엄마는 망사리에 해산물이 가득 차고서야 바다에서 나왔다. 고무옷을 입은 엄마의 허리에는 부력에 떠오르지 못하도록 납으로 된 벨트가 드리워져 있고, 손에는 전복을 캘 수 있는 '빗창' 과 미역이나 다시마를 딸 수 있는 '정게호미' 가 들려 있었다. 어느 때는 작살을 들고 들어가 고기를 쏘아 잡아 왔다. 커다란 문어도 잡아올 때도 있고 갯벌로 나가 세발낙지를 잡아 오기도 했다. '족세눈'이라고 부르는 물안경도 잠수할 때 갖추어야 할 필수품이었다. 하지만 나에겐 그 모든 게 부끄러움의 대상이었다. 기태가 해란을 좋아한다는 사실은 나중에 알았다.

"이게 다 돈이다, 돈."

엄마가 자랑이라도 하듯 망사리를 내 앞으로 던졌다. 망사리 안에는 전복, 소라, 성게가 가득 들어 있었다. 이것을 해녀 사업을 하는 선주에게 팔면 매달 돈이 나왔다. 전복은 전량 일본으로 수출되었다. 육지 부자들도 함부로 먹기 힘든 고급 음식이 전복이었다. 지금이야 양식으로 생산된 전복이 흔해 서민들도 전복 맛을 볼 수 있지만, 그때만 해도 전복은 부자 아니면 먹을 수 없었다. 큰 전복들이 꿈틀거리며 저희들끼리 달라붙었다. 가시가 밤송이처럼 돋아난 성게는 잘못 손대면 손가락에 핏방울이 맺혔다.

"맛 봐라."

엄마가 전복은 비싸서 그런지 주지 않고 성게 몇 개를 빗창으로 까 나에게 주었다. 에게게, 알은 쪼끔 있네? 내가 성게에서 나온 주황빛 알을 보고 비웃자 엄마가 기침을 하다 말고 의미심장한 말을 했다. 가시로 온몸을 가리고 누가 나 잡아먹지 않나, 하고 걱정만 하고 사니까 속이 탄 것이제. 사람도 안 그냐. 남 의심만 한 사람들은 속이 볼락 창자만 하제. 엄마가 성게알을 손으로 발라 내 입에 넣어 주었다. 비릿하면서도 달콤한 맛이 입안에 고였다. 엄마는 저 성게알을 된장에 버무렸다가 겨울이면 무를 넣어 국을 끓여주었는데 그 맛이 일품이었다.

"전복도 하나 먹으면 안 될까?"

“그건 안 된다.”

엄마가 냉정하게 고개를 저었다. 성게나 소라는 몰라도 전복은 절대 줄 수 없다고 했다. 그 양도 많지 않았을 뿐만 아니라, 내다 팔면 큰돈이 되기 때문이었다. 하지만 나는 못내 서운했다.

“다 널 위해서야.”

엄마가 고무옷을 벗고 평상복으로 갈아입었다. 고무옷 속에는 ‘속곳’이라고 하기도 하고, ‘소중기’라고도 하는 옷이 여러 벌 보였다. 여름에는 고무옷을 입지 않고 저 소중기만 입고 물질을 했다. 소중기는 입고 벗을 때 편하게 디자인되어 있고, 품을 조절할 수 있도록 옆트임이 되어 있었다. 옆은 단추매듭(벌모작)이 있어 끈으로 열 수 있고, 신체의 크기에 따라 조절할 수 있게 했다. 그 외 머리카락을 정돈하고 보온을 해주는 ‘물수건’이 있었는데, 낮에는 햇볕을 가려주고 바닷속에서는 상어를 물리쳤다. 상어는 자신의 키보다 큰 동물을 공격하지 않으므로 해녀들은 상어가 나타나면 물수건을 길게 풀어 놓는다고 했다. 오동나무 판자를 대어 마름모꼴의 통을 만들고, 그 밑에 유리를 댄 물안경을 ‘창경’이라 했다. 겨울에는 ‘물체’라고 솜에 넣어 누빈 옷을 입었다.

“집으로 가자.”

모자 대신 ‘까부리’를 쓰고 등에 테왁을 짊어진 엄마는 집으로 가는 동안에도 계속 노래를 흥얼거렸다. ‘이어도 사나~ 이어도 사나~ 물로 뱅뱅 돌아진 섬에~ 먹으나 굶으나 물질을 허영~’. 농부들이 피곤을 잊기 위해 ‘농부가’를 부르듯 해녀들은 물질이 끝나면 그 노래를 부르며 하루의 피곤을 물리쳤다.

“엄마, 제주도 가면 해녀 많아?”

“그럼. 해녀가 이 고하도에만 온 줄 아느냐? 저 멀리 일본, 중국까지 가서 돈을 번다. 그래 제주도에선 딸을 낳으면 집안 잔치하고, 아들을 낳으면 조롬팍 찬단다.”

“조롬팍 찬다가 뭐야?”

“발길로 엉덩이 찬다, 란 뜻이야. 그만치 딸이 소중했지만 하도 힘이 드니까, 여자로 태어나느니 쒜로 나즈 하는 말도 있다.”

“쒜로 나즈는 또 무슨 말이야?”

“여자로 태어나느니 소로 태어나지, 하는 뜻이다. 해녀라는 운명은 귀하면서도 고달프지. 무수에서 너물까지 종일 물질을 한다. 바닷속은 추워서 밑에 들어가믄 손이 곱아야.”

엄마가 손을 내밀었다. 전복 껍데기처럼 거친 손이 푸른빛이 감돌았다. 그래서일까 엄마는 자다가 간혹 일어나 손을 털었다. 피가 잘 통하지 않은 모양이었다. 머리가 아프다며 약을 사오라고 하기도 했다.

“마늘 밭에 좀 다녀오마.”

잡아 온 해산물을 해녀 사업을 하고 있는 선주에게 맡기고 집으로 온 엄마가 쉬지도 않고 밭으로 갔다. 집 옆에 백 평 남짓한 마늘 밭이 있었다. 해안가 모래밭에서 생산되는 마늘은 그 맛을 육지에서도 인정해 주어 고하도 사람들의 가외소득에 큰 보탬이 됐다.

“좀 쉬지 않고 밭에 가?”

“다 우리 해송이를 위해서지.”

엄마는 내가 무슨 불평만 늘어놓으면 같은 말을 했다. 아빠가

있으면 저토록 힘들게 살지는 않을 텐데 하는 생각이 들자 아빠
가 미워졌다. 나는 방으로 들어가 벽에 걸려 있는 아빠 사진을 원
망 가득한 눈으로 바라보았다. 고하도에서 배를 타던 아빠는 엄
마와 눈이 맞아 나를 낳았지만 그 이듬해 갑자기 섬을 떠나 어디
론가 가버렸다고 했다. 유일하게 남아 있는 사진 한 장을 엄마는
무슨 가보 모시듯 액자에 끼어 두었다. 비록 결혼식은 올리지 않
았지만 나에게 아빠라는 인식을 심어주려고 그랬을 것이다. 사진
으로만 본 아빠는 원망의 대상이자 동시에 그리움의 대상이었다.
젊은 엄마는 재혼하지 않고 아빠를 기다렸다. 엄마는 허우대 늘
씬하고 얼굴도 맵싸하게 생겨 사내들이 치근덕거렸지만 언행 하
나 허투루 하지 않았다. 하지만 나는 애비 없는 자식, 해녀 아들
이란 말만 듣고 살았다. 아빠는 오직 사진 속에서만 존재했다.

내가 중학생이 되었을 때, 낯익은 사내가 집에 나타났다. 자
세히 보니 사진 속의 아빠였다. 어디서 무얼 하다 왔는지 몰골이
말이 아니었다. 피부는 비 맞은 한지 모양 희누렇고 팔이며 다리
에는 살점이 별로 붙어 있지 않았다. 한눈에 병에 걸려 곧 죽을
사람으로 보였다. 엄마도 아빠의 몰골에 잠시 넋을 놓았다. 인사
해라. 니 아부지다. 엄마가 말했지만 나는 앵돌아앉았다. 집을
나간 지 십삼 년 만에 나타난 사내가 내 아빠라는 말도 충격이
컸지만 다 죽어가는 모습은 나를 더욱 절망하게 했다. 어디서 출
세해 모습이라도 훌륭하게 차려 입고 오면 얼마나 좋은가. 좋은
남자 만나 살지 않고……. 아빠가 기침을 하며 말하자 엄마가 아
빠의 등을 손바닥으로 치며 울었다.

"용서해. 좀 떠돌아다녔어. 당신을 만나 대책 없이 아이를 낳았지만 난 아빠가 될 자격이 없다고 생각했어."

"그럼 왜 이제야 왔어요?"

"떠돌아다니는 게 내 운명인지 모르지만 갑자기 아이가 보고 싶더군."

"나는 안 보고 싶고?"

그 와중에도 엄마가 질투를 하자 아빠가 킥 웃었다. 나 역시 아빠가 엄마와 나를 두고 섬을 떠나버린 것을 이해할 수 없었다. 증오와 그리움의 대상이었던 아빠가 막상 눈앞에 나타나자 나는 배신감에 치를 떨었다. 하지만 엄마는 달랐다. 엄마가 장롱에서 통장을 꺼내며 내일 당장 병원에 가자고 재우쳤다. 아빠가 고개를 흔들었다. 간암 말기라 이미 늦었다고 했다.

"먹어요, 먹어야 사니까."

엄마는 매일 전복을 끓여 아빠에게 주었다. 그때까지 나는 아빠라고 부르지 않았다. 깊은 밤, 엄마 방에서는 웃음소리가 간헐적으로 들려왔다. 다 죽어가는 남편이 왔는데 뭐가 그리 좋을까. 나는 부아가 솟아올라 벽을 주먹으로 쿵쿵 쳤다. 엄마 방이 조용해졌다. 며칠 사이 아빠는 얼굴이 환해졌다.

"우리 해송이를 위해서 수술 받으시오."

엄마는 아빠를 반강제로 목포로 데려갔다. 그동안 모아 놓은 돈이 모두 수술비, 입원비로 들어갔다. 엄마는 고하도와 목포를 오가며 나와 아빠를 돌봤다. 어른들은 그걸 애증(愛憎)이라고 했다. 증오는 또 다른 지극한 사랑이라고 했다. 나는 그 말을 이해할 수 없었다. 두 달 남짓 엄마는 당신의 정성을 다 바쳐 아빠를 돌봤다. 하지만 얼마 후, 아빠는 결국 숨을 거두었다. 차라리 오지 않았다면 소식도 모르고 살았을 텐데 다 죽은 몸으로 엄마를 찾은 이유를 알 수 없었다.

"그래도 찾아와 주어서 고맙지 않니……."

엄마는 아빠를 수술 시킨 것에 일말의 후회도 하지 않는다고 했다. 고아인 아빠는 섬이며 원양을 떠돌다가 죽어서야 고하도 뒷산에 묻혔다. 사람들은 엄마가 미련하다며 입방아를 찧어댔다. 하나 있는 자식을 위해서라도 모른 체해야 했다고 충고했다. 엄마는 가살꾼들의 험담에 일언반구 대꾸하지 않았다.

"해송아, 어깨 좀 주물러라."

아빠가 돌아가시자 엄마의 건강이 급격하게 나빠졌다. 자주 헛소리를 하고 사지에 마비 증세가 온다고 했다. 문제는 거기서 그치지 않았다. 아빠가 다녀간 지 몇 달 후, 엄마가 자꾸만 헛구역질을 했다. 배도 슬슬 불러왔다. 그런 몸으로 어떻게 엄마에게 잉태를 하게 했는지 이해가 되지 않았다. 하지만 내 동생이 생긴 게 분명했다. 이웃들은 너무 늦은 나이에 아이를 낳으면 위험하다며 아이를 지우라고 충고했다.

"혼자보단 둘이 외롭지 않지."

엄마가 아이를 고집한 이유는 바로 그거였다. 하지만 나는 반대하지도 독려하지도 못했다. 엄마의 고집이 여간이 아닌데다 어린 내가 생명까지 어찌할 수는 없었다. 한편으론 나에게도 동생이 생긴다는 묘한 떨림이 존재하고 있었던 것도 사실이었다. 이듬해 가을, 엄마는 불혹이 넘은 나이에 아이를 낳았다. 염려대로 아이는 체격이 작고 병을 달고 다녔다. 엄마는 동생을 살리기 위해 사지가 저리도록 물질을 했다.

중학교를 졸업하자 목포로 간 나는 낮에는 동명동 건어물 상회에서 일하고 밤에 야간 고등학교에 다녔다. 엄마는 동생 키우느라 힘들었는지 나에게 돈을 보내주지 못했다. 그때부터 대학을 졸업할 때까지 나는 독학을 했다. 대학 시절, 지금의 아내를 만나 연애를 시작했지만 나는 한 번도 고향과 부모 얘기를 하지 않았다. 내가 고향을 멀리한 것은 어머니에 대한 안 좋은 소문 때문이었다. 어머니가 낚시꾼들과 어울려 술을 마시고 같이 방으로 들어갔다는 소문이 퍼진 터였다. 그렇다고 당장 찾아가 따질 게제도 되지 못해 나는 이래저래 상처만 깊어졌다. 다 죽어가자 나타난 아버지, 원치 않은 동생의 탄생, 생활고로 인한 어머니의 일탈은 독학을 하고 있는 내 가슴에 짙은 그림자를 드리우게 했다.

목포에서 고등학교를 졸업하고 서울로 올라간 나는 남들이 부러워하는 대학에 합격했지만, 엄마로부터 한 푼의 도움도 받지 못했다. 엄마는 허약하기 짝이 없는 동생 돌보는 것만으로 벅찼다. 하지만 나를 엄마로부터 앵돌아앉게 한 것은 결코 돈이 아니었다. 엄마가 낚시꾼들과 어울린다는 소문 때문이었다. 아내는 내가 작은 섬에서 태어나 오늘날 작은 회사를 운영하고 있는 사람 정도로 알았다. 명절이 되어도 나는 가족을 데리고 고향에 가지 않았다. 간혹 어머니가 서울로 올라왔다. 동생은 고향에 남아 어부가 되었다. 동생 역시 부담이 됐는지 여간해서는 나에게 전화를 하지 않았다. 형에게 보잘 것 없는 자기를 보여주기 싫었으리라. 아니, 제 형수에게 우리 집안의 내력을 보여주기 싫었을

지도 몰랐다.

　서울을 출발한 지 다섯 시간 만에 우리 가족은 고하도에 도착했다. 부두에 어머니와 동생이 미리 와 기다리고 있었다. 차를 수십 대나 실을 수 있는 철갑선이 크르릉 소리를 내며 부두에 닿았다. 먼저 승객들이 내리고 나중에 차가 빠져 나갔다. 나는 승용차를 조심조심 운전해 부두 표지석 옆에 대고 어머니와 동생에게로 걸어갔다. 오따, 내 새끼들……. 아내와 아이들이 차에서 내리자 어머니가 아이들을 껴안고 옷고름을 눈으로 가져갔다. 동생의 눈에도 차고 흰 것이 어른거렸다.
　"자주 못 와서 죄송합니다."
　내가 고개를 숙이자 어머니가 손사래를 치며 아니라고 했다. 몇 년 안 본 사이 어머니의 주름이 늘었다. 개펄에 난 연흔처럼 주름살이 힘겹게 살아온 당신의 생애만큼이나 깊었다. 어머니의 옥양목 적삼에서는 여전히 해초(海草) 냄새가 났다. 내가 그토록 싫어했던 냄새, 사실은 내가 꿈속에서도 그리워하던 냄새였다. 깊은 밤, 눈을 뜨면 내 베개 밑에서 출렁거리던 바다, 어디선가 호오이- 하며 들려오던 그 숨비소리, 빗창으로 성게를 쪼개 주황빛 알을 꺼내 주며 환하게 웃던 그 미소를 나는 지금에서야 보고 있는 것이다.
　"어머니는 뒤에 타시고, 너는 내 옆자리에 타라."
　나는 다시 차를 몰고 집으로 향했다. 더러 나를 알아보고 손을 흔들어 주는 사람도 있었다. 부두를 지나 도로를 조금 달리자 고향 마을이 보였다. 양철 지붕에 빨강, 노랑, 파랑 페인트가 칠해져 멀리서 보면 단풍이 든 것처럼 고왔다. 마을 앞으로 남빛 바다가 가없이 펼쳐져있고 선창에는 어장을 마친 배들이 옆구리를 맞댄 채 늘어서 있었다. 해안가를 연하여 빙 둘러선 소나무들은 예나 지금이나 사철 푸르렀다.

"우선 밥부터 먹어라."

어머니와 동생이 밥상을 들고 왔다. 감색 빛 밥상에는 삼치구이, 고등어구이, 김무침, 파래무침, 조개탕, 매생이국, 톳무침, 문어, 가자미, 넙치, 광어 등등 온통 해산물 천지였다.

"니 동생이 너 오면 준다고 방질하며 준비했다. 전화 한 통화 안 해 준 형이 뭐가 그리 좋다고……."

나와 가족들이 밥상에 속소그레하게 차려진 반찬을 보고 입을 벌리자 어머니가 푸념했다. 서른두 살이 되도록 결혼을 하지 못한 동생은 작은 체격과 새까만 얼굴이 부끄러웠는지 연신 고개를 돌렸다. 나는 오랜만에 동생의 얼굴을 자세히 들여다보았다. 선한 눈매에 오종종 다문 입술이 사진 속의 아빠와 닮았다. 웃을 때 콧등에 주름이 두 개 잡히는 것도 똑같았다. 나는 은근히 기분이 좋아졌다.

"아빠, 이런 고향을 왜 안 왔어?"

"응? 그, 그게……."

해산물을 맛있게 먹던 아들이 아픈 데를 찔렀다. 나는 가자미 가시를 발라먹다가 목이 막혀 헛기침을 토해냈다. 아내가 물을 따라주며 슬며시 웃었다. 어머니는 손자들이 오진지 자꾸만 밥에 생선살을 발라 올려 주었다. 가까이 해안가에서 파도 소리가 쏴아- 하고 들려왔다.

"이분이 할아버지에요?"

밥을 먹고 난 후 방 안을 둘러보던 아들이 액자를 보더니 까만 눈을 반짝거렸다. 한 번도 할아버지 사진을 보여준 적이 없는데, 피는 어쩔 수 없는 모양이었다. 육십 년 만에 만난 이산가족들이 서로를 알아보고 껴안던 모습이 떠올랐다. 아무리 세월이 흘러도 변하지 않는 물색, 어딘가에 숨어 있는 가족이라는 눈빛은 영원할 테니. 그 가족과 고향은 버린다고 버려지는 것이 아니었다.

"오랜만에 팽나무에 한 번 올라가볼까?"

나는 마당 구석에 서 있는 팽나무로 갔다. 거기 올라가서 보면 멀리 부두와 초등학교가 잘 보였다. 내가 팽나무를 기어 오르자 아이들이 신기해했다. 팽나무에 올라 보자 부두와 그 위쪽 초등학교가 보였다. 보리깜부기처럼 얼굴이 까만 아이들, 그때 내가 좋아했던 해란은 어디서 누구와 살고 있을까. 말썽꾸러기 기태는……. 지금쯤 중년이 되었을 그들을 한번 만나보고 싶었다.

밤이 깊어갔다. 어머니는 아내와 아이들을 데리고 큰방으로가 밤새 대하소설을 썼다. 나는 동생과 작은 방에서 광어회에 소주를 마셨다. 동생은 형이 어려운지 눈을 마주치지 못했다. 살아온 내력도 그렇고 아직 장가도 가지 못했으니 형 보기 민망스러웠겠지만, 정작 미안한 사람은 나였다. 하지만 동생은 불평 하나 늘어놓지 않고 계절마다 해산물을 올려 주었다. 도시의 아파트에 김, 미역, 말린 고기 등을 펼쳐 놓으면 하루 종일 바다 냄새가 났다.

"내일 아침에 아버님 묘에 가자."

"네, 형님."

형님……. 동생에게서 그 말을 듣자 기분이 오롯해졌다. 어쩌면 나를 아버지로 여겼을 동생, 그 동생이 나를 위해 자연산 광어회를 마련해 놓고 소주를 따르고 있었다.

　다음 날, 아침 식사를 마친 가족은 아버지가 묻혀 있는 산으로 갔다. 소나무가 우거진 산 중턱에 아버지의 묘가 초라하게 엎드려 있었다. 그 옆으로 시신이 없는 허묘가 대여섯 개 보였다. 고하도엔 이런 묘가 많았다. 태풍에 돌아오지 못한 어부들의 묘였다. 저 검푸르게 출렁이는 바다는 어부들에게 삶의 터전이면서 황천길이 되기도 했다.
　"묘를 잘 돌봤구나."
　비록 비석 하나 없는 초라한 묘였지만 주변이 잘 정돈되고 잡풀도 보이지 않았다.
　"절해라. 니들 할아버지 묘다."
　어머니가 명령하듯 말하자 아이들이 어색하게 절을 했다. 큰애가 대학생이 되도록 할아버지 묘에 데리고 오지 않은 것이 못내 죄스러웠다. 생각해 보면 아무것도 아닌 것이 그 시절엔 왜 그리도 부끄러웠는지 알 수 없었다. 걱정 없이 자란 아내에게 내보잘 것 없는 가족의 내력을 보여주고 싶지 않았다. 무덤 속의 아버지가 나를 얼마나 원망할지 입이 썼다. 아니다, 처음으로 보는 손자들을 꼭 껴안아 주고 싶겠지. 종이컵에 소주를 따르던 어머니의 손이 자꾸만 눈으로 갔다.
　"근본이 없는 사람도 자식을 낳으면 근본이 생기는 법이고, 아무리 못났어도 애비는 애비고, 할애비는 할애비다."
　어머니가 허리를 펴며 일갈하자 내 가슴 속이 뜨끔해졌다. 그

뜻을 모를 리 없는 아내도 잠시 당황하는 기색이 역력했다. 아이들만 영문도 모르고 묘를 돌아다니며 장난을 쳤다.

"죄송해요, 어머님."

아내가 고개를 조아리자 어머니가 비로소 속이 후련한 듯 환하게 웃었다. 저 말을 하기 위해 얼마나 기다렸을까.

"마침 썰물이구나. 바다에 가자."

어머니가 먼저 산을 내려갔다. 여든의 나이에 산길을 척척 오르고 내려가자 은근히 고마웠다. 어머니가 많이 편찮으시다는 동생의 문자는 거짓말이었을까. 어머니는 허리가 굽고 머리카락은 온통 은빛이어도 손자들이 오자 힘이 나는 모양이었다.

"이게 조개고, 이게 꼬막이다."

갯벌에 도착한 어머니가 갯돌 조각으로 개펄을 파더니 주먹 한만 조개며 꼬막을 캐냈다. 갯돌 조각으로 파기만 해도 조개와 꼬막이 알토란처럼 나오자 아이들이 놀랐다. 그뿐인가 갯바위에 널브러진 파래, 청강, 모래밭에 굴러다니는 굴멩이 등 바다에는 먹을 것 천지였다.

"아빠, 이게 뭐야?"

아들이 파도에 떠밀려 온 복어를 보고 두 눈을 깜박거렸다. 엄청나게 큰 복어가 하얀 배를 볼록거리며 가쁘게 숨을 몰아쉬었다. 깊지 않은 바다에서 놀다가 썰물이 되자 그만 바다로 나가지 못한 모양이었다. 상대가 공격하면 배를 과장스럽게 부풀려 '허풍쟁이'라고 부르는 고기였는데, 독이 있어 함부로 먹다간 사람이 죽기도 했다. 내가 어렸을 때 마을 사람이 복어를 먹고 살아났지만 벙어리가 되었다.

"아빠가 어렸을 때 북어로 축구를 하곤 했지."

"축구? 그럼 나도 해볼까?"

아들이 복어를 발로 차려고 하자 어머니가 살아 있는 것을 그러면 못 쓴다고 복어를 주워 바다에 던졌다. 복어가 꼬리를 살랑살랑 흔들며 바다로 헤엄쳐 갔다. 밀물이 시작되는지 갯벌이 차츰 지워졌다. 밀물이 되자 선창에 비스듬하게 있던 배들이 몸을 반듯하게 했다. 구멍 밖으로 마실 나왔던 갯강구들이 인기척에 놀라 일제히 구멍 속으로 도망갔다. 촉수가 발달해 조금만 소리가 들려와도 제 집으로 도망가는 녀석들이었다.

"아직도 물질하고 있으려나?"

선창 쪽으로 걸어가던 어머니가 그 뒤편 바다를 바라보았다. 한참 걸어가자 물질을 하고 있는 해녀들이 보였다. 고하도엔 제주도에서 온 해녀가 스무 명이 넘었다. 더러는 일정 기간 계약을 해 오기도 했고, 아예 고하도에 정착한 해녀들도 있었다. 어머니가 갯바위에 서서 손을 흔들자 해녀들이 어머니를 알아보고 호오이— 호오이 숨을 몰아쉬며 손을 흔들었다. 모두 제주도 김녕에서 왔다고 했다. 성산포읍에서 온 어머니는 고하도에 정착한 해녀 일호였다. 하지만 나는 아직 아내에게 그 말을 하지 못했다. 니 엄마가 해녀라며? 어렸을 때 기태가 물었던 그 말이 평생 상처처럼 가슴에 박혀 있었다.

"해녀, 처음 봅서게?"

"네, 신기해요."

어머니가 오랜만에 제주도 사투리로 묻자 아이들의 두 눈이 까맣게 빛났다. 해녀들은 바다 밑을 기어 다니며 해초와 바위 사이에 숨어 있는 소라와 전복과 성게를 주워 망사리에 담았다.

"저 둥둥 떠 있는 것이 테왁이다. 해녀들은 저기에 가슴을 대고 잠시 휴식을 취한단다. 그 밑에 달린 그물이 망사리야."

어머니가 신명이 나 설명을 하기 시작했다. 해녀들이 사용하는 도구며 옷, 해산물 종류가 망라되었다.

"우리 애들이 오늘 생생한 공부를 하고 있네요?"

아내가 나를 보고 모처럼 환하게 웃었다. 그래서일까 나는 아내에게 고백하고 싶었다. 사실은 우리 어머니가 해녀였어. 내가 심각한 표정으로 말하자 뜻밖에 아내가 이미 알고 있다며 웃었다. 내가 당황하며 그걸 어떻게 알았느냐고 묻자 아내가 내 일기를 보았다고 했다.

"당신, 남의 일기 몰래 훔쳐 본 거야?"

"내가 남이에요?"

그런가……? 그때서야 나는 비로소 아내가 남이 아니란 사실에 은근히 즐거웠다. 남들이 자수성가했다고 말하는 나는 정작 가장 폐쇄적이고 전근대적인 사고에 사로잡혀 있는지 몰랐다. 비밀처럼 간직한 말이 기실 아내가 이미 알고 있는 말이라니 허탈하기도 했다.

"아들하고 손자들 왔수꽈?"

해녀들이 물질을 마치고 갯바위로 나왔다. 해녀들을 싣고 다니는 배가 따로 있었지만 오랜만에 나를 보고 싶었을 것이다. 내가 인사를 하자 해녀들이 물 묻은 손으로 내 얼굴을 만지며 기뻐했다. 갈퀴처럼 오그라든 해녀들의 손에서 오래전의 그 냄새가 났다. 해녀들이 노래를 불렀다. '우리 배에 눈이 맑은 서낭님아 앞발로랑 허우치멍 뒷발로랑 거두잡아 고동 생복 좋은 딜로 득달하게 해여나줍서 히이여차라 쳐라 쳐…….’ 차츰 부풀어 오르는 바다에 해녀 노래가 길게 울려 퍼졌다. 서서히 날이 저물자 바다에 어화(漁火)가 꿈결처럼 떴다.

다음 날, 우리 가족은 해양문화축제를 보기 위해 목포에 있는 평화광장으로 갔다. 새로 조성된 광장은 크고 넓었다. 광장에서는 각종 공연이 벌어지고 바다에서는 노젓기 대회, 윈드서핑 대회, 요트 승선 체험 등이 열리고 있었다.

“목포도 많이 변했구나.”

차를 타고 하당의 신시가지, 목포역, 유달산 주변을 둘러본 어머니가 옛날이 그리운지 두 눈에 물기를 담았다. 아버지와 연애 시절에 자주 왔던 곳이라고 했다. 나 역시 몇 년 만에 와 본 목포였다.

“아버지는 그때 왜 돌아왔을까요?”

유달산 노적봉 부근을 걷다가 내가 묻자 힘겹게 계단을 오르던 어머니가 멀리 보이는 목포대교와 그 뒤로 드러난 고하도, 안좌도, 외달도, 장좌도 등을 바라보았다. 어머니가 느리게 말했다. 고아였으니 원래 떠돌이였어. 그러다가 몸에 병이 들자 찾아온 게지. 그게 사내들이야. 하지만 난 니 애비 원망하지 않는다. 다만 네가 애비 없이 혼자 독학하며 공부한 게 지금도 가슴이 아프다. 난 병약한 니 동생 키우느라 여유가 없었고……. 그래 니가 고향에 자주 안 와도 난 하나도 서운하지 않았어야. 물론 나에 대한 안 좋은 소문이 퍼진 것도 안다. 하지만 그들이 어찌 알겠느냐. 그렇게 해서라도 니 동생을 살리려는 내 마음을……. 이제 나는 죽어도 원이 없다. 네가 저토록 잘난 아들 딸 낳아 잘 길렀으니 더 이상 뭐가 부럽겠느냐. 고맙구나. 그리고 미안하다, 우리 아들……. 어머니가 옷소매를 눈으로 가져갔다. 아이들과 아내는 동생하고 사진 찍기에 바빴다.

"저게 이순신 장군이 적에게 보이려고 이엉을 둘렀다는 그 노적봉이지? 어디에 이난영 노래도 들을 수 있다던데……."

"삼학도에 이난영 공원이 있어요. 가실래요?"

"그러자."

나는 가족들을 불러 차를 삼학도 쪽으로 몰았다. 삼학도가 복원되었다는 말을 뉴스를 통해 들어 나 역시 한 번 가보고 싶었다. 목포역에서 삼학도로 이어진 철길이 이채로웠다. 오래 전, 저 철로를 따라 석탄차가 달렸다. 대학교에 다니는 아들이 녹슨 철로를 보고 '추억으로 뻗은 시간'이라고 표현해 가슴이 오롯해졌다. 신시가지가 형성되었지만 구도심에는 옛날을 떠올릴 수 있는 곳이 아직 많이 남아 있었다. 동명동 건어물 상회에서 아르바이트를 했던 기억이 떠올랐다. 그때 '영희상회' 주인은 지금도 가게를 하고 있을까. 차창으로 고개를 내밀어 살폈지만 그 간판은 보이지 않았다. 하긴 삼십 년이 흘렀으니 주인도 많이 늙었겠지. 아니면 벌써 세상을 뜬지도 모르고.

삼학도에 도착하자 저만큼 이난영 공원이 보였다. 노래 버튼을 누르자 '목포의 눈물'이 흘러나왔다. 어머니가 기도하듯 두 손을 가슴에 대고 눈을 감았다. '사공의 뱃노래 가물거리며 삼학도 파도깊이…….' 애절한 노랫가락이 울려 퍼지자 다른 관광객들도 잠시 멈추어 서서 노래를 들었다. '목포의 눈물' 노래비 바로 옆에 '목포는 항구다' 노래비가 나란히 서 있었다. 두 개의 노래비가 과거와 현대를 잇는 가교 같았다.

"저, 사진 한 장 찍어 주실래요?"

"그럽시다."

내가 행인에게 카메라를 건네주며 부탁하자 오십 대의 중년 신사가 흔쾌히 허락했다. 그 역시 노모를 모시고 나들이를 온 모양이었다. 우리 가족이 이난영 노래비 앞에 나란히 섰다.

"노래 제목은 목포의 눈물이지만, 웃으세요. 김치-"

중년 신사가 김치, 하자 우리 가족이 환하게 웃었다. 가운데에 선 어머니를 중심으로 왼쪽엔 아들과 딸이 오른쪽엔 나와 아내와 동생이 섰다. 결혼식 때를 제외하고 처음으로 찍어보는 가족사진이었다. 다른 가족들도 휴대폰을 꺼내 사진 찍기에 바빴다. 저 평범하고 흔한 모습이 왜 나에겐 이토록 오래 걸렸을까. 아들과 며느리와 손자들을 거느리고 환하게 웃는 어머니는 오늘 하루 '목포의 눈물'이 아니라, '목포의 미소'를 보았을 것이다. 노래비에 쏟아지는 하오의 햇살이 금빛 헤살을 부렸다.

"부럽소. 사진 잘 나올 거요."

중년 신사가 흐뭇하게 웃으며 카메라를 건네주었다. 부럽다는 말이 부끄러워진 것은 노모를 모시고 공원에 온 그 중년 신사의 어진 눈빛 때문이었다. 부러운 것은 노모의 손을 잡고 공원에 온 당신입니다. 나는 속으로 중얼거리며 중년 신사에게 정중하게 인사를 했다.

"잠깐만요, 제가 사진 한 장 찍어 드리겠습니다."

“그래 주시면 고맙지요.”

중년 신사가 노모를 데리고 이난영 노래비 앞에 섰다. 나는 정성을 다 하여 사진을 찍고 중년 신사의 주소를 메모해 호주머니에 넣었다. 카메라 앵글 속의 모자(母子)가 그렇게 정겨울 수가 없었다. 모자를 바라보는 어머니의 눈빛이 지천에 피어 있는 영산홍보다 고왔다.

*

어머니는 이듬해 봄에 눈을 감았다. 그 전에 MRI 사진을 판독하던 의사가 나에게 물었다.

“혹시 어머님이 머리를 많이 쓰시는 일을 하셨습니까?”

사진을 판독하던 의사가 해 준 말이 가슴에 돌덩이처럼 가라앉았다. 몹시 압력을 받은 듯 뇌 세포가 눌려 있다고 했다. 평생 깊은 바닷속에 들어가 물질을 하는 잠수부들에게 흔히 보이는 증세라고 했다. 노인에게 흔히 찾아오는 치매 증세라고 여겼던 나는 가슴이 먹먹해졌다. 그랬구나……. 당신은 좀 더 긴 시간, 좀 더 깊은 곳으로 내려가기 위해 머리로 쏟아지는 그 모진 수압을 온몸으로 버텼을 것이다. 동생이 사진을 손으로 문지르며 어깨를 떨었다. 아내와 아이들도 무릎에 얼굴을 묻었다.

장례식을 마친 나는 내 사무실에 그 사진을 액자에 넣어 걸어 두었다. 나는 볼 것이다. 마음이 허해질 때, 삶이 무의미해질 때, 자식들이 애를 먹일 때, 나는 저 사진을 볼 것이다.

아버지의 바다

이틀 동안 불어닥친 태풍이
언제 그랬느냔 듯 시치미를 뚝 떼고 돌아앉았다.
풍어호와 청해호에 승선한 다섯 사람은
끝내 가족들의 품에 안기지 못했다.

삶이 각다분해지고 가슴에 철문 하나 닫혀 있는 듯 세상과 소통하지 못할 때, 의식 저쪽에 떠오른 것은 언제나 바다였다. 지천명의 나이에 바다를 추억하는 사내는 행복한가, 불행한가. 바다……. 내 기억 속의 바다는 신비한 마술 램프, 해조음처럼 들려오는 장송곡 몇 소절, 문명이 건너올 수 없는 거대한 벽, 만남인 동시에 단절인 유리창이었다. 그 바다는 내 상상력의 원공간이었으며, 어머니가 내 탯줄을 자른 삶의 구심력이자, 파도 너울을 타고 어디론가 하염없이 떠내려가는 꿈의 원심력이었다. 바다는 지금도 내 추억 속의 흑백 사진들을 집적거리며 검푸르게 뒤채고 있을 것이다.

*

주말 오후, 아침을 먹고 소파에서 설핏 잠이 들었나 싶었는데 눈을 떠보니 어느덧 한낮이 되어 있었다. 여느 때 같으면 아내와 등산을 하고 바지락 칼국수를 먹고 있거나 사우나탕에 가 있을 시간이었다. 하지만 아내는 요즘 가능한 한 나와 같이 있으려 하지 않았다. 아내와 상의도 없이 덜렁 직장을 그만두고 난 후부터였다. 더구나 집안에 대학생이 두 명이었다. 아무런 대책 없이 직장을 그만 둔 데는 내 나름대로 이유가 있었지만, 아내는 그 이유는 차치하고 역성부터 냈다. 도대체 정신이 있느냐, 아이들 등록금은 어떻게 낼 것인가 등등 지청구가 한 바가지 쏟아졌다. 나는 아무런 대거리 하지 않고 듣기만 했다. 아녀자가 직장 생활하는 남편의 말 못할 사정을 알 리 없고, 또 그것을 내세워 동정을 받고 싶지도 않았다. 스물아홉 살에 시작한 직장생활이 지천 명을 넘겼으니 속칭 '사오정'은 넘긴 것이고, 그동안 가정에도 할 만큼 했다는 자부심이 든 터였다. 남들 같으면 아들이 군대 다녀와서 취직을 하거나 결혼할 나이였다. 장가를 일찍 간 동창 중에는 손자를 본 할아버지도 있었다.

내 나이 올해 오십오 세, 참 애매한 나이였다. 은퇴해 편하게 쉴 나이도 아니고 무언가에 새롭게 도전하기도 버거운 나이였다. 퇴직금으로 뭔가 해보고 싶다는 막연한 생각만 하다가 막상 사표를 내고 나니 앞이 컴컴한 것도 사실이었다. 하지만 살다보면 생활보다 더 중요한 게 있을 거라고 나는 믿었다. 도시의 시멘트 숲에서 내 생을 마감하기에는 뭔가 억울하다는 생각이 들었다. 내 나이쯤이면 흔히 찾아오는 삶의 허무는 분명 아니었다. 어딘가에 내가 신명나게 일할 수 있는 곳이 있을 것 같았다. 아내가 계속 투정을 부렸다. 그 연봉에 살기도 힘들었는데, 그나마 안 나오면 어떻게 살아? 그까짓 퇴직금 가지곤 어디에다 가게 하나 못 내. 정신이 있는지 없는지 내 원…… . 아내가 좀 더 노골적으로 심기를 건드리자 나는 슬그머니 일어나 베란다로 나갔다.

나는 베란다 창문을 열고 담배를 꺼내 물었다. 이 나이에 아직 담배를 피우고 있는 것도 아내가 지청구를 늘어놓는 이유였다. 끊어보기 위해 몇 번 시도하다가 포기했다. 지금 생각해 보면 그래도 이 담배가 있어 어려운 시간들을 견뎌낸 것 같았다. 근원을 알 수 없는 절망과 직장에 대한 회의가 밀려올 때 담배는 위로가 되어 주었다. 한 모금 깊게 빨아 허공에 내뱉으면 가슴 속에 쌓인 허무나 억분이 사라지곤 했다. 담배의 양은 가장(家長)이 가진 고뇌의 양이 아닐까. 담배 연기가 베란다 유리창 밖으로 흩어졌다.

방금 한 아내의 말은 엄살이 아니었다. 출판사에서 전국 서점을 대상으로 영업을 했던 나는 연봉이라고 말할 수 없을 정도로 급여가 낮은 편이었다. 내근직과는 달리 내 급여는 실적에 따라 들쭉날쭉했다. 불혹이 되기 전까진 적으나마 월급이 오를 때도 있었다. 하지만 불혹을 넘기고 지천명으로 들어서자 회사에서 슬슬 눈칫밥을 주었다. 사장의 얘기인 즉 내 월급이면 팔팔한 신입사원 두세 명을 쓴다는 거였다. 그 말에 어떻게 충격을 받았던지 그날 나는 소주를 두 병이나 마셨다.

“옆집은 땅에 투자해서 몇 억 벌었다는데…… .”

담배를 피우고 거실로 가자 아내가 설거지를 하다 말고 나를 물끄러미 바라보았다.

“그런 가납사니 같은 여자 말을 믿어?”

나는 옆집 여자의 간드러진 목소리가 떠올라 앵돌아앉았다. 생각 같아서는 당장이라도 달려가서 한 소리 해주고 싶은 생각이 갈마들었지만, 그런 여자들과 상대해봐야 나만 손해라는 생각이 들었다. 옆집 여자는 남편이 부동산 투기를 해 살림은 푸졌지만, 아무 데나 나서 나부대기 좋아하고 누가 입방아라도 찧으면 댓바람에 달려가 싸움질하기 일쑤였다. 내가 음악 소리만 크게 틀어놓아도 쫓아와서 가탈을 부렸다.

"사기 치며 살아도 모자랄 판에……."

아내가 다시 설거지를 하며 뭐라 중얼거리더니 내가 대꾸를 하지 않자 이내 체념했다. 신혼 초기, 드난살이를 일삼았던 우리가 그나마 이런 아파트에서 살고 있는 것도 알고 보면 아내 덕이었다. 성미가 좀 덜룽스러워 그렇지 본심은 착한 여자였다. 지금까지 나하고 이혼을 하지 않고 사는 것만 봐도 그것은 여실히 증명되었다. 사람은 겪어봐야 미립이 난다고, 남에게 스스럼없는 아내의 성격은 나하곤 대조적이었다. 마음이 마뜩치 않으면 심드렁해져 말도 잘 안 하는 나는 태생이 남산골 선비밖에 못할 사람이었다. 어쩌다 아내하고 돈 문제로 싸우면 나는 달포 남짓 혼자 자곤 했다. 무능한 남편으로 낙인찍힌 나는 아내의 가욋사람에 불과했다. 그 덤짜생활을 이십오 년 가까이 했으니, 나도 어지간한 사람이 아니었다.

나는 뼈마디에서 소리가 나도록 기지개를 켜고 거실을 느리게 돌아다녔다. 졸지에 백수가 되고 보니 할 일이 별로 없었다. 베란다 창문으로 여름하게 쏟아지는 하오의 햇살이 거실 바닥에 톡톡 튀며 빛의 산란을 벌였다. 빛이 머문 곳에 소나무 분재 하나가 둥그런 탁자 위에 오도카니 놓여 있었다. 햇살이 비쳐서 그런지 연한 솔잎들이 더 환해 보였다. 한 가지 옥에 티가 있다면 이리저리 틀어진 가지마다 묶여 있는 철사였다. 원래 모양대로 두어도 좋을 텐데 왜 저렇게 인위적으로 가지를 틀어놓았는지 모를 일이었다. 내가 아내에게 저 해송(海松) 분재를 줄 때는 분명 철사가 없었다. 아내가 어디서 보고 왔는지 가는 철사를 사와 가지를 비틀고 거기다 철사를 친친 감아버렸다. 언뜻 보면 기묘하게 틀어진 가지는 아름다워 보였다. 하지만 나는 그 비틀어진 해송 가지만 보면 숨이 막혔다.

"저 철사 좀 풀지 그래."

보다 못해 내가 아내에게 말했지만 아내는 손 하나 끄떡하지 않았다. 마치 저 철사가 자신을 지켜주는 최후의 보루라도 된 양 말을 듣지 않았다. 그렇다고 아내가 수고해 감아 둔 철사를 내가 일방적으로 풀어버릴 수는 없었다. 그것뿐인가. 적금을 들 때도, 집을 살 때도, 심지어는 양복 한 벌을 살 때도 아내는 졸졸 따라다니며 자기 취향만을 강조했다. 양복은 내가 편하게 입으면 그만이지만 아내는 늘 내가 사 온 양복이 촌스럽다는 말을 자주 했다. 어느 때는 '섬스럽다'는 새로운 용어를 만들어 내기도 했다. 내 고향이 섬이니까 촌스러움 대신에 그 말을 억지로 만들어 냈겠지만, 섬 출신인 나는 정작 그 단어의 합성이 불손하기만 했다. 어쨌거나 내가 선물해 준 해송 분재를 지금껏 키우고 있는 것만으로도 나는 아내에게 감사해야 할지도 몰랐다.

나는 소나무 분재를 들고 베란다로 가 햇볕이 잘 드는 곳에 두고 잠시 바라보았다. 세 뼘 크기로 자라난 해송은 모두 여섯 개의 가지로 이루어져 있는데, 전체적으로 보면 삼각형 구조를 닮았다. 마치 작은 크리스마스트리를 연상케 했다. 아내는 실제로 성탄절이 되면 거기에 작은 전구를 수십 개 달아놓고 카드며 사진 등을 달아 놓았다.

"다녀왔습니다."

준수와 혜수가 편의점에서 '알바'를 하고 집으로 돌아왔다. 친구들은 바다로 산으로 바캉스 가는데, 둘은 용케 그런 내색을 하지 않고 생활 정보지를 뒤적이더니 '알바' 자리를 구한 모양이었다. 나는 내심 미안했지만 젊어서 고생은 사서도 한다는 말도 있어 모른 체했다. 방학이 끝나면 내야 할 등록금도 문제였다. 한국장학재단에서 취업후상환제를 도입해 대출은 해주지만 대출금 이자도 만만치 않은데다 대출받는다 해도 그게 다 빚이었다.

"준수 너, 알바 며칠 쉬면 안 되니?

"왜요?"

내가 묻자 준수가 옷을 갈아입다 말고 고개를 갸웃했다. 여름방학 내내 알바를 해도 모자랄 판에 알바를 쉬면 안 되겠느냐는 나의 말이 생뚱맞은 모양이었다. 아내도 두 눈을 뜨악하게 뜨고 나를 쳐다보았다. 평소 수더분한 수혜는 소파에 다소곳하게 앉자 책을 읽고 있었다. 교사 임용고시 책을 보고 있는 듯했다. 사범대에 간 수혜는 국어 교사가 되는 것이 꿈이라고 했다.

"문득 바다가 보고 싶구나."

"또 할아버지 생각하셨구나?"

내가 이유를 말하자 준수가 내 마음을 미리 읽고 환하게 웃었다. 준수는 집안에서 내 마음을 알아주는 유일한 동지(?)였다. 사내 마음을 사내가 알아준다고 생각하자 슬그머니 웃음이 나왔

다. 친구에게 부탁하면 되니까, 가요. 준수가 휴대폰을 꺼내 어
디론가 전화를 했다. 준수는 엄마보다 내 말에 수긍을 잘 하고
웬만하면 대꾸를 하지 않았다. 선한 눈매에 어진 인상도 제 할아
버지를 꼭 빼닮았다. 준수까지 내려간다고 하자 체념했는지 아
내가 일어나 여행용 가방을 내리고 먼지를 털었다. 남자 둘이 뭉
친 일에 여자가 어쩌려고……. 나는 고소하게 웃었다.

*

　지초도에 도착한 다음 날, 나와 준수는 하루 종일 바닷가를
걸었다. 오전 내내 해안을 가득 채우고 넘실대던 바다는 오후가
되자 어느새 저만큼 물러나 있었다. 바다는 마실 잘 나가던 우리
어머니 같기도 하고, 남빛 치마 속에 요염하게 드러난 흰 살을
가끔 보여주던 옆집 누나 같기도 했다. 바다는 첫날밤 새색시의
수줍은 저고리 고름 풀리듯 얌전하다가, 한 번 성났다 하면 세상
을 다 뒤집을 듯 고래고래 소리 지르다 집으로 돌아가는 우리 아
버지의 슬픈 뒷모습 같기도 했다. 어디선가 망치 소리가 텅텅 들
려왔다. 끝없이 펼쳐진 모래밭에 한 소년이 달리고 있었다.
　유년 시절, 학교가 파하면 나는 늘 아빠가 일하고 있는 바다
로 갔다. 바다가 남빛 치마를 걷어 올리고 저만큼 밀려나 있었
다. 걷어 올린 치마 밑으로 거무스레한 거웃처럼 갯벌이 드러났
다. 갯벌에 등고선 무늬 같은 잔주름이 끝없이 펼쳐졌다. 나는
갯벌에 난 주름을 보고 고개를 갸웃했다. 왜 바다에 저런 게 생
겨나는지 궁금해 아빠에게 물었다.

"아빠, 왜 갯벌에 주름살이 생겨?"

"우리 도해는 궁금한 것도 많네?"

아빠가 톱질을 하다가 허리를 펴며 환하게 웃었다. 해안가 야트막한 언덕에 '지초도 조선소'라 씌어 있는 판자가 박혀 있었다. 평지엔 배를 만들 때 쓰일 아름드리 소나무가 베어져 쌓여 있고, 배를 바다에 내리도록 레일을 설치한 곳엔 아빠가 만들고 있는 어선이 그 위용을 자랑하며 서 있었다. 아빠가 연흔에 대해서 설명을 시작했다. 저 모래밭에 난 주름살을 연흔(漣痕)이라고 한단다. 잔물결 연, 흔적 흔, 그러니까 연흔이란, 파도가 물결을 일으킬 때 생겨나는 흔적이라고 말할 수 있지. 아빠가 판자에 손가락으로 한자를 쓰며 설명해 주었다. 나는 그때서야 어렴풋이나마 연흔이 뭔지 알 것 같았다. 사람도 나이가 먹으면 주름살이 생기고, 나무도 나이가 먹으면 나이테가 생기듯 바다는 저 연흔으로 세월의 흔적을 새기는지도 모르지. 아빠가 끝없이 펼쳐진 갯벌을 바라보았다. 그때 아빠의 모습은 영락없는 시인이었다.

"파도가 치면 그냥 생기는 거야?"

내가 묻자 아빠는 신명이 났는지 아예 갯벌로 걸어갔다. 썰물에 조선소 바로 밑까지 갯벌이 드러났다.

"여길 봐라. 각각 모양도 다르고, 마루의 폭과 길이도 다르지?"

"정말 그러네? 왜 그래?"

"연흔이 생겨나는 원리가 거기에 숨어 있지."

아빠가 설명을 계속했다. 이럴 때 보면 무슨 과학 선생님 같았다. 도시에서 고등학교를 나온 아빠는 지초도에서 가장 공부를 잘 했지만 도시에서 살지 않고 고향으로 내려와 할아버지의 뒤를 이어 배목수를 한다고 했다. 그 일로 엄마와 다투기도 했다. 잘 봐라. 파도가 칠 때마다 모래 바닥에 마루가 생겨나지? 파도는 밀려오다 갯벌에 닿으면 그 힘이 약해져 파가 아래쪽으로 전달된다. 바다의 깊이가 그 파장의 반보다 작을 때, 물의 운동이 바닥 근처에서 강하게 일어나 저 연흔이 생겨나는 것이지. 그래서 연흔에서 마루의 간격은 물의 평균 진폭과 같단다. 아빠가 연흔에 대해서 설명했지만 너무 어려워 무슨 말인지 알 수 없었다.

"너무 어렵니? 네가 크면 다시 말해 주마."

아빠가 조선소로 돌아가 내가 가져온 새참 보따리를 풀었다. 엄마가 하얀 옥양목에 싸준 고구마와 막걸리 병이 나왔다. 아빠가 막걸리를 흔들더니 하얀 대접에 붓고 한 잔 거하게 마셨다. 안주로 갓 담근 김치를 젓가락도 사용하지 않고 손가락으로 집어 입에 넣고 우적우적 씹어 먹었다. 오종종 몇 개 놓여 있는 고구마는 내 차지였다. 지초도는 섬이었으므로 곡식이 귀해 고구마가 거의 주식이었다. 모래와 황토가 섞인 지초도 고구마 맛은 근동에서도 알아주었다. 아빠가 막걸리 두 병을 금세 다 마셨다. 같이 일하던 박 씨가 일이 있어 오늘은 혼자 일한다고 했다. 인근 숲에서 매미 소리가 자지러지게 들려 왔다

"자, 또 일해 볼까?"

아빠가 물로 입가심을 한 후 다시 톱질을 했다. 아빠가 들고 있는 톱은 그 크기가 큰데다 모양도 무시무시했다. 집에서 작은 통나무를 벨 때 쓰는 톱하곤 크기도 다르고 모양도 달랐다. 앞부분은 넓고 톱날도 컸다. 언젠가 본 상어 이빨 같기도 하고 심해

(深海)에서 잡힌다는 아귀 이빨 같기도 했다. 거기에 찍히면 호랑이도 도망가고도 남았다. 톱은 뒤로 갈수록 너비가 좁아지면서 톱날도 작았다. 등이 약간 휘어 마치 삼국지에서 조조가 휘두르던 칼처럼 보이기도 했다. 아빠가 통나무에 톱을 대고 살살 긋더니 톱날이 깊숙이 박히자 어깨에 힘을 주었다. 아빠가 힘을 줄 때마다 하얀 톱밥이 튀어나왔다. 그동안 얼마나 많은 통나무를 벴는지 밑에 톱밥이 수북하게 쌓여 있었다. 송진 냄새가 연하게 풍겨왔다. 웃통을 벗고 일하는 아빠의 등허리에서 송진 같은 땀방울이 흘러내렸다. 아빠 팔엔 근육이 알토란처럼 꿈틀거리고, 퍼런 힘줄이 지도 속의 등고선 무늬처럼 툭툭 불거졌다. 밀물이 드는지 갯벌이 서서히 검푸른 파도로 지워지고 서녘 하늘에 노을이 물들었다. 석양에 드러난 아빠의 모습은 어린 내가 보아도 거룩했다. 한편으론 저렇게 힘들게 일하는 아빠가 안쓰럽기도 했다.

"전기톱도 있다던데……."

내가 중얼거리자 아빠가 슬쩍 나를 바라보고 웃었다. 지초도엔 아직 전기가 들어오지 않았다. 육지와 가까운 섬들은 해저 케이블이 깔려 전기가 들어왔지만 지초도는 육지에서 여객선으로 한 시간 남짓 와야 했다. 이름 그대로 흙과 풀로 이루어진 지초도는 원래 사람이 살지 않았다. 아득한 시절, 조상님이 이곳으로 들어와 배목수 일을 시작했다고 했다. 그러니까 아빠는 조상님들이 했던 일을 이어받은 것이었다.

"박 씨 아저씨는 왜 안 왔어?"

평소 보이던 박 씨가 보이지 않고 아빠 혼자 힘들게 일하고 있자 나는 은근히 부아가 났다.

"그만둘 모양이다. 이제 이 일도 사양사업이 됐어. 육지에 조선소가 들어서서 배들을 풀빵처럼 구워내니, 누가 비싼 돈 주고 나무로 만든 배를 쓰겠냐? 이제 주문도 거의 끊겼다. 어쩌면 이 배가 마지막이 될지도 몰라."

아빠가 잠시 호흡을 가다듬으며 허리를 폈다. 통나무를 베어 내자 나이테 단면이 오롯하게 보였다. 나무는 나이를 먹을 때마다 저 나이테가 생긴다고 했다. 갯벌에도 연흔이 있고, 사람의 이마에도 주름살이 생기니 저것들도 다 생명이 있는 존재들이었다. 그래서일까, 아빠는 톱질 한 번도 허투루 하지 않았다. 베어진 통나무에 흠결 하나 없었다.

"자, 이제 삼판 이어붙이기를 해볼까?"

아빠가 톱으로 벤 긴 나무를 배의 중앙 바닥으로 들고 갔다. 예부터 내려온 전통 방식으로 지어진 배는 그 명칭도 다양했다. 배의 제일 앞부분을 덕판 혹은 주전부리라 했고, 그 밑으로 이어진 앞부분을 이물비우라고 했다. 제일 뒤편은 하판, 그 밑으로 이어진 뒷부분을 고물비우라고 했다. 배의 뒷부분에는 배를 운전하는 킷다리가 설치됐고, 그 킷다리를 이리저리 움직이게 하는 창나무가 달려 있었다. 그 외 멍에, 동당장쇠, 장쇠뿔, 투석칸, 개밥통 등 낯선 용어들이 수두룩했다. 언젠가 지초도 앞바다에서 고려 시대 때 침몰한 어선 한 척을 인양했는데, 신기하게도 아빠가 만든 배의 구조와 거의 닮았다. 장쇠에 구멍 뚫은 것 하며, 삼판 이어붙이기, 피새의 모양이 너무나 흡사했다. 어떻게 칠백 년 전의 배가 지금 아빠가 만든 배하고 비슷할 수 있을까.

아빠는 만약 자신이 조선 시대 때 태어났다면 이순신 장군 밑에서 일했을 거라며 어깨를 척 폈다. 배 앞에 용머리를 달고 그 용의 입을 통해 대포를 펑펑 쏘는 모습을 연상하자 아빠가 장군으로 보이기도 했다.

"아빠, 육지에 가면 조선소가 많아?"

"많지. 옛날엔 배 만드는 곳을 배 무으던 곳이라 했다."

"배 묻는 곳?"

"배 묻는 곳이 아니라, 배 무으던 곳. 그게 바로 조선장, 즉 배를 만드는 장소지. 지금의 조선소야. 서울의 노량진, 밤섬, 서강, 용산 나루에 큰 조선소가 있었다."

"그러면 뭐해? 아빠에겐 이제 주문이 안 들어 온담서?"

"하긴 그러네. 그래도 기본 기술은 너도 눈여겨 봐."

아빠는 내가 이곳으로 오면 틈틈이 배 만드는 기술도 가르쳐 주었다. 혹시 나까지 배목수 하기를 원하는 것일까. 엄마가 간혹 와 그런 아빠에게 눈총을 주었지만 나는 배 만드는 기술이 재미있었다. 배는 커 봐야 길이가 십오 미터 남짓 되었다. 근해(近海)에서 어장을 하는 작은 전마선은 길이가 육 미터 정도 되었다. 아빠가 인근 어부들로부터 주문을 받아 만든 배들은 대부분 중선(中船)이었다. 먼 바다로 나가 삼치며 고등어를 잡는 배들이었다. 하지만 몇 년 전에 읍에 조선소가 들어 선 후 주문이 그쪽으로 몰렸다. 거기에선 특수합성 플라스틱으로 주물한 배가 조립되어 나온다고 했다. 나무로 만든 배에 비해 가볍고 값이 싼데다 주문하면 금방 나오니까 선주(先主)들이 그쪽을 선호할 수밖에 없었다.

지초도 부두에는 아빠가 만든 배가 서서히 자취를 감추고 읍내 조선소에서 만든 배들로 채워졌다. 멀리 거문도며 추자도에서까지 주문이 들어 왔던 아빠의 조선소엔 잘려진 통나무만 허망하게 뒹굴었다. 하지만 아빠는 주문이 없어도 이곳으로 와 톱질을 계속했다.

"날이 어두워지는구나. 집으로 가자."

조선소에 어둠이 스멀스멀 기어들었다. 아빠가 연장을 챙겨 작은 창고에 넣어두고 바다로 가 갯벌을 묻혀 손을 씻었다. 아빠의 손바닥에는 송진이 묻어 있었다. 갯벌을 묻혀 바닷물에 씻자 신기하게도 손바닥이 깨끗해졌다. 아빠와 나는 손을 잡고 갯벌을 걸었다. 바닷물이 고여 있는 작은 갯골에 새우가 톡톡 뛰고 붕장어 새끼들이 느리게 움직였다. 갯벌에 나와 놀던 게들이 인기척이 나자 잽싸게 구멍으로 숨어버렸다. 갯벌에 지도를 그리며 놀던 비단고둥들도 제 집으로 기어갔다. 남빛 치마를 걷어붙이고 허벅지까지 보여준 바다가 서서히 갯벌을 지웠다. 소먹이하러 갔던 아이들이 소를 몰고 집으로 돌아갔다. 핑경 소리가 딸랑딸랑 들려왔다. 둥근 지붕들이 오종종 엎드려 있는 마을에선 밥 짓는 연기가 피어올랐다. 낮 동안 먼 바다로 어장을 나갔던 배들이 통통통 소리를 내며 부두로 돌아왔다. 해안가를 기웃거리던 바닷새들도 보금자리로 날아갔다. 멀리 섬들이 시나브로 어둠에 잠겼다. 먼 바다에 어화(漁火)가 꿈결처럼 떠 있었다.

"아빠, 주문 안 오면 조선소 문 닫을 거야?"

아름드리 소나무가 수백 그루 서 있는 해안사구를 지나며 내가 묻자 아빠가 시무룩해졌다. 지난 태풍에 소나무 가지들이 찢어져 밑으로 축 처져 있었다. 태풍이 불면 가장 먼저 온몸으로 바람을 막던 소나무들이었다. 소나무 밑동에 줄이 처져 있고 그 밑에 밥이며 음식이 놓여 있었다. 태풍에 돌아오지 못한 사람들의 가족들이 저기서 두 손을 빌며 절을 하곤 했다. 섬사람들에게 바다는 삶의 원천이면서 때론 황천길이 되기도 했다. 지초도엔 시신도 찾지 못한 어부들의 가묘가 수십 개였다. 아픈 사람이 발생해도 파도가 높으면 육지로 가지 못하고 그냥 참아야 했다. 그런데도 왜 사람들은 섬을 떠나지 않은 것일까.

"주문이 안 오면 닫아야지."

"그럼 뭐할 거야?"

"김 양식이나 미역 양식을 해볼까 한다만 경험이 없어서……."

"이참에 도시로 가면 어때?"

"고향이란 그렇게 쉽게 버릴 수 있는 곳이 아니란다. 도시로 간들 뭐 뾰족한 수가 있는 것도 아니고……."

아빠가 담배를 꺼내 입에 물고 성냥을 그었다. 팍, 소리와 함께 유황 냄새가 풍겨왔다. 감 씨처럼 솟아오른 성냥불에 담배를 대고 연기를 빨아들이는 아빠의 옆모습이 문득 외로워보였다. 담배 연기가 소나무 가지 사이로 춤을 추며 날아가다 사라졌다. 고개를 돌리자 마을 초입에 엄마가 우두커니 선 채 우릴 바라보았다. 해안가까지 밀려온 파도가 자갈밭에 드러누웠다. 자갈 사이로 빠져나가는 파도 소리가 슬펐다.

"우리 도해가 머지않아 중학교 가야하는데, 큰일이네."

아빠가 거푸 담배를 피우며 어둠에 잠긴 바다를 바라보았다. 비스듬하게 기운 채 선창에 묶여 있던 배들이 바닷물이 들어오자 몸을 반듯하게 일으켰다. 어장을 나갔던 어부들이 갑판에서 고기를 푸는지 텅텅 소리가 들려 왔다.

"아빠, 그 배 다 만들면 아빠가 고기 잡으러 가."

"고기는 아무나 잡는 줄 아니? 물 날 때 물 들 때, 어디 가서 무슨 그물을 놓아야 무슨 고기가 잡히는지 알아야 고기를 잡지."

"그것도 기술이 필요해?"

"그럼. 농사든 고기잡이든 경험이 중요해."

"배우면 되지 뭐."

"생각해 보마."

아빠가 담뱃불을 비벼 끄고 집으로 걸어갔다. 엄마가 다가오며 무슨 줄담배를 그렇게 피우느냐고 아빠에게 핀잔을 주었다.

"당신, 나하고 방질이나 다닐래?"

"여자가 배를 타?"

"어때? 처녀 뱃사공이란 말도 있는데……."

"하긴 그거라도 해야 우리 도해 도시로 학교 보내지. 어민후계자 되면 수협에서 융자도 좀 해주나봐."

"좋아, 우선 배 다 만들고 성식이 배 좀 타면서 기술을 배워야겠어. 고기 잡는 기술하면 내 친구 성식이니까."

아빠가 곧장 성식이 아저씨 집으로 걸어갔다. 성식이 아저씨가 부리는 배도 아빠가 만든 것이었다. 초등학교 동창인 성식이 아저씨는 아빠와 함께 섬을 떠나지 않고 살았다.

"그래도 니 아부지 맴이 아프겄다. 평생 그 일만 했는데…. 세상이 변하니까 사라지는 직업도 참 많더라."

엄마가 집으로 걸어가며 길게 숨을 내쉬었다. 마당으로 들어

서자 누렁이가 달려와 꼬리를 흔들며 보챘다. 지난달에 낳은 새
끼들이 까만 눈을 깜박이며 빨리 밥 주라는 듯 재우쳤다. 엄마가
부엌으로 들어가 아궁이에 솔잎을 넣고 불을 지폈다. 부엌 한쪽
에 조선소에서 가져온 나무등걸이며 톱밥이 쌓여 있었다. 무쇠
솥이 앉혀진 아궁이에 톱밥을 던지는 엄마의 손에 힘이 하나도
없었다. 아빠가 고등학교 나온 것 하나 믿고 시집왔다가 섬에 눌
러 앉자 늘 도시를 그리워하던 엄마였다. 종가(宗家)라 집만 컸
지 물려받은 논밭뙈기가 별로 없어 곡간이 늘 비었다. 아빠가 배
를 만들어 번 돈이래야 인건비 빼고 재료비 빼면 몇 푼 남지 않
았다. 엄마는 사시사철 무명 적삼에 미장원에도 안 가 머리카락
이 다복솔처럼 엉켜 있었다. 무쇠솥 뚜껑 사이로 물방울이 흘러
내렸다

　“그렇게 하기로 했다.”

　성식이 아저씨 집에 다녀온 아빠가 마당으로 들어서며 말했
지만 엄마는 별로 반가운 기색이 없었다. 그 점은 아빠도 마찬가
지였다. 고기를 잡는 것과 배를 만드는 것은 서로 멀지 않으면서
도 동시에 전혀 다른 일이었다. 엄마가 소반을 들고 마루로 왔
다. 밥상에 파래무침, 고등어구이, 꼬막무침 등이 속소그레하게
놓여 있었다. 채소가 귀해 김치는 아주 조금 놓여 있지만 대신
해군(?)천지였다. 아빠는 밥맛이 없는지 젓가락으로 반찬을 헤적
이다가 냉수만 들이켰다. 마당 구석에 서 있는 팽나무 사이로 어
둠에 잠긴 바다가 보였다.

*

"여기가 할아버지 조선소였어요?"

준수가 빈 터를 둘러보며 물었다. 지초도로 내려온 후 준수는 나에게 이것저것 물었다. 마치 내가 어렸을 때 아빠에게 그랬듯이. 그때 아빠는 신명이 나 내가 물은 모든 것에 대답해 주었다. 상식도 풍부하고 입담도 좋아 들을 맛이 났다. 하지만 나는 준수의 물음에 아무것도 설명해 줄 수 없었다. 무슨 복수라도 하듯 섬을 떠나 산 지 어언 사십 년이었다.

"그 시절이 언젠데 아직도 통나무들이 있구나."

"할아버지가 직접 톱으로 썬 거죠?"

"그랬지. 그런데 지금 생각해 보면 설령 전기가 들어왔다 해도 당신은 아마 손수 톱질을 했을 거야. 당신의 체온이 묻은 나무로 배를 만들어야 직성이 풀리던 분이니까."

"그 정성이 오늘날 조선강국을 이룬 게 아닐까요?"

"네가 나보다 낫다."

나는 흐뭇하게 웃으며 빈터를 돌아보았다. 사십 년이 지났는데도 아빠가 조선소로 사용하던 곳에 흔적이 남아 있었다. 지금은 썩어 파삭파삭해진 통나무들, 녹이 슨 깨진 톱날, 대패 등이 구석에 뒹굴었다. '지초도 조선소'라 각인된 간판은 땅에 처박혀 쓸쓸하게 최후를 맞이했다. 선창 뒤편 야산에는 아빠가 만들었던 배들이 패잔병처럼 쌓여 있고, 갯강구들이 세월을 갉아 먹고 있었다. 산에서 아빠가 소나무를 벤 곳엔 검게 그루터기가 남아 있고 그 위로 새순이 돋아 숲을 이루었다. 나무를 베어내도 숲은 스스로 상처를 치유하고 빈자리를 채웠다. 하지만 인간은, 아버지가 보낸 그 허망한 세월은 다시 복원되지 않았다.

"할아버지와 할머니는 어떤 분이셨어요?"

준수가 바다를 바라보며 물었다. 전에 말해 준 적이 있어 이미 알고 있었지만 바다에 오자 다시 듣고 싶은 모양이었다. 피란 그런 것일까. 준수의 눈매가 제 할아버지를 꼭 빼닮았다. 아내와 수혜는 갯바위에 붙은 파래를 뜯으며 즐거워했다.

"궁금하니?"

나는 준수와 갯바위에 앉아 먼 바다를 바라보았다. 그해, 그러니까 내가 중학교에 들어갔을 때, 아빠는 마지막으로 만든 배를 바다로 내렸다. 지금도 그 모습이 눈에 선했다. 평소 같으면 돼지머리를 올려놓고 고사도 지내고 진수식을 성대하게 했을 텐데, 그날 조선소엔 배를 바다로 내릴 인부 몇 명만 왔다. 아빠와 배목수 일을 같이 하다가 미역 양식으로 생업을 바꾸어버린 박씨 아저씨도 왔다. 간단하게 소주 한 잔 올리고 진수식이 시작됐다. 인부들이 배를 밀자 레일을 타고 배가 바다로 나아갔다. 제법 덩치가 큰 배인데도 사람들이 힘을 주자 마치 말 잘 듣는 아이처럼 움직이기 시작했다. 배가 바다에 닿자 사람들이 박수를 쳤지만 아빠의 표정은 어두웠다. 그것이 마지막 진수식이었다.

성식이 아저씨 배를 타고 다니며 고기 잡는 기술을 배운 아빠는 드디어 당신이 만든 배를 타고 바다로 나갔다. 아빠가 기관장 겸 선장을 하고 엄마가 보조했다. 그때만 해도 여자가 배를 타는 것은 부정 탄다고 해 금기시 했으나, 아빠는 별 신경을 쓰지 않았다. 고기도 제법 잡혀 집안에 웃음꽃이 피었다. 아침 일찍 먼 바다로 나간 당신들은 바다에 드리워진 그물을 올리고, 빈 시간엔 낚시질을 해 갈치며 삼치를 낚았다. 잡아온 고기는 전량 수협 공판장으로 가 경매에 붙여졌다. 어판장은 경매를 하는 사람들로 북적거렸다. 손가락을 펴 경매가를 알리는 모습들이 재미있었다.

"자, 마음껏 드십시오!"

어쩌다 만선을 하기라도 하면 아빠는 마을 사람들을 불러놓고 돼지를 잡아 잔치를 했다. 수협에 적금을 들고 내가 고등학교에 가면 학비로 쓸 교육 보험에도 가입했다. 엄마는 평소에 자주 가지 않던 미장원에도 출입하고 화장품도 샀다. 나는 생애 처음 운동화를 샀고 가방도 책보가 아닌 가죽 가방으로 바뀌었다. 집 안에는 자개장롱이며 새로 산 TV가 놓여 있었다. TV를 보려면 계란 하나 가지고 면소재지 가게로 가곤 했는데, 이제 우리 집에도 TV가 들어오자 나는 부자가 된 기분이었다. 김일 선수가 나와 레슬링을 할 때면 우리 집 마당은 사람들로 꽉 찼다. 월드컵 예선전이라도 벌어지면 마을이 온통 떠나가도록 소리를 질렀다.

하지만 그 행복은 오래 가지 못했다. 내가 중학교 졸업반이 되었을 때, 일기예보에도 없던 바람이 불었다. 추자도 근처로 은갈치 낚시를 하러 갔던 당신들이 조업을 마치고 지초도로 돌아올 시간이었다. 서서히 바람이 거세지면서 바다에 말총머리 같은 파도가 휘날렸다. 해조음이 음산하게 들려오면서 갈매기들이 낮게 날았다. 추자도 앞바다에서 지초도까지 오려면 몇 시간 걸렸다. 차라리 추자도 근해에 있었다면 근처 부두로 피하면 됐지만 시간으로 보아 지초도로 돌아오고 있을 게 분명했다. 휴대폰이 없던 시대, 바다에 나간 가족들의 생사를 알 수 있는 방법이 없었다.

지초도 선창가에 어둠이 내려도 바다에선 불빛 한 점 보이지 않았다. 파도가 선창을 범람해 솟아올랐다. 파도가 구릉을 이루어 겹겹이 밀려오는 바다는 점점 포악한 근성을 드러냈다. 가만히 서 있어도 몸이 밀릴 정도로 바람이 거세졌다. 집채만 한 파도가 해안가에 와르르 무너졌다. 갯바위를 때리며 솟아오른 물보라가 사방으로 흩어졌다. 일찍 돌아와 선창에 묶여 있던 배들도 두둥실 떴다가 쑥 가라앉고, 옆구리에 묶어둔 폐타이어가 서로 마찰을 하며 끽끽 신음을 토해냈다. 물안개비가 자욱하게 퍼지면서 바다가 흐릿하게 보였다. 어촌계장이 와 금세 조용해질 바다가 아니라고 우려했다.

"이게 시방 무슨 일이다냐……."

"여자가 배를 타더니 기어코……."

추자도로 은갈치 낚시를 하러 간 풍어와 청해호가 아직 안 돌아왔다는 소식이 퍼지자 마을 어른들이 모두 선창가로 모여 들어 한 마디씩 했다. 바람은 점점 거세지고 날은 어두워지고 연락을 취할 방법이 없으니, 가족들은 애가 탔다. 나는 아버지의 조선소로 달려갔다. 조선소 옆 야산에 있는 소나무로 올라가 바다를 바라보았다. 비까지 추적추적 내리자 바로 앞바다도 잘 보이지 않았다.

"일단 신고를 해놓았으니까, 기다려 보자."

소식을 듣고 달려온 성식이 아저씨가 목포 해양항만청에 신고를 했으나, 문제는 시간이라며 안절부절못했다. 숙모가 위장

병으로 읍내 병원에 간 바람에 어장을 나가지 않았던 성식이 아저씨는 다행인지 불행인지 모르겠다며 가슴을 쓸어내렸다.

"그렇게도 고기 잡는 방법을 가르쳐 달라고 애면글면하더니, 이게 뭐냐. 바다란 게 함부로 대할 상대가 아니다."

성식이 아저씨가 소나무 밑동을 발로 툭툭 차며 담배를 피워 물었다. 소나무에 올라간 나는 슬그머니 내려갔다. 조선소 바닥에 쌓여 있는 톱밥들이 빗물에 젖어 폭 가라앉아 있었다. 주변에 널브러진 판자들은 그 사이 시커멓게 퇴색해 썩어갔다.

"몸이 날아갈 것 같다. 일단 집으로 가자."

성식이 아저씨가 내 손을 잡고 이끌었다. 선창으로 걸어가자 청해호 가족들이 울부짖었다. 직접 배를 탄 것은 아니지만 섬사람들에겐 예감이란 게 있었다. 섬사람들은 바다의 색깔, 바람이 전해주는 촉감만 느껴도 불행의 전조(前兆)를 알 수 있었다. 저 정도의 바람과 파도면 중선이 아닌 큰 배도 견디지 못할 것이다. 마음속으론 기적을 바라지만 한편으론 죽음을 받아들이는 것, 그것이 어부 가족들의 숙명인지도 몰랐다. 지서에서 순경들이 나와 뭐라 말했지만 지금 땅에 발을 딛고 있는 사람들은 어부들이 느끼고 있을 공포와 절망을 알 리 없었다. 수천 미터 허방으로 떨어지는 그 공포를 누가 알겠는가. 숨이 떨어지는 그 순간에도 어부들은 가족을 부르며 저 깊은 바닷속으로 잠길 것이다.

공포와 절망의 밤이 가고 아침이 밝았지만 바다는 뒤채고 끓으며 망나니처럼 춤을 추었다. 해안사구에 방풍림으로 심어둔 소나무들이 일제히 몸을 흔들며 온몸으로 바람을 견뎠다. 만조의 바다는 마치 섬을 집어삼킬 듯 길을 삼키고, 지붕 낮은 집들의 서까래를 무너뜨리고, 선창을 반쯤 묵사발로 만든 후에야 스스로 지쳤는지 호흡을 가다듬었다. 이틀 동안 불어닥친 태풍이 언제 그랬느냔 듯 시치미를 뚝 떼고 돌아앉았다. 풍어호와 청해호에 승선한 다섯 사람은 끝내 가족들의 품에 안기지 못했다. 시신도 찾을 수 없었다. 위령제가 열리고 씻김굿을 하고 장례식도 치러졌지만 가족들의 시선은 여전히 바다에 있었다.

*

"이 묘 속엔 시신이 없다. 허묘지. 저 묘도 허묘고, 저 묘도 허묘다. 지초도엔 이런 묘가 수십 개 있다."

선산으로 가 제 할아버지, 할머니 묘 앞에 절을 한 준수에게 내가 설명했지만, 준수는 실감이 나지 않는다고 했다.

"어부가 바다서 죽은 것은 순리인지도 모른다. 섬사람들은 운명을 믿는다. 그것은 결코 자포자기가 아니라, 순리를 받아들이는 거지. 운명은 가장 가혹한 순리의 다른 이름이지. 바다는 모든 걸 안아준단다. 저 어머니 광목 앞치마에 안긴 것들은 그 어진 눈매로 선하다."

"아빠는 시인이 되었어야 했는데……."

"그게 내 꿈이었지. 책을 내는 출판사에서 평생 일했지만 정작 내 책은 한 권도 내지 못했구나. 건축 설계사가 자기 집은 짓지 못한 기분이 이럴까?"

"하루에 수억을 세고도 월급은 조금 가져가는 여상고 출신 은행원 마음도 그렇지 않을까요?"

“이제 보니 우리 아들 센스가 있네?”

“정신의 원형이란 게 있잖아요.”

“대학생이 되더니 많이 성숙해졌구나. 그래, 비록 너는 여기서 태어나진 않았지만 할아버지와 아버지의 고향이란 자식들에게 정신의 고갱이고, 상상력의 원형이지. 그래서 섬스럽단 말이 있는 모양이구나.”

내가 아내의 말을 떠올리자 준수가 빙긋 웃었다. 오랜만에 아들과 대화를 나누자 가슴으로 푸른 바다가 들어왔다. 준수가 묘에 돋아난 잡풀들을 뽑았다. 준수가 태어나기도 전에 돌아가신 당신들이었지만, 지금 당신들은 기분이 오롯해질 것이다. 어이구, 우리 장손자구나. 참 복 있게도 생겼다. 선한 눈매가 네 할애비를 닮았어. 어디선가 어머니가 나타나 말하는 것 같았다. 아들과 묘에 돋아난 잡풀들을 뽑는 시간, 소나무 가지 사이로 하오의 햇살이 금빛 헤살을 부리며 쏟아졌다. 아내와 수혜는 묘 주변에 떨어진 쓰레기를 치우고 있었다.

*

“지초도로요?”

서울로 돌아가 아내에게 아무래도 지초도로 내려가야 하겠다고 말하자 아내가 설거지를 하다 말고 나를 멍하니 바라보았다. 어떻게 장만한 집인데 이 나이에 섬으로…… . 아내의 눈은 그렇게 말했다.

“내가 언젠가 말했지? 남자에겐 생활보다 더 중요한 뭔가 있어. 나는 비로소 알았어. 왜냐고? 난 섬스러우니까.”

내가 웃자 아내도 따라서 웃었다. 내가 귀향을 꿈꾼 것에는 아내가 만든 그 ‘섬스럽다’가 한몫 했다. 얼마나 많은 시간을 정신의 원형을 버리고 저 시멘트 숲에서 살았던가. 그것은 마치 바다에서 태어나 도시의 거실에 놓인 저 해송(海松) 분재만큼이나 어색했다. 해송은 바다에서 자라야 비로소 해송이 되는 것이다.

“그래도 고마워.”

“뭐가?”

“이 해송 분재 안 죽이고 잘 키워준 것.”

“당신 예뻐서 그런 줄 알아?”

아내의 핀잔이 오늘따라 사랑스러웠다. 이제 지천명의 문턱에 들어선 아내도 어느덧 저 해송을 닮아 있었다.

“준수 군대 가고, 혜수 대학교 기숙사에 들어가면 그때 생각해 보지 뭐. 그런데 거기 가서 뭘 하려고?”

시키지도 않은 커피를 끓여와 내 앞에 앉은 아내의 눈이 살짝 설레었다.

“내가 그 집을 안 판 이유, 이제 알겠어? 집을 고쳐 나무도 심고 꽃도 심을 거야. 퇴직금으로 갯벌에 생태학습장을 만들어 보고 싶어. 당신도 알지? 요즘 체험형 관광이 인기라는 것. 조선소에 아버지가 만든 배들을 전시하겠어. 지초도에 가보니까 야산에 아직도 그 배들이 남아 있더라고. 비록 다 썩어 있었지만 잘하면 복원할 수도 있겠어.”

내가 잔뜩 흥분해 말하자 아내는 긍정도 부정도 하지 않았다. 오지랖이 넓어 조금 덜렁거리지만 마음은 한없이 선한 나의 아내가 지금 고민에 휩싸여 있다.

"이제 철사를 풀어도 되겠지?"

아내가 탁상에 놓여 있는 해송 분재를 들고 와 거기 가지마다 친친 감겨있는 철사를 풀기 시작했다. 기묘하게 틀어진 소나무 가지들이 비로소 어깨를 활짝 폈다. 이십오 년 만에 감옥에서 풀려난 것 같네. 내가 호쾌하게 웃자 아내도 따라서 웃었다.

"두 분, 무슨 좋은 일 있어요?"

알바를 마치고 돌아온 준수와 혜수가 자꾸만 고개를 갸웃했다. 아내가 해송 분재를 들고 욕실로 가 물을 주었다. 이제 저 해송은 수돗물이 아닌 짭짤한 바다 냄새를 맡으며 자랄 것이다. 혹시 모르지. 그동안 열리지 않았던 솔방울이 언젠가 본 준수의 탱글탱글한 불알처럼 크게 열릴지. 유년 시절, 깨를 벗고 갯벌에서 놀고 있는 나를 보고 당신은 말했다. 아따, 우리 아들 불알이 해삼만 하네? 하고.

이십사 평 시멘트 숲으로 오늘은 푸른 바다가 넘실거렸다.

철로에 핀 민들레

그해, 아버지가 인천 항구에서
객사했다는 소식을 듣고 열차를 탔을 때
어머니가 철로에 피어 있는 민들레를 보고 눈물지었다.

주말, 가뭄이 계속되어 걱정됐지만 날씨 하난 청명했다. 이러할 때, 가족들과 산으로 바다로 나가면 좋으련만 나는 두 해 남짓 주말을 잃어 버렸다. 기억이 오락가락 하던 어머니가 뇌경색이 와 쓰러졌다. 의사는 노인성 치매가 동반했다고 입원을 권유했다. 하지만 어머니는 두 달 남짓 입원하더니 차라리 집에 가서 죽겠다고 가탈을 부렸다. 의사가 허락하지 않자 어머니는 의사가 회진을 돌 때마다 붙잡아 놓고 말을 함부로 해 미움을 샀다. 처음에는 답답해서 그러겠지 했는데, 갈수록 엄살이 심해지고 심지어는 입원실 기물까지 파손하자 의사가 그만 두 손을 들었다. 의사는 집에 가서 요양하되 꾸준히 약을 복용하고 가능하면 집을 조용한 곳으로 옮기라고 했다. 나는 그러겠다고 약속하고 어머니를 퇴원시켰다.

문제는 아내였다. 어떻게 장만한 아파트인데 그걸 팔고 변두리로 이사 가느냐고 극구 반대했다. 나도 그 점은 이해했다. 맞벌이 십오 년 만에 우리 부부는 겨우 아파트를 장만했다. 일부는 은행에서 대출을 해 충당했다. 결혼 후 십오 년 동안 월세며 전세로 전전했던 타라 아내의 반발은 생각보다 컸다.

"나하고 아이들은 못 가요. 아파트 담보로 하고 대출 받아 변두리에 집을 구하세요. 어머니 돌봐 줄 아줌마도 구해 놓았어요."

"남들은 전원주택 못 구해 난린데……."

"안된다니까, 그러네?"

아내가 앵돌아앉았다. 나는 하릴없이 도시 외곽 지대 중 경치 좋고 조용한 곳을 물색했다. 그러다가 문득 생각나는 곳이 있었다. 어머니의 기억을 되살려 줄 수 있는 곳이 있었다.

"마침 좋은 집이 하나 나와 있습니다. 한옥인데 가격도 비교적 싸고 주변 경치도 좋습니다."

부동산 중개소를 들르자 중개인이 수인선이 지나가던 소래와 군자 중간에 집 한 채가 나와 있다고 반겼다. 나는 중개인과 차를 타고 그 집으로 갔다. 도시에서 온 부부가 살다가 지난달에 호주로 이민 갔다고 했다. 크기도 적당하고 나무로 집을 지어 건강에도 좋을 것 같았다. 주변 풍경도 나무랄 데 없었다. 조금만 가도 들이 나타나고 좀 더 가면 숲이 우거진 야산이 있었다. 나는 당장 계약했다. 이곳은 어머니의 시간이 머물러 있는 곳이기도 했다.

"좋다, 좋아!"

아파트에선 멍하니 창밖을 바라보던 어머니가 이곳으로 이사를 온 후 표정이 밝아졌다. 비록 휠체어를 타고 이동하는 것이지만 어머니는 자주 바깥 구경을 가자고 보챘다.

나는 주말이면 어머니를 휠체어에 태우고 집 주변에 있는 들길이며 가까이에 있는 야산을 돌아다녔다. 구절양장으로 뻗은 비포장도로라 휠체어가 지나가기 힘들었지만 어머니는 오히려 휠체어 바퀴가 돌부리에 튀거나 갈지자로 갈 때 더 즐거워했다. 도심 속 공원에 있는 아스팔트를 지날 때는 한 번도 그런 표정을 짓지 않았다. 어머니가 즐거워하는 대신에 나는 휠체어를 미느라 땀깨나 흘렸다. 휠체어 바퀴가 작은 웅덩이에 들어갔다가 위로 솟으면서 엉뚱한 방향으로 가버린 바람에 휠체어가 논으로 들어간 적도 있었다. 나는 벼가 무릎만큼 자란 논으로 들어간 휠체어를 끌어올리느라 혼쭐이 났다. 재미있는 것은 어머니가 나의 그런 모습을 즐기고 있다는 점이었다.

"그렇게 좋아요?"

나는 어머니 귀 가까이에 대고 소리쳤다. 올해 여든 살인 어머니는 치매가 시작된 후 가는귀가 먹었다. 어머니가 "그럼, 그럼."하며 박수를 쳤다. 가뭄이 계속되고 있었지만 들길마다 산길마다 야생화가 흐드러지게 피어 있고 논에서는 개구리 소리가 왁자하게 들려 왔다.

한참 휠체어를 밀고 야트막한 언덕이 있는 곳에 도착하자 어머니가 "저것, 저것"하며 빨리 그쪽으로 가자고 재우쳤다. 자세히 보니 언덕에 패랭이꽃이 지천으로 피어 바람에 한들거렸다.

나는 휠체어를 언덕 쪽으로 밀었다. 모듈라 형 휠체어는 프레임 자체가 고급스럽고 기능도 훌륭했다. 부품을 탈·부착할 수 있도록 하는 틸링 기능도 있고, 핸드링은 티타늄 합금제로 제작되어 금속 알레르기가 있는 어머니께 적당했다. 나는 이 휠체어를 백만 원을 주고 샀다. 그 일로 아내와 갈등을 벌인 것은 당연지사. 국산도 많은데 왜 비싼 외제품을 쓰느냐고 아내가 지청구를 한 바가지 했다. 도시에서 비교적 어려움 없이 자란 아내가 내 어머니의 세월을 알 리 없었다.

"저기 가고 싶다."

어머니가 갑자기 휠체어에서 내리려고 했다. 그 모습이 갖고 싶은 것 안 사 주면 떼를 쓰는 아이 같아 나는 잠시 멍해졌다. 왼발을 뻗어 언덕에 내리고 손에 힘을 주는 사품이 내가 내려주지 않아도 기어코 언덕으로 올라갈 것 같았다. 나는 어머니가 하는 양을 지켜보기 위해 부러 모른 척 하늘을 바라보았다. 초여름의 하늘은 맑고 높았지만 이글이글 타들어가는 태양은 벌써 한여름처럼 열기를 뿜어냈다. 이마에 땀방울이 송알송알 맺히고 티셔츠가 축축하게 젖어 등허리에 달라붙었다.

어머니가 안간힘을 쓰며 왼쪽 발을 언덕으로 내리고 오른쪽 손에 힘을 주어 일어났다. 그 모습이 아슬아슬했지만 나는 계속 딴청을 부렸다. 내가 딴청 부리는 모습이 미웠는지 아니면 기어코 당신 스스로 일어나려 했는지 어머니는 나의 도움을 청하지 않았다. 어머니가 오른발을 힘겹게 언덕에 대더니 허리를 둥글게 말고 마치 유도 선수가 낙법을 하듯 언덕으로 굴렀다. 언덕에 큰 대자로 누운 어머니가 하늘을 보며 "아, 좋다!"했다. 치매를 동반한 중풍증세가 온 후 처음으로 당신 스스로 두 발과 두 팔을 움직여 공간 이동을 한 것이었다.

"잘 하시면 걷겠어요?"

내가 박수를 치며 축하해주자 어머니가 갑자기 나를 뜨악한 시선으로 바라보더니, "당신 누구요?"하고 물었다. 처음엔 농담인 줄 알았다. 여태 땀을 뻘뻘 흘리며 휠체어를 밀고 온 아들을 두고 누구냐고 묻는 어머니가 세상에 어디 있단 말인가.

"엄마도 참……."

내가 싱겁게 웃자 어머니가 고개를 갸웃하며 처음 본 사람처럼 경계 의식을 드러냈다. 그때서야 나는 장난이 아님을 직감하고 긴장했다. 치매가 온 후 어머니는 기억이 오락가락했으나 나를 몰라본 적은 없었다. 더구나 이곳으로 이사 온 후 정신이 맑아진 당신이 아닌가. 중풍이 온 사람치고 발음도 비교적 정확했다.

"저 태수요, 태수! 어머니 아들, 태수!"

"태수? 태수가 뉘 집 아들이냐?"

어머니가 패랭이꽃을 손으로 쓰다듬으며 지나가는 사람처럼 묻자 나는 그만 말문이 막혔다.

"하따, 이쁘다."

어머니가 고개를 옆으로 돌리더니 패랭이꽃에 말을 걸었다. 요 톱니처럼 난 꽃잎 좀 봐. 루즈처럼 빨간 것은 그냥 패랭이, 연한 홍색은 술패랭이, 맞지? 어머니 눈이 소녀처럼 맑았다. 어머니의 기억이 차츰 되살아나는 모양이었다.

"네 이년!"

한참 패랭이꽃과 대화하던 어머니가 갑자기 노여운 눈빛을 하고 패랭이꽃을 노려보았다. 그 역시 무슨 기억과 관련이 있겠지 하고 나는 부러 간섭을 하지 않았다. 어머니가 마치 화냥년을 꾸짖듯 패랭이꽃을 마구 뜯으며 소리쳤다. 패랭이 네 이년, 사내들에게 자랑하려고 연지 곤지 다 바르고 어디다 눈을 흘기냐? 네 년이 남의 남편 꼬셔 잘 살 것 같으냐? 어림도 없다. 암, 어림도 없지……. 한참 뭐라 중얼거리던 어머니가 정색을 하고 나를 쳐다보았다.

"태수 너도 여기 앉아라. 풀 냄새가 좋다."

"네…? 제가 누군데요?"

"네가 누구냐고? 내 아들이지."

그제야 정신이 든 모양이었다. 나는 얼른 언덕으로 올라가 패
랭이꽃을 한 잎 꺾어 손가락 사이에 끼고 빙글빙글 돌렸다. 패랭
이꽃이 바람개비처럼 돌자 어머니가 손뼉을 치며 좋아했다.

유년 시절, 나는 집 앞 언덕에 올라가 패랭이꽃이며 으아리꽃
을 꺾어 돌리며 놀았다. 여름이면 집 앞 언덕은 수십 종의 야생
화가 흐드러지게 피어 온통 꽃대궐을 이루었다. 그 앞으로 수인
선 협궤열차가 느릿하게 지나갔다. 폭이 좁은 열차는 겨우 두세
량, 많을 때는 대여섯 량을 달고 꽃뱀처럼 지나갔다. 어머니는
지금 아버지를 떠올리고 있는 것이다.

"이 패랭이꽃이 누굴 꼬셨나요?"

"잉? 그랬지. 니 애비는 그년 따라 갔어. 쥐 잡아 먹은 맹키로
입술이 빨간 그년이 니 애비를 홀린 거여. 허우대 멀쩡하고 낯바
닥 맵자하게 생긴 니 애비가 근동에서 여자들에게 인기는 있었
지. 군자, 소래 일대에서 느그 애비를 모르는 여자가 없었다."

어머니가 자랑인지 푸념인지 하다가 저만큼에서 기차가 지나
가자 충격을 받은 듯 멍해졌다.

"열차다……. 그 협궤열차……. 여기가 거기구나……."

어머니가 꿈을 꾸듯 기차를 바라보며 손짓을 했다. 저 아득한
시간이 어머니 손짓 사이로 떠올랐다.

"그 수인선 생각나세요?"

"알다말다. 넌 수인선 협궤열차가 왜 만들어 졌는지 아니?"

"왜 만들었죠?"

나는 알고 있었지만 어머니의 기억을 끄집어내기 위해 짐짓 모른 체 물었다.

"왜놈들이 조선의 질 좋은 소금이나 경기도 이천 여주 일대에서 난 금싸라기 쌀을 인천으로 반출해 일본으로 가져가려고 만든 철도지. 하지만 나에겐 밥줄이었다. 니 애비가 술병으로 죽자 나는 너를 키우기 위해 그 열차를 타고 다니며 젓갈 장사를 했구나. 아, 젓갈……."

어머니가 젓갈 냄새를 맡듯 코를 킁킁거렸다. 젓갈……. 나도 그 냄새를 기억했다. 어찌 그 냄새를 잊을 수 있을까.

"그 기억이 정말 나세요?"

"그럼."

어머니가 시선을 저쪽에 두었다. 어머니 머릿속에는 지금 그 협궤열차가 달리고 있을 것이다. 나도 생각났다. 칙칙폭폭…. 꿰엑! 열차가 좁은 선로를 달리다 악을 쓰면 소스라치게 놀라곤 했다. 고등학교 시절, 나는 그 좁고 작은 열차를 타고 학교에 갔다. 마주 앉으면 앞사람 무릎이 부딪힐 정도로 폭이 좁은 열차는 새끼 밴 암소처럼 느렸다. 열차 안은 통학하는 학생들, 각종 장사꾼들, 도시로 출근하는 사람들로 늘 북새통을 이루었다.

그 시절, 나라는 여전히 가난하고 정치는 혼란스러웠다. 이리역에서 폭발 사고가 나고 탄광이 무너지더니 급기야 대통령이 시해되었다. 협궤열차 안은 종합 뉴스의 공간이기도 했다. 어른들은 조심스럽게 시국을 논하며 우려했고, 대학생들의 옷에서는 최루탄 냄새가 풍겼다. 사방에서 젓갈 냄새며 고등어 냄새가 풍겨 왔지만 누구도 시비하지 않았다. 생존하기 위해선 똥이라도 팔아야 했다.

"어머, 내 닭!"

어느 때는 장닭이 날아다니기도 했다. 장닭 한 마리를 도시로 내다 팔려던 아주머니는 장닭이 그만 열어 둔 차창 밖으로 날아가 버리자 그 자리에 주저앉았다.

"아이고 이를 어쩌냐. 우리 아들 월사금 내야 한다……."

아주머니가 퍼질러 앉아 옷소매를 눈으로 가져가자 양복 입은 사내들이 십시일반 돈을 모아 주었다. 좁고 시끄럽고 냄새나는 열차 안은 동병상련이 오가는 인정의 공간이기도 했다. 어느 때는 대학생이 형사에게 끌려가기도 하고, 세상을 비관한 사내가 몸을 던지기도 했다. 그뿐인가, 학생들 사이에선 은밀히 이성의 눈빛이 오가는 곳이기도 했다.

내가 선혜를 만난 것도 그 열차 안이었다. 등교 때마다 만나는 여학생이 한 명 있었다. 이마가 유독 하얗고 눈이 깊은 여학생은 검정색 교복에 머리를 두 단으로 땋았는데, 등교 때마다 시집을 읽었다. 처음엔 참 예쁘다, 하고 생각했던 나는 그 여학생과 눈이 자주 마주치자 가슴 한구석에서 파도가 일었다. 늘씬한 키에 마늘 한쪽을 엎어 놓은 것 같은 오종종한 코, 도톰한 입술, 거기에다 늘 시집을 읽는 깊은 눈빛은 나를 대번에 사로잡았다. 여학생은 소래에서 타고 나는 군자에서 탔다. 둘이 내리는 곳은 늘 송도였다.

"너, 누구 만나냐?"

내가 아침이면 거울 앞에서 이리저리 얼굴을 돌려보고 옷매무새를 살피자 엄마가 슬그머니 웃으며 물었다. 고등학생이 된 나는 그 여학생을 만난 후부터 멋을 부리기 시작했다. 얼굴에 스킨도 바르고 엄마가 쓰던 '그르무'도 몰래 발랐다.

"계집이나, 사내나 반드시 인물값 한다."

내가 돈을 허투루 쓰고 어느 때는 거짓말을 해 탄 돈으로 스킨이며 시집(詩集)을 사자 엄마가 우회적으로 경고를 보냈다. 엄마가 말한 인물값이란 아버지를 의미했다. 나 역시 아버지를 닮아 허우대가 크고 얼굴이 맵자하게 생겨 당신은 은근히 걱정이 된 모양이었다. 인물 좋고 공부 잘 해서 나중에 좋은 여자 만나 잘 살면 되지만 문제는 운명적으로 따라다닌다는 그 '인물값'이었다. 당사자가 가만히 있으려 해도 주변에서 놓아주지 않는다고 했다. 솔직히 고백하자면 나 역시 한량기가 조금 있었다. 학교 공부보다 소설 읽기를 더 좋아했고, 노트엔 선생님이 해 준 판서를 적은 내용보다 시며 수필을 적어 놓은 것이 더 많았다. 등교할 때 협궤열차 안에서 본 서민들의 풍경은 한 편의 시요, 소설이었다. 덕분에 학교에서 시행되는 백일장은 모두 내 차지였다. 국어 선생님은 수업 시간에 내가 소설책을 읽어도 가만히 두었다.

"미당 시집이네?"

내가 학교를 마치고 열차에 타 새로 산 시집을 읽고 있을 때, 여학생이 슬쩍 다가오며 환하게 웃었다. 둘의 눈빛이 오간 지 한 달 만에 여학생이 먼저 알은체를 했다. 내가 엄마에게 거짓말을 하고 타 낸 용돈으로 시집을 산 게 주효했다.

"무슨 시가 좋아?"

　여학생이 자주 만난 친구처럼 반말을 했다. 같은 일학년인 줄은 알지만 그래도 조금 맹랑했다. 반말은 듣기엔 거북해도 오히려 친근감이 들었다. 나는 아량이 넓은 남학생답게 여학생의 반말을 용서(?)하고, 슬쩍 여학생의 명찰을 흘겨보았다. 봉긋한 가슴팍에 달린 명찰에 ‘장선혜’ 하고 각인되어 있었다.

　“음─ 그러니까……. ‘가시내야 무슨 일 좀 있어야겠다’ ……이 구절이 아주 좋아.”

　“그럼 일 좀 낼까?”

　선혜는 뜻밖에 유머도 풍부했다. 마침 자리가 나자 둘은 마주 앉아 니체가 어떻고 칸트의 실천이성비판이 어떻고 데카르트의 회의론이 어떻고 떠들어댔다. 그 외 베르그송, 스피노자, 아담스미스 등 책장에 꽂혀 있는 철학 서적을 다 동원해 현학성을 과시했다. 옆에 앉은 여학생들이 눈총을 쏘았지만 괜한 자격지심으로 여겼다. 지적 우월감으로 무장한 둘은 기차가 목적지에 도착할 때까지 집에 있는 문학 전집까지 다 동원했다. 당시에는 금기시되었던 정지용, 백석, 이용악 등 북으로 간 시인들의 작품도 서슴없이 논했고, 김지하의 시를 낭송하며 분기에 떨었다. 둘은 중간에 내려 다방으로 가 TV를 보기도 했다.

　“부모님은 뭐하시니?”

　“응? 부모……?

　선혜가 커피를 마시다 말고 갑자기 내 부모님을 들먹이자 나는 당황했다. 미처 준비하지 못한 예상문제였다. 취미라든가, 특기라든가, 장래 희망이라든가, 요즘 읽고 있는 책 중 가장 감명 깊은 책이라든가, 뭐 그런 정도의 질문을 예상했던 나는 가장 자신 없는 '부모'가 나오자 기가 죽었다. 하지만 내가 누군가. 임기응변의 천재, 미래의 작가가 아닌가. 나는 즉석에서 나의 불행한 가정사를 각색했다.

"국문과 교수."

"와— 어쩐지……."

선혜가 매우 만족스러운 표정을 지으며 나를 존경의 염이 가득한 시선으로 바라보았다. 아버지가 교수면 다 존경받고 사는지 모르지만 나는 속이 쓰렸다. 내 아버지는 내가 초등학교 오학년 때 술병이 나 하늘로 갔다. 그것도 객사(客死)였다. 평생 엄마 속을 썩이더니 기어코 재산을 다 말아먹고 이승을 하직했다. 이후의 고통은 엄마 몫이었다. 엄마는 감색 함지박에 젓갈을 담아 수인선 협궤열차를 타고 인천이며 수원으로 나가 팔았다. 어머니 광목 앞치마에서는 하루 종일 그 젓갈 냄새가 났다. 사람들은 그 젓갈로 김치를 담가 먹는다지만 나는 그 냄새가 죽기보다 싫었다. 우리 집 창고엔 새우젓 멸치젓 오징어젓 등으로 가득했다.

"엄마, 이제 젓갈 장사 하지 마."

그날 집으로 돌아간 나는 집안에서 풍겨오는 젓갈 냄새에 코를 틀어막고 외쳤다. 날이 저물도록 도시로 나가 젓갈을 팔고 돌아온 엄마가 잠시 허공을 바라보았다. 밤하늘에 유성이 지나갔다.

"네 비록 아직 어리지만 근본은 알아야지."

엄마가 마루에 앉더니 '대하소설'을 썼다. 할아버지부터 아버지까지 강씨 집안의 흥망성쇠를 늘어놓았다. 나는 듣기 싫었지만 집이 좁아 듣지 않을 수도 없었다. 내가 기둥에 삐딱하게 기댄 채 선혜를 생각하고 있을 때, 엄마가 가슴을 쓸어내리며 말했다. 네 할아버지가 염전을 할 때만 해도 강씨 가문은 근동에서 떵떵거리며 살았지야. 아이들 대부분이 꽁보리밥을 먹었지만 강창호, 그러니까 니 애비는 하얀 쌀밥을 먹었다. 염전에서 생산된 소금이 그 수인선 협궤열차를 통해 멀리 수원까지 팔려나갔지. 일정 때 그 협궤열차가 생긴 이유도 알고 보면 그 소금을 일본으로 가져가려고 한 거지. 하지만 인생사 화무십일홍이 아니더냐. 염전이 친일파에 의해 넘어가자 니 할아버지는 화병이 나 죽고, 니 애비는 남은 돈을 술로 노름으로 탕진했다. 그래도 뭐가 좋았던지 나는 니 애비를 만나 결혼을 했구나. 하지만 운명은 정해져 있는지 결국 술병으로 가더라. 어린 너를 두고 갔으니 돈 한 푼 없이 내가 어떻게 살았겠느냐. 근동에 젓갈이 많이 나 장사를 시작했구나. 사시사철 몸에서 냄새가 나도 너를 키우기 위해선 똥이라도 퍼야 했다. 대도시로 나가 고등학교, 대학교 다니려면 돈이 얼마나 들어가겠느냐. 보란 듯 좋은 규수 만나 결혼도 해야지. 그러려면 도시에 아파트 한 채도 사 두어야 하고. 그런데 너는 어미에게서 젓갈 냄새 난다고 하느냐……

엄마가 부엌으로 가 무쇠솥에 물을 끓였다. 목욕을 할 모양이었다. 목욕을 한들 그 냄새가 지워질까. 나는 방으로 들어가 미당의 시집을 읽었다. '나를 키운 건 팔 할이 바람이었다.' 부분에서 가슴이 컥 막혔다. '내 애비는 종이었다' 한 부분에선 정수리가 서늘해졌다.

며칠 후, 송도에서 선혜와 극장에 갔다가 조금 늦게 협궤열차를 탔는데 저만큼 엄마가 앉아 있었다. 퇴근 시간이 지나 협궤열차 안은 비교적 한산했다. 옆에 팔지 못한 젓갈통을 두고 꾸벅꾸벅 졸고 있는 엄마를 보자 가슴이 먹먹했지만, 선혜에게 아버지가 대학 교수라고 뻥을 쳐놓았으니 저 여자가 내 엄마라고 이실직고하는 게 죽기보다 싫었다. 나는 슬그머니 옆 칸으로 걸어갔다. 그때 엄마가 함지박에 이마를 찧더니 눈을 떴다. 선혜와 그 앞을 지나가던 나는 부러 엄마를 외면했다. 실눈으로 흘겨보자 엄마가 나를 보고 알은체 하려다 이내 체념했다. 나는 고개를 돌리고 엄마 앞을 지나 옆 칸으로 걸어갔다. 저 여자가 내 엄마인지 모르는 선혜는 철없이 내 팔짱을 꼈다.

"그 여학생 어디서 누구와 살까?"

어머니가 휠체어 바퀴를 문지르며 뭔가 아쉬운 시선을 던졌다. 엄마도 선혜가 마음에 들었던 것일까. 그때 슬쩍 눈을 감으며 모른 체하던 당신의 눈시울을 잊을 수가 없었다. 해가 서산마루에 걸려 언덕에 그림자가 깔렸다.

나는 어머니를 다시 휠체어에 태우고 집으로 갔다. 어머니를 돌봐주는 아주머니가 된장찌개를 끓이고 있는지 구수한 냄새가 풍겨 왔다. 지천명에 혼자되어 남의 집 허드렛일이며 예식장 폐백 일을 하며 살아가는 화성댁은 비록 돈을 받고 하는 일이지만 마치 친정어머니를 모시듯 정성을 다했다.

"댁은 누구시오?"

휠체어가 마당으로 들어서자 어머니가 부엌에서 나오는 화성댁을 보고 고개를 갸웃했다. 나는 다시 절망했다. 아, 어떻게 정신이 이렇게 왔다 갈 수 있을까. 그새 뇌세포가 죽은 것일까. 어머니는 몇 달 동안 자신을 돌봐준 화성댁을 불청객처럼 쳐다보았다. 올해 환갑인 화성댁이 옷소매를 눈으로 가져갔다. 그녀의 친정어머니도 치매를 앓다가 갔다고 했으니 그 마음이 여북할까 싶었다. 비록 피 한 방울 섞이지 않았지만 자신의 정성으로 어머니를 회복시키려 했는지 화성댁은 한가한 시간이면 야산으로 가 약초까지 캐오곤 했다.

"어머니, 화성댁 몰라요?"

"누구?"

"화성댁이요."

"아, 화성댁? 참 곱지. 된장찌개가 일품이야. 어서 밥 줘."

어머니가 휠체어 바퀴를 톡톡 치며 재우쳤다. 도대체 인간의 뇌는 어떤 구조로 이루어졌기에 저토록 변덕이 심할까. 몇 초 사이에 기억이 왔다가 사라지곤 했다. 기억하는 세포 따로 있고 행동하게 하는 세포 따로 있다지만 허락이 된다면 나의 뇌 세포 일부를 드리고 싶었다. 온통 기쁜 추억으로만 이루어진 뇌 세포를 파는 곳은 없을까. 줄기세포 연구가 계속 이루어지면 그런 세상이 올지도 몰랐다.

"어머니, 맛있게 드세요."

화성댁이 밥상에 된장찌개가 든 뚝배기를 조심스럽게 옮겼다. 어머니, 그 말이 사무쳤다. 밥상에는 어머니가 좋아하는 시금치 무침, 한천 묵, 물김치, 고등어구이가 속소그레하게 차려져 있었다. 화성댁이 젓가락으로 반찬을 집어 어머니 입속에 넣어주었다. 치아가 대부분 빠진 어머니는 오물오물 시금치를 맛나게 먹었다. 그 곱던 얼굴에 갯벌에 난 연흔 같은 주름살이 자글자글 굽이쳤다. 무엇으로 어머니의 기억을 온전하게 되살릴 수 있을까. 내일은 협궤열차 철로가 있는 곳으로 가보고 싶었다.

　다음 날, 나는 어머니를 모시고 협궤열차의 흔적이 남아 있는 고잔역으로 갔다. 지하철 4호선 고잔역 부근에 협궤열차가 지나가던 철로가 남아 있었다. 수원에서 인천까지 모두 열다섯 개의 역을 지나던 그 좁고 작은 열차. 사람들은 그 안에서 꿈을 꾸고 사랑을 나누며 각다분한 현실을 견뎠다. 어머니가 그랬고 나도 그랬다. 열차가 간혹 내지르던 기적 소리는 어디에도 하소연 할 데 없는 서민들의 억분이었겠지. 철로 가장자리에 수줍게 피어나던 개망초, 민들레는 차창마다 피곤한 얼굴로 밖을 내다보던 사람들에게 위안을 주었다.

　"저 척박한 땅에도 꽃이 피는구나."

　그해, 아버지가 인천 항구에서 객사했다는 소식을 듣고 열차를 탔을 때 어머니가 철로에 피어 있는 민들레를 보고 눈물지었다. 평생 가슴앓이만 시킨 당신이 죽었지만 어머니는 하나도 기뻐하지 않았다. 아버지는 어머니에게 영원한 우상이었다. 허우대 멀쩡하고 얼굴 잘 나고 말도 잘했던 아버지, 재산을 모두 술로 노름으로 날려 보냈지만 눈매 서글서글한 그 남자는 어머니의 영원한 로망이었다.

　"집에 와서 죽지 왜 객사를 해……."

　열차가 송도에 도착할 때까지 어머니는 젓갈 냄새 풍기는 무명 적삼 소매를 자꾸만 눈으로 가져갔다. 열한 살, 그 푸른 나이에 나는 애비 없는 자식이 되어 버렸다.

　"생각난다, 생각 나……."

　휠체어를 차에서 내려 조금 밀고 가자 어머니가 자꾸만 손짓을 했다. 저만큼 작은 푯말이 보였다. 위에 '고잔' 하고 크게 씌어 있고 그 밑에 작은 글씨로 '원곡 사리' 하고 검정 페인트로 씌어 있었다. 뇌세포 어디에 숨어있던 기억들이 하나, 둘 외출을 나온 것일까. 어머니는 이것도 불러보고 저것도 불러보며 지난 시간을 떠올렸다.

"어머니, 이 철길도 곧 복선화돼서 사라져요."

"봉선화?"

"복선화. 그러니까 철로를 두 줄로 만들어 기차가 오고가게 만든다는 거지. 벌써 시흥 오이도에서 인천 송도까진 완공되어 개통했어."

"그냥 두지……."

비로소 말기를 알아먹은 어머니가 아쉬운지 혀를 쩝쩝 다셨다. 이제 몇 년 지나지 않으면 협궤열차의 추억은 지상에서 사라지고 거기에 날쌔고 세련된 지하철이 달릴 것이다. 그 전에 나는 어머니가 기억할 수 있는 장소를 찾아다녀야 했다. 어둠 속에 묻혀 있던 기억들이 하나, 둘 되살아나게 하는 곳, 그 이름 수인선 협궤열차. 나와 어머니는 지금 그 시간을 거슬러 가고 있다.

"저건 전엔 없었는데……?"

어머니가 철로 가장자리에 놓인 빨간색 풍뎅이 의자를 보고 고개를 갸웃했다. 주변에 곤충 모양의 의자가 많았다.

"여기서 좀 쉴까요?"

나는 어머니를 휠체어에서 내려 풍뎅이 의자에 앉혔다. 가벼운, 너무나 가벼운 당신의 육신에 잠시 내 눈앞이 흐려졌다. 긴 가뭄이 끝나고 비라도 내리려는지 실안개비가 자욱하게 깔리면서 크릉, 하고 하늘에서 푸른빛이 갈라졌다. 먹구름이 몰려오더니 이윽고 후득후득 빗방울이 뿌려졌다.

“비가 오는데, 그만 집으로 갈까요?”

“아니다. 비를 맞고 싶다.”

빗방울이 차츰 굵어지자 어머니가 노래를 불렀다. ‘빗님이 오시네, 오는 비 사흘 내려, 내 님 못 가게 하오……’ 자세히 들어보니 어머니가 목소리로만 작곡·작사한 노래였다. 구전되던 노래를 살짝 각색한 솜씨가 여간이 아니었다.

“태수야, 저건 민들레지?”

어머니가 바람에 한들거리는 민들레를 바라보더니 만져보고 싶다고 했다. 나는 어머니를 안아 철로에 앉혔다. 빗물이 옷으로 스며들었지만 어머니는 오래도록 민들레를 쓰다듬었다. 척박한 땅에 뿌리를 내린 민들레는 내 어머니가 아니었을까. 나는 스마트폰을 꺼내 그 모습을 여러 장 찍었다. 비가 점점 거세게 내리자 나는 어머니를 휠체어에 태우고 차로 밀고 갔다.

“정말 다 생각이 나세요?”

“그럼, 그럼.”

“정말 잘 왔네요.”

“그런데 그 여학생은 어디서 살까……?”

또 그 여학생……. 선혜 얘기다. 어딘가에 살고 있겠지요. 비록 거짓말이 들통나 헤어졌지만 그녀도 이곳을 지나다 보면 문득 떠오르겠지요. 저 풍뎅이 의자에 앉아 시집을 읽으며 슬며시 웃을 지도 몰라요.

“미안하다, 애비야.”

어머니는 아직도 그 여학생이 떠난 것을 당신 탓이라 여기고 있는 것일까. 나는 어머니를 슬며시 안아보았다. 가벼워진 어머니 품에서는 연한 풀냄새가 났다.

차가 지하철 4호선 고잔역을 떠났다. 밑으론 협궤열차가 누워있고 위로는 지하철이 달렸다. 이제 머지않아 저 협궤열차도 사라지겠지. 그 전에 어머니는 가실지도 모른다. 하지만 내가 스마트폰에 간직한 민들레 사진은 영원히 지워지지 않을 것이다. 협궤열차를 타고 도시로 나가 공장에 다니거나 거리에 좌판을 벌이고 농산물이며 산나물을 팔던 할머니들, 검정색 교복을 입고 통학하던 학생들, 장닭을 잃어버리고 옷소매로 눈물을 찍던 아주머니, 십시일반 돈을 거두어 장닭 값을 마련해 주던 인정들, 그 사람들이 나중에 나라 살리자고 금을 모았을 것이다. 어느 시인이 노래했지. '슬픔이 깊은 바다는 어린 강을 껴안는다'고. 그들에게 저 수인선 협궤열차는 가슴에 담은 앨범이 될 것이다.

"또 오자."

"네, 어머니."

차창 앞이 안개가 낀 듯 흐려졌다. 나는 천천히 차를 몰아 집으로 갔다. 그때 스마트폰에 문자가 왔다. '당신 안 와? 우리 저녁 먹으러 그리 갈까?' 아내가 보낸 문자였다. 나는 문자를 보냈다. '오면 좋지.'

"이제 오세요?"

차가 마을 초입에 들어서자 저만큼 화성댁이 기다리다 반겼다. 피곤했을까. 어머니는 지금, 자고 있다. 아니다, 그 잘 생긴 남자를 만나고 있을 것이다. 당신의 로망, 그 멋지게 생긴 한량 말이다.

은빛 시간 속으로

바다, 삶의 터전이면서 때론 황천길이 되기도 하는 바다,
그 바다가 나에게 가르쳐 준 것은
저 깊이를 알 수 없는 넓은 가슴이었다.

서재에서 회사에 낼 보고서를 점검하고 있던 나는 마침 저녁 뉴스를 할 시간이라 거실로 갔다. 아내는 주방에서 설거지를 하고 있고 아버지와 상훈은 소파에 앉아 TV를 보고 있었다. 상훈이 리모컨을 작동해 이리저리 채널을 바꾸었다. 화면이 자주 바뀌자 아버지가 짜증이 났는지 흠흠, 하고 헛기침을 연발했다. 올해 초등학교 졸업반인 상훈은 제 나이 또래의 프로를 보고 싶어 이리저리 채널을 돌리는 것이겠지만, 연로하신 아버지는 시력도 안 좋은데다가 화면까지 자주 바뀌자 정신이 혼란스러운 모양이었다. 전 같으면 지청구깨나 얻어들을 법하지만 아버지는 아무런 말도 하지 않고 상훈이 하는 양을 지켜보았다. 아버지는 지난해부터 말을 잘 못했다. 어쩌다 입을 열어도 어눌한데다 발음마저 정확하지 않았다. 이제 겨우 고희인데 시력이며 청력이 현격하게 떨어지고 말까지 더듬자 나는 가슴이 먹먹해졌다. 무엇이 아버지를 저토록 빨리 늙게 해버렸을까. 나는 소파 귀퉁이에 앉아 아버지의 옆모습을 바라보았다. 반백의 머리카락은 건성드뭇

했고 이마엔 바다 개펄에서 본 연흔 같은 주름살이 깊게 패어 있었다. 얼굴엔 여망꽃이 누룩곰팡이처럼 피어 실제 나이보다 더 겉늙어 보였다.

"저저저⋯⋯."

상훈이 계속 리모컨을 누르자 채널이 바뀌었다. 무슨 홈쇼핑이 보이더니 외국 영화가 나오고 그 다음엔 복싱 경기가 나왔다. 오래전의 경기인지 흑백 필름이었다. 상훈이 다른 채널을 틀려고 하자 아버지가 갑자기 마치 누군가를 부르듯 안타깝게 손짓을 했다. 상훈이 아랑곳하지 않고 계속 리모컨을 누르자 내가 강제로 리모컨을 빼앗았다. 상훈이 미간을 찌푸리며 자기 공부방으로 들어갔다. 그런데 왜 아버지는 안타깝게 손짓을 했던 것일까.

"뭐 보고 싶은 것 있능교?"

내가 묻자 아버지기 잉잉, 하며 환하게 웃었다. 내가 리모컨을 누르자 TV모니터에 방금 전에 잠깐 보였던 복싱경기가 다시 나왔다. 체구가 별로 크지 않은 한국 선수가 폴짝폴짝 뛰며 외국 선수의 강펀치를 피해 아웃복싱을 구사했다. 한국 선수가 제자리에서 뛸 때마다 긴 머리카락이 허공으로 치솟았다가 내려앉았다. 복싱 선수치고는 머리카락이 길어 이색적이었다. 염동군이다⋯⋯! 아버지가 어눌한 발음으로 한국 선수 이름을 말하고 두 눈을 크게 떴다. 아나운서는 한국의 염동균 선수가 WBC 슈퍼밴텀급 세계 챔피언인 고바야시를 공격하고 있다고 큰소리로 말했다. 염동균이라⋯⋯. 나 역시 어디서 들은 선수 이름이었다. 중요한 것은 치매 증세가 있는 아버지가 염동균 선수를 말했다는 점이었다. 거기에다 시합이 벌어지고 있는 곳이 부산 구덕체육관이었다. 지금이야 먹고 살만 해지니까 복싱을 하는 선수도 별로 없고 그러다보니 TV 중계도 자주 하지 않지만 내가 어렸을 때만 해도 복싱은 가장 인기가 많은 스포츠였다. 일주일에 한 번은 반드시 TV에서 복싱 중계를 했다.

"그렇지, 바로 그거야!"

아버지가 손을 저으며 레프트 훅을 쳐라, 라이트 어퍼컷을 날려라 하고 소리를 질렀다. 근래 들어 가장 활발한 모습이었다. 고희인 아버지가 레프트 훅이며 라이트 어퍼컷, 심지어는 크로스 카운터까지 언급하며 응원을 하자 나는 잠시 멍해졌다. 그런 전문 용어를 알고 있는 것도 신기한데다 허공에 주먹을 날리는 사품이 어느 젊은이 못지않았다. 아버지가 허공에 레프트 잽을 날릴 때 코에서 바람 소리가 씩씩 나왔다. 거기에다 고개를 숙이고 이리저리 피하며 위빙 더킹을 하는 폼은 귀엽기까지 했다. 설거지를 하던 아내도 그 모습이 우스운지 킥 웃다 말고 다용도실로 갔다. 세탁기가 있는 다용도실엔 아버지가 며칠 동안 입고 버린 옷들로 가득했다. 소변에 저린 바지하며 식사를 하다가 국물을 흘린 셔츠, 무릎이 툭 튀어나온 '백양 메리야쓰' 까지……. 아직 대변은 저리지 않았지만 증세가 심해지는 걸로 보아 언제 옷에 똥을 묻힐지 알 수 없었다.

두 달 동안 입원하면서 치료를 해보았으나 아버지는 태생적으로 한곳에 오래 머물러 있는 것을 못 견뎌했다. 증세가 조금 호전되자 곧바로 퇴원을 서둘렀다. 죽어도 집에서 죽겠다는 말에 나도 아내도 두 손을 들었다. 내가 퇴원을 만류하자 아버지는 의사에게 말을 함부로 해 미움을 사기도 했다. 가뜩이나 박봉에

최근엔 회사에서 구조조정까지 이루어지고 있는 터라 나는 슬그머니 아버지의 퇴원을 허락했다. 집으로 돌아온 아버지는 하루 종일 말이 없었다. 그런데 오늘은 달랐다. TV에 오래전의 복싱 경기가 나오자 어디서 그런 힘이 나왔는지 엉덩이를 들썩거리며 연신 허공에 주먹을 날렸다.

"저 체육관이 어디인지 아시능교?"

"잉잉, 알다말다."

"어딘데요?"

"부산 구덕체육관이지."

내가 아버지 귀에 대고 크게 소리치자 아버지가 환하게 웃었다. 어느 때는 손자 상훈도 못 알아보고 "너 뉘집 새끼냐?"하고 물었던 당신이 권투시합이 벌어지고 있는 체육관은 똑똑히 기억하고 있었다. 아나운서는 이 경기가 지금으로부터 36년 전에 벌어진 경기라고 소개했다. 정확하게 1976년 8월 1일, 부산 구덕체육관이었다. 그 시기면 내가 아홉 살 때였다. 강산이 서너 번 변했는데 아버지는 어떻게 그 경기장을 기억하고 있는 것일까. 더구나 치매 증세가 와 며칠 전에 벌어진 일도 잘 기억하지 못했던 당신이었다. 나는 이참에 아버지의 기억을 되살리기 위해 계속 질문을 해보기로 마음먹었다.

"저 경기 직접 보았능교?"

"그럼그럼."

아버지가 당연하다는 듯 허리를 꼿꼿하게 세우고 머리를 좌우로 흔들며 레프트 라이트 훅을 날렸다. 살점 하나 없는 팔뚝엔 뼈만 앙상했지만 검푸른 힘줄이 등고선 무늬처럼 울룩불룩했다.

강단지게 쥔 주먹은 금방이라도 누굴 때려눕힐 듯했다. 자세히 보니 아직도 정권 부분에 옹이가 앉아 있었다.

내 기억 속의 아버지는 정말 권투 선수 같았다. 나는 부산에서 열 살까지 살다가 어머니의 고향인 순천으로 이사를 와서 살았다. 하지만 우리 집이 있었던 송도해수욕장은 지금도 선명하게 떠올랐다. 아버지는 틈만 나면 나를 불러 송도해수욕장으로 갔다. 은빛 모래밭을 뛰며 아버지는 계속 주먹을 허공에 날리며 콧바람을 뿜어냈다. 지금 생각해 보면 아마추어 수준을 넘어 거의 프로에 가까운 동작이었다. 하지만 그 시절엔 복싱이 워낙 인기가 있어 어딜 가도 섀도 복싱을 하는 사람들이 많았다. 나는 그저 아버지가 운동을 좋아한다고 여겼다.

"저 경기, 정말로 기억납니꺼?"

"기억나지 이놈아. 앰동균이 아니냐."

"앰동균이 아니고요, 염동균 아닌교?"

"그래 맞아. 앰동균……."

아버지의 잇새 사이로 흘러나온 발음은 여전히 정확하지 못했다. 나는 체념하고 그냥 '앰동균'으로 통일했다. 발음 가지고 계속 싸우다간 당신이 날린 레프트 잽에 맞을 판이었다. 고개를 약간 숙인 채 오른쪽 주먹을 턱에 대고 왼손을 뻗어 잽을 날리는 폼이 영락없이 프로 선수였다.

"저는 앰동균에 대해서 대충 아는데, 아부지는 잘 아능교?"

"암, 박사지."

내가 계속 질문을 하자 아버지가 신명이 났는지 자세를 바로 하고 설명을 하기 시작했다. 염동균 선수가 1975년에 일본 오사

카에서 다나카 후타로를 상대로 동양 페더급 챔피언 방어전에
성공한 얘기며, 그때 엄지손가락이 부러져 귀국하고 수술을 받
았으나 다 치료가 되지 않은 상태에서 세계 챔피언에 도전했다
가 억울하게 판정패한 얘기가 실감나게 이어졌다.

"그때 앰동균이 리아스코와 시합을 했는데 다 이긴 시합이었
지. 그런데 심판은 리아스코 손을 들어주었어. 그래 내가 심판을
잡아 링으로 끌어 올렸지. 다른 관중들이 합세해 거칠게 항의하
자 심판이 이번에는 앰동균의 손을 들어 주었어."

"그때도 심판들이 엉망이었군요?"

"그럼그럼. 스포츠는 국력이었으니까. 그런데 나중에 WBC
에서 다시 뒤집어 리아스코 손을 들어 주었지. 말썽이 나자 나중
에 리아스코와 고바야시의 승자 중 앰동균하고 싸우게 했지. 그
래 리아스코를 이긴 고바야시가 앰동균하고 붙었지."

"누가 이겼어요?"

"지금 저 경기가 바로 그 경기야."

아버지가 TV를 가리켰다. 나는 말없이 경기를 지켜보았다.
염동균 선수가 고바야시의 강펀치를 피해 다니며 계속 아웃복싱
을 구사했다. 고바야시는 한국 선수를 여섯 명이나 물리친 강타
자였다. 펀치가 강한 고바야시는 풋워크가 강한 염동균 선수를
따라잡지 못하고 다운을 한 번 당하더니 결국 챔피언 벨트를 내
주었다.

"그렇게 해서 염동균 선수가 세계 챔피언이 되었군요?"

"하지만 오래 못 갔어. 2차 방어전에서 강타자 월프레도 고메
즈를 만나 12라운드에 KO패를 했지."

"그게 다 기억이 나세요?"

"그럼. 나도 젊었을 때 부산에서 복싱을 했다 아이가. 결혼을 하기 전에 그만두었지만 아직도 미련이 많아……."

아버지가 회한 가득한 시선으로 거실 창밖을 응시했다. 문득 송도해수욕장 모래밭을 뛰던 아버지의 젊은 시절이 떠올랐다. 그때 아버지는 근동에서 유명한 '빈대신사'였다. 하는 일 없이 빈둥댄다고 사람들이 지어준 별명이었다. 아버지가 하는 일이라곤 틈만 나면 송도해수욕장으로 가 모래밭을 뛰는 것이었다. 그때마다 내가 따라나섰다. 해수욕장에 검푸른 파도가 밀려오면 정말 무서웠다. 갯바위에 물보라가 으깨지면서 허공으로 치솟아 오르면 물벼락이 우박처럼 내렸다. 선창에 묶여 있는 배들이 쑥 솟아올랐다가 밑으로 내려앉으면 가슴이 다 철렁했다. 배 옆구리에 묶어둔 폐타이어들이 서로 부딪히면서 끽끽 신음을 토해냈다. 낮고 조악한 지붕들이 다닥다닥 붙어 있는 술집에선 연일 싸움이 벌어졌다. 어느 때는 살인 사건이 나 경찰차가 출동하기도 했다. 시내에서 한 주먹 한다는 사내들이 어업 이권 가지고 동네 사람들과 패싸움을 하기도 했다. 술집 아가씨들이 허벅지가 다 보이는 미니스커트를 입고 껌을 짝짝 씹으며 거리를 활보했다. 그녀들이 지나갈 때마다 역한 화장품 냄새가 풍겨왔다. 그런 것들을 지켜봐야 했던 내 유년은 온통 회색빛이었다. 한 가지 위안이 있다면 송도해수욕장 앞으로 아득히 펼쳐진 바다였다.

나는 아버지와 어머니가 싸울 때마다 송도 해수욕장으로 달려가 멀리 용두산 공원에 우뚝 솟아 있는 탑을 바라보았다. 심심하면 모래밭에 뒹굴고 있는 조가비를 주워 바다에 날려 보내거나 소라 껍데기를 주워 불어보기도 했다. 붕붕— 나선형의 소라 껍데기 속에서 소리가 났다. 집 쪽에서 뭔가 와장창 부서지는 소리가 들려왔다. 보나마나 아버지가 집안 살림을 던지며 난동을 피우고 있을 것이다. 무슨 일인지 아버지는 자주 가탈을 부렸고 그때마다 어머니는 무슨 죄라도 지은 양 아무런 대꾸도 하지 못했다. 입방아 잘 찧는 영도댁이 동네방네 돌아다니며 아버지를 흉보고 다녔다.

나는 집이 조용해질 때까지 해수욕장을 걸었다. 뜻 없이 소나무 밑동을 발로 차보기도 하고 개펄에 나와 놀고 있는 갯강구를 향해 자갈을 던지기도 했다. 수천 마리의 갯강구들이 촉수를 세우고 놀다가 인기척이라도 나면 나 살려라 하고 제 집으로 도망갔다. 갯골 사이로 은빛 새우가 튀고 어느 때는 낙지가 기어 나왔다. 송도해수욕장은 우리나라 제1호 해수욕장이라고 하지만 그때만 해도 별다른 제반 시설이 갖추어져 있지 않았다. 내가 살고 있는 동네는 부산에서도 가장 가난한 사람들이 몰려 살았다. 해수욕장이 내려다보이는 언덕에 자리 잡은 우리 집은 그중에서도 가장 가난했다. 판자로 대충 만든 집에 방이라곤 한 칸 뿐이었다. 판자 위에 비닐을 덮어두었지만 비바람을 피할 수는 없었다. 온돌방이 아니었으므로 겨울이면 우리 가족은 오들오들 떨며 자야 했다.

아버지는 연탄 한 장 살 돈도 없었다. 어머니가 자갈치 시장에 나가 생선 배를 칼로 따는 일을 해 벌어온 돈이래야 몇 푼 되지 않았다. 거기에다 어머니는 병약해 자주 기침을 했다. 벌어온 돈 대부분은 아버지의 술값이나 어머니의 병원비로 들어갔다.

사정이 그러한데도 아버지는 무슨 일을 할 생각조차 하지 않았다. 옆집 영도댁의 말마따나 건달이 따로 없었다. 보다 못해 영도댁이 자기 남편이 부리는 배를 소개해 주었지만 아버지는 한 달 남짓 배를 타다가 내려 버렸다. 갑판장과 싸움이 붙어 경찰서까지 다녀왔다고 했다. 이래저래 속이 타는 사람은 어머니였다.

"태수 아부지, 왜 그리 사능교?"

저녁 늦게 집으로 돌아온 어머니가 소주를 마시고 있는 아버지에게 핀잔을 주었지만 아버지는 꿈쩍도 하지 않았다. 안주도 없이 소주를 두 병이나 비우고서야 뒤로 벌렁 드러누웠다. 바람이 거세게 불었다. 출입문에 붙여둔 비닐이 파르르 떨었다. 아무래도 태풍이 불어 올 모양이었다. 태풍이 불 때마다 송도해수욕장에 가득한 모래가 유실되고 사방에 자갈이 뒹굴었다. 아버지가 갑자기 일어나 밖으로 나가더니 해수욕장 모래밭을 뛰기 시작했다. 속에 열이 차 주체할 수 없을 때 아버지는 늘 해수욕장으로 달려갔다. 어느 때는 겨울인데도 바닷물 속으로 뛰어들어 수영을 했다. 사람들은 그런 아버지를 보고 실성했다고 혀를 찼다. 그때마다 어머니가 친정집이 있는 전라도 순천으로 가자고 재우쳤지만 아버지는 고향을 뜰 수 없다고 버텼다. 어머니의 낯빛이 날이 갈수록 비 맞은 한지처럼 창백해졌다.

"택시나 몰든가……."

어머니가 푸념하자 양심이 찔렸는지 아버지가 씩 웃더니 자는 척 누워 있는 내 이마를 쓰다듬었다. 아버지의 손에서 비릿한 바다 냄새가 풍겨왔다. 보나마나 해안사구 소나무에 묶여 있는 샌드백을 두들기고 왔을 것이다. 거기에 가면 밀가루 포대에 모래를 넣은 샌드백이 걸려 있었다. 주먹으로 얼마나 쳤는지 군데군데 구멍이 나 있고 빗물에 다져진 모래는 돌처럼 딱딱했다.

"올 여름엔 당신도 장사 좀 해보지 그래요?"

그래도 아버지가 미더운지 어머니가 꿀물을 타서 내밀었다. 아버지가 꿀물을 단숨에 들이키더니 달력을 보았다. 전에 아버지가 근무했던 해운 회사에서 준 달력이었다. 달력에 원양어선에서 참치를 잡는 어부들의 모습이 실려 있었다.

"무슨 장사?"

"여름이면 송도해수욕장에 사람들이 미어터진다 아인겨? 뒷집 구포댁 아자씨는 한철 장사 잘 해서 등 따시게 사는데……."

"나보고 아이스께끼 장사 하라고?"

"어데 그것만 파는겨? 맥주도 팔고 소주도 말고 빈 병도 줍고 할 일이 쌨다 아입니꺼."

아버지가 한참 듣다가 이불을 코끝까지 덮고 잠을 자버렸다. 내가 미쳤지…. 아버지가 대꾸를 하지 않자 어머니가 손으로 가슴을 몇 번 치더니 인형에 눈을 달았다. 하루 종일 자갈치 사장에서 일을 하다가 밤늦게 집으로 돌아온 어머니는 새벽까지 부업을 했다. 뒷집 구포댁이 주선해 시작한 일이라고 했다. 수백 개의 인형에 일일이 바느질을 해 작은 단추처럼 생긴 눈을 달면 한 달에 만 원이 나온다고 했다. 새벽에 오줌이 마려워 눈을 뜨면 어머니는 그때까지 인형에 눈을 달고 있었다. 인형 하나에 눈을 달기 위해선 수십 번 바늘이 오가야 했다. 그 일만큼은 기계로 할 수 없어 사람이 한다고 했지만 고생한 것에 비해 나오는 돈은 터무니없이 적었다. 마분지 박스에 가득한 인형에 눈을 다

달고서야 어머니는 잠깐 눈을 붙이고 나와 아버지에게 밥을 차려준 후 자갈치 시장으로 달려갔다. 비록 어린 나이었지만 나는 그런 어머니가 이해가 되지 않았다. 허우대 늘씬하고 얼굴도 맵자하게 생긴 어머니가 뭐가 부족해 반건달 같은 아버지를 버리지 못하고 저 고생을 하는가, 하는 의구심이 들었다. 더구나 아버지는 어머니가 돈을 주지 않으면 폭력까지 일삼았다. 눈덩이가 파래진 어머니는 밤새 계란으로 주무르다 그래도 퍼렁기가 안 가시면 거기에 분칠을 하고 시장으로 갔다.

"어데 할 짓이 없어 마누라를 때리노?"

뒷집 구포댁 아줌마가 어머니의 얼굴을 보더니 오만 욕을 퍼부어댔지만 아버지는 들은 척도 하지 않았다. 그저 시간이 나면 해수욕장으로 가 모래밭을 뛰고 소나무에 묶여 있는 샌드백만 두들겼다. 아버지의 주먹질에 뻥뻥 구멍이 난 밀가루 포대에서 모래가 주르륵 흘러내렸다. 아버지는 대나무 바늘로 밀가루 포대를 꿰매 다시 소나무에 걸었다. 한국과 미국이 손잡고 있는 그림이 그려져 있는 밀가루 포대는 죄 없이 날마다 두들겨 맞기만 했다. 포대가 너덜너덜 못 쓰게 되면 아버지는 공단에 있는 밀가루 공장으로 가 한나절 일을 해주고 밀가루 한 포대를 얻어 왔다. 사실은 밀가루 포대를 샌드백으로 만들기 위해서였다. 덤으로 밀가루를 얻은 어머니가 수제비를 만든 날은 내가 유일하게 포식하는 날이었다.

"우리 태수, 많이 묵어라."

초등학교에 들어간 나는 어머니가 해 준 밀가루 죽이며 수제비를 두 그릇 씩 먹었다. 비록 밀가루 음식이었으나 배불리 먹고 있는 내 모습이 오달졌는지 어머니의 얼굴에 진달래가 피어났다. 아버지는 밀가루 한 포대 얻어 왔다는 자부심 가득한 눈빛으로 나를 쳐다보고 공부 열심히 하라고 잔뜩 폼을 잡았다. 어머니가 밀가루를 큰 항아리에 옮겨 놓으면 아버지는 포대를 가지고 해수욕장으로 가 모래를 담았다. 새끼줄로 포대를 친친 묶은 아버지는 발로 몇 번 밟아 모래를 다진 후 포대를 훌쩍 어깨에 메고 소나무로 갔다. 새끼줄을 소나무 가지에 던져 잡아 올린 다음 꽁꽁 묶으면 새로운 샌드백이 탄생했다.

"태수야, 잘 봐래이."

아버지가 샌드백에 주먹을 날렸다. 손가락에 하얀 붕대가 감겨 있었다. 레프트 잽에 이은 원투스트레이트, 한 박자 죽이고 레프트 훅, 라이트 훅, 고개를 숙이고 일어나며 날리는 라이트 어퍼컷은 정말 멋졌다. 당장 선수로 나가도 손색이 없어 보였다. 하지만 체력이 달린지 아버지는 이내 숨을 거세게 몰아쉬다가 소나무에 등을 대고 주저앉았다. 아버지의 이마에서 송진 같은 땀방울이 주르륵 흘러내렸다. 얼마나 세게 쳤는지 손가락을 감은 붕대에 핏물이 번져 있었다.

"와 선수도 아니면서 샌드백을 치노?"

"이거라도 안 치몬 나사 마 미치삔다 아이가."

내가 뜨악한 눈초리를 하고 묻자 아버지가 붕대를 풀더니 바다 쪽을 바라보았다. 해안가에 검푸른 파도가 밀려와 쓰러졌다. 모래와 자갈 사이로 흘러가는 파도 소리가 쏴아- 하고 들려 왔다. 파도는 잠시도 쉬지 않고 자맥질을 계속했다.

"태수야, 니는 왜 자갈들이 모두 둥근지 아나?"

"와 그런데?"

"저 파도 때문이다. 수십만 년 파도가 때려 대니까 원래는 네모, 세모, 마름모 모양이었던 돌들이 옆구리를 조금씩 잃고 모두 둥글게 변해 버렸다 아이가. 사람도 그렇데이. 멀쩡한 사람도 사람들이 자꾸만 손가락질을 하면 진짜로 빙신이 되아삐다 아이가."

"와 손가락질은 하는데?"

"못 살면 다 그렇다 아이가."

"와 못 사는데?"

내 질문에 아버지가 잠시 멈추어 서더니 "녀석 많이 컸네?" 하고 갯골로 가 손을 씻었다. 썰물이 되면 모래밭에 갯골이 생겨났다. 개펄에서 바다까지 길게 이어진 갯골엔 새우며 모래무치, 숭어, 동어 등이 헤엄쳐 다녔다. 그때만 해도 송도해수욕장 주변엔 고기가 흔했다. 대나무로 푹 찌르기만 해도 고등어가 찍혀서 나올 지경이었다. 지금은 귀한 대접을 받는 쥐치는 고기 취급도 받지 못했다. 생긴 게 쥐처럼 생겨 사람들이 기피했다. 꺼끌꺼끌한 가죽은 만지기만 해도 소름이 돋았다. 그 못생긴 고기가 사실은 가장 맛이 있다는 것을 나는 나중에 알았다. 한참 걸어가자 복어가 보였다. 평소에는 배를 움츠리고 있다가 공격자가 나타나면 배에 바람을 잔뜩 넣어 허세를 부리는 고기였는데, 몸속에 독이 많아 역시 사람들이 기피하는 고기였다. 묘하게 사람들이 기피하는 고기가 맛은 좋았다. 샌드백을 치는 아버지가 복어로 보였다.

"엄마 말대로 여름에 장사 한번 해보라카이."

"너도 도울래?"

내가 재우치듯 말하자 아버지가 "아이스께끼", 하고 웃었다. 여름이면 송도해수역장엔 여러 장사꾼들이 모여 들었다. 그중 '아이스께끼' 장사가 가장 잘 됐다. 비록 무허가 공장에서 나온 것이지만 시원하고 달착지근한 맛은 더위에 찌든 피서객들에게 인기가 높았다. 그 외 맥주 캔을 파는 사람, 오징어를 파는 사람, 생수를 파는 사람 등등 송도해수욕장은 별 볼일 없는 인생들의 집합체였다. 더러 깡패들이 나타나 장사를 방해해 싸움이 붙기도 했다. 하지만 인생 밑바닥을 기며 살았던 장사꾼들은 결코 물러나지 않았다. 밤이면 '콩쿨대회'가 열려 확성기를 타고 노래가 울려 퍼졌다. 밤이면 송도해수욕장은 불야성을 이루었다.

"여태 샌드백 치고 오나?"

아버지와 내가 집으로 들어가자 무슨 일인지 시장에서 일찍 돌아온 어머니가 도마에 김치를 올려놓고 송송 썰며 환하게 웃었다. 검정 비닐봉지에 돼지고기가 들어 있었다. 아마도 인형에 눈을 달아주고 돈을 받아온 모양이었다. 어머니가 냄비에 김치와 돼지고기를 넣고 연탄아궁이에 올려놓았다. 잠시 후, 고소한 냄새가 풍겼다. 바닷고기는 더러 먹었지만 돼지고기는 먹어본 지 오래여서 벌써부터 군침이 돌았다. 아버지가 입맛을 다시며 호주머니에서 천 원짜리 지폐를 꺼내 나에게 주었다. 가게로 가 소주를 사오라는 뜻이었다. 어머니가 곱게 눈살을 찌푸리다 말고 다녀오라고 했다. 오늘따라 금실이 좋은 것이 무슨 날인가 싶었다. 나는 즐거운 마음으로 해수욕장 모래밭을 가로질러 가게로 뛰어갔다.

"또 소주 사러 가제?"

영도댁이 가게 앞을 지나가다가 입술을 일그러뜨리며 화상 어쩌고 하며 빈정거렸다. 최근에 해수욕장 주변에 모텔까지 개업한 그녀는 근동에서 알아주는 가살꾼이었다. 주변에서 안 좋은 소문은 다 퍼뜨리며 다닌다고 했다. 이참에 나는 그녀에게 한 방 먹이고 싶었다.

"저 자갈들이 와 둥근지 아능교?"

"그기 무슨 소리고? 둥그니까 둥글지."

"저 파도의 입방정 때문엔 그런다 아입니꺼."

"뭐라코? 그람 내가 입방정 떨었단 말이가?"

영도댁이 자기가 생각해도 우스운지 간드러지게 웃어댔다. 동네방네 돌아다니며 남의 험담만 일삼은 그녀였으므로 양심에 찔리는 것이 있는 모양이었다. 그녀의 남편 마종탁은 인근에서 모르는 사람이 없을 정도로 악명이 높았다. 배를 한 척 부리는데다가 모텔까지 개업했으니 위세가 하늘을 찔렀다. 그런데도 그 부부를 존경하는 사람은 별로 없었다. 거기엔 내막이 있었다.

"여름이 되면 우리 아부지도 돈 번다 아입니꺼."

"그래? 어데 원양어선이라도 가나?"

"아뇨. 나하고 아이스께끼 장사 할낍니더."

"뭐라코? 하이고야, 그기 장사가?"

영도댁이 웃어대자 나는 은근히 부아가 솟아올랐지만 참았다. 이곳에서 장사라도 하려면 적으로 지내는 것보다 살살 구슬리며 사는 게 나을 것 같았다. 열 살도 안 된 나는 그때 이미 어른들의 세상을 알고 있었다. 아버지처럼 안하무인격으로 살아봐야 지역 사회에선 돌아올 게 아무것도 없었다. 집안이 친일파였든 백정이었든 돈이 최고란 것도 알았다. 어른들의 말에 따르면 영도댁의 시아버지, 그러니까 마종탁의 아버지인 마성걸 씨는 일정 때 유명한 친일파라고 했다. 일본 순사와 함께 영도 봉래산에 쇠말뚝을 박은 사람이 바로 마성걸 씨였다. 해방이 되자 잠시 피해 있던 마성걸 씨는 친일파가 다시 득세하자 고향으로 와 재산을 불렸다고 했다. 아들 마종탁이 지금의 부를 이룬 것도 알고 보면 친일파였던 아버지 마성걸의 재산을 이어받은 것이었다. 하지만 그건 어디까지나 어른들의 말일 뿐, 어린 나는 일정시대가 무엇인지 친일파가 무엇인지 잘 알지 못했다. 그들이 거들먹거리는 꼴이 그냥 미울 뿐이었다.

"카— 소주 맛 죽인다."

돼지고기가 듬뿍 든 찌개에 소주 한 잔을 마신 아버지가 모처럼 환하게 웃자 어머니는 어머니대로 콧노래를 흥얼거렸다. 틈만 나면 싸웠던 당신들의 모습은 어디에도 보이지 않았다. 아무래도 무슨 날임이 분명했다. 혹시 결혼기념일? 아니면……? 그때서야 나는 오늘이 내 생일일지도 모른다고 생각했다. 달력을 보았다. 3월 2일, 정말 내 생일이었다. 3·1절 다음 날에 태어나 아버지가 '삼일절 동생'이라고 놀렸던 터라 기억이 더 생생했다. 그때만 해도 자기 생일을 찾아 먹는 아이는 별로 없었다. 알았다 해도 먹을 게 별로 없었던 시절이었다. 그 시절, 나라는 혼란스러웠고 여기저기서 데모가 벌어졌다. 학교에 가면 국민교육헌장을 외우게 했고, 거리마다 새마을운동 노래가 울려 퍼졌다.

"아, 싸게싸게 울력 안 나오고 뭐하고 자빠졌노?"

　새마을 지도자가 된 영도댁 남편 마종탁은 팔에 완장을 차고 다니며 목에 힘을 주었다. 마종탁은 중선 한 척을 부리는 선주인데다가 모텔 사장에다 새마을 지도자라는 감투까지 쓰자 세상이 다 아래로 보이는 듯 휘젓고 다녔다. 아버지가 몇 번 대거리했지만 사람들은 대부분 마종탁의 편을 들었다. 마종탁에 미움을 사면 인근에서 장사하기가 힘들어진다는 것은 알고 있었지만, 친일파 후손에게 아부하는 꼴은 정말 가관이었다.

　"마종탁 아버지인 마성걸이 일정 때 네 할아버지를 밀고해 죽게 했다. 그런데도 그 후손이 저렇게 떵떵거리며 살고 있으니 세상 참 파이다."

　아버지가 소주를 거푸 마시며 코를 벌렁거렸다. 아버지가 그쪽 집안에 이토록 감정이 깊은지는 오늘 처음 알았다. 더구나 얼굴도 모르는 할아버지가 그 마성걸 씨 때문에 죽었다는 말은 충격적이었다.

　"그 마종탁의 아들이 마성태다. 나하고 동갑인데, 엄청 나를 괴롭혔지. 내가 복싱을 시작한 것도 알고 보면 그놈 때문이었다. 마성태도 고등학교 다닐 때 복싱을 했지. 전국 체전 예선 때 드디어 나하고 붙었다."

　"그래서 이겼어?"

　내가 다급하게 묻자 아버지가 소주병을 대각선으로 기울이고 벌컥벌컥 마셨다. 소주 방울이 아버지 턱 밑으로 흘러내렸다.

　"빌어먹을, 잘 싸우다 삼 라운드에 체력이 딸려 내가 KO패당하고 말았다. 뭐 먹은 게 있어야 힘을 쓰지. 고기만 처먹은 그 놈이 삼 라운드에 몰아붙이는데 정신이 없더라."

아버지가 소주 한 병을 더 마셨다. 어머니는 내막을 잘 알고 있는지 말릴 생각을 하지 않았다. 김치찌개가 식자 어머니가 냄비를 다시 연탄 아궁이에 올려놓았다.

"좋아, 올 여름부터 나도 해수욕장에서 장사를 시작할 거구만."

아버지가 남은 소주를 마시고 주먹을 불끈 쥐었다. 만조가 되었는지 해수욕장에서 파도 소리가 쏴아— 하고 들려 왔다. 어머니의 얼굴이 연탄불처럼 환해졌다.

*

"지금도 송도해수욕장 파도 소리가 귀에 선해요."

내가 아버지에게 매실로 만든 약주 한 잔을 올리고 말하자 아버지의 두 눈에 차고 흰 것이 어른거렸다. 참으로 긴 시간 동안 아버지는 그 시절을 떠올렸고 나는 모처럼 추억에 젖었다. 사연을 모르는 아내는 식탁 의자에 앉아 꾸벅꾸벅 졸고 있고, 상훈은 게임을 하는지 방에서 피융피융 소리가 연달아 들려 왔다.

"그 여름, 어린 너하고 아이스께끼 장사를 했던 기억이 엊그제 같은데 내가 벌써 고희가 되고, 너는 불혹을 넘겼구나. 참 세월도……. 니 어머니가 살았으면 얼마나 좋았겠느냐……."

아버지가 벽에 걸린 어머니의 사진을 보고 옷소매를 눈으로 가져갔다.

"그놈들이 방해만 안 쳤어도 고향에서 사는 건데……."

아버지가 약주 한 잔을 더 마시며 잠시 눈을 감았다. 아마도 마종탁 씨를 떠올리고 있을 것이다. 그때 새마을 지도자로 활동했던 마종탁 씨는 이듬해 통일주체국민회의 대표로 뽑혀 권세가 하늘을 찔렀다. 그의 아들 마성태가 아버지의 권세를 빌려 송도해수욕장 상권을 휘어잡았다. 어디서 텐트라도 치고 장사하려면 그의 허락을 받아야 했다. 여름이 되자 해수욕장에서 '아이스께끼'며 맥주 캔을 팔던 아버지는 그들의 방해로 장사를 더 이상 할 수 없었다. 친일파 후손이 수십 년이 지난 지금에도 득세하자 여기저기서 한탄이 쏟아져 나왔다. 하지만 그 시절, 정의는 항상 힘 있는 자의 논리에 불과했다. 힘이 있으면 정의고 힘이 없으면 불의였다. 체육관에서 대통령을 뽑던 시절, 마성태의 아버지 마종탁의 권세는 누구도 넘보지 못했다. 송도해수욕장 부근에 가게 하나라도 내려면 마종탁에게 애면글면 빌어야 했다.

"내 고향으로 갑시다."

드디어 어머니가 나섰다. 어머니의 지병이 깊어진데다가 장사까지 못 하게 되자 아버지도 순순히 따랐다. 어머니는 심장이 좋지 않아 자주 숨을 헐떡거렸다. 자다가 숨이 막혀 벌떡 일어나는 경우가 잦아졌다. 결국 어머니의 고향인 순천으로 이사를 간 우리 가족은 순천과 광양 사이에 있는 매화 단지에서 농사를 지었다. 몇 년 평화가 찾아 왔다. 벼농사도 잘 짓고 매화로 담근 술도 잘 팔려 통장에 돈이 늘어났다. 하지만 호사다마라고 했던가. 그해 외할아버지가 트럭을 몰고 농장으로 가다가 그만 사고를 당했다. 갑자기 나타난 경운기를 피하다가 차가 언덕으로 굴렀다고 했다. 그 사고로 외할아버지는 현장에서 돌아가셨다.

호전을 보이던 어머니의 심장병이 다시 도졌다. 어머니는 광주 대학 병원으로 가서 정밀 진단을 받았다. 심장 판막증이었다. 몇 달 입원한 어머니는 그해 가을 결국 하늘로 갔다. 내 나이 열다섯 살, 중학교 2학년이었다. 외할아버지에 이어 어머니마저 세상을 뜨자 아버지가 다시 소주를 마시기 시작했다. 농사도 짓지 않았다. 외삼촌들과 재산 분배로 갈등이 일어나 싸우기도 했다. 아버지는 틈만 나면 고향으로 다시 가야한다고 말했지만 현실은 그리 녹록하지 않았다.

그때부터 나는 독학을 하기 시작했다. 이후 서울로 대학을 간 나는 그야말로 주경야독을 했다. 겨우 대학을 졸업하고 군대에 다녀온 후 나는 아버지가 있는 순천으로 내려와 작은 회사에 취직했다. 순천에서 지금의 아내를 만나 결혼을 하고 아들을 낳았다. 그 아들이 벌써 커 초등학교 졸업반이 되었다. 공부는 별로 잘 하지 못했지만 운동도 잘 하고 성격도 맑아 친구가 많았다. 나는 아들 상훈에게 공부를 강요하지 않았다. 그 세대는 그 세대대로 가져야 할 직업과 사고관이 따로 있다고 믿었다. 나는 상훈이 최고보다 인간이 되는 것을 원했고 부귀공명보다 타인의 고통에 공감하며 살기를 바랐다.

"인터넷에서 보니까 내년이면 송도해수욕장이 개장한 지 백 주년이 된다는데, 그때 한번 가볼까요?"

"당장 가자."

내가 약주 한 잔을 더 따라주며 말하자 아버지의 얼굴에 숯불 같은 빛이 어렸다. 오랜만에 약주를 마신데다가 아버지의 고향인 송도해수욕장, 지금의 부산시 서구 안남동에 간다고 하자 마음이 설렌 모양이었다. 치매 증세가 온 후 더러 가족도 못 알아

봤던 당신이 고향이란 말이 나오자 죽어 있던 뇌세포가 살아난 듯 정신도 맑아지고 낯빛도 건강해 보였다. 아버지는 얼마 전까지만 해도 마종탁과 그의 아들 마성태가 살아 있는 이상 다시는 고향에 가지 않겠다고 했다. 그런데 오늘은 달랐다. 무엇이 아버지의 마음을 풀게 했을까. 아마도 그건 당신이 가실 날이 얼마 남지 않았다는 반증이 아니었을까. 비록 몇 사람에 의해 고향에서 핍박받고 살았지만 수구초심이란 인간의 원초적 그리움이 아닌가. 그러나 나는 한편으론 그게 슬펐다. 그 펄펄 살아 있던 증오가 갑자기 사라졌다는 것은 다른 한편으론 증오할 힘이 없다는 뜻이기도 했으니.

"당장에요? 지금은 가을인데……."

"송도해수욕장은 가을 바다가 더 좋아."

"그럼 그럴까요? 회사에 보고서만 올리고 휴가를 내죠. 상훈도 효도방학 내면 되니까 걱정 없어요."

"효도 방학? 그런 방학도 있냐?"

"그럼요. 요즘은 군대도 휴가를 자기가 알아서 쪼개 갈 수 있대요. 세상 참 많이 변했지요?"

"그렇구나."

아버지가 소파에 등을 기대고 눈을 감았다. 식탁 의자에 앉아 졸고 있던 아내가 꿈을 꾸다가 일어났는지 어머! 하고 후다닥 자리에서 일어났다. 상훈의 방에도 불이 꺼져 있었다.

"당신 여행 갈 준비해."

"갑자기 웬 여행?"

"그게 뭐냐 하면……."

내가 자초지종을 얘기하자 아내가 벌써부터 여행용 가방을 꺼내 먼지를 털었다. 여름휴가도 가지도 못했는데 갑자기 가을여행을 떠난다고 하자 아내가 제일 반겼다. 아버지에게 치매 증세가 온 후 이래저래 마음고생이 심했던 아내였다. 말로만 들었던 시아버지와 남편의 고향을 간다고 하니 설렌 모양이었다. 의도적으로 멀리했던 고향, 그 송도해수욕장을 이제야 가보는 것이다.

*

삼십 년 만에 와 본 송도해수욕장은 천지개벽이 따로 없을 정도였다. 잘 정비된 도로와 해수욕장을 연하여 병풍처럼 빙 둘러선 아파트 단지, 남항대교, 송도해안 산책로, 음악이 나오는 분수, 인위적으로 조성된 송도 폭포가 마치 어느 외국에 온 듯했다.

"저건 뭐냐?"

아버지가 한참 걷다가 무슨 동상을 보고 물었다. 가까이 다가가서 보니 원로가수 '현인 광장'에 동상 하나가 서 있었다. 거기 가수 현인의 히트곡이 돌에 각인되어 있고, 민족의 설움을 함께한 가수의 공적이 아로새겨져 있었다. '신라의 달밤, 고향만리, 비 내리는 고모령, 세월이 가면' 등등 불후의 명곡들이 쭉 나열되었다. 언젠가 목포 삼학도에 갔을 때 이난영 공원에서 '목포의 눈물'을 들었을 때 기분이 이랬다. 가수는 가고 없지만 질곡의 현대사를 함께 했던 가수의 목소리는 지금도 남아 그 시절을 함께한 팬들의 가슴을 적셨다.

"목소리가 참 특이한 가수였지."

아버지가 비석을 만지며 현인의 히트곡 '신라의 달밤'을 나지막하게 불렀다. 고향에 오자 노랫말까지 모두 기억나는 모양이었다. 아내와 상훈은 아버지의 과거야 어쨌든 가을 바다에 와 신이 났는지 모래밭을 뛰어다니며 사진 찍기에 바빴다. 어디서 모래를 옮겨왔는지 전보다 많은 은빛 모래가 아득히 펼쳐져 있었다. 저 멀리 공동 어시장이 보이고 그 너머로 자갈치 시장 건물이 보였다. 한 가지 아쉬운 것은 이 자리에 어머니가 없다는 사실이었다.

"변해도 너무 변했구나……."

아버지가 송도해수욕장 주변을 바라보더니 딴 세상에 온 것 같다고 혀를 내둘렀다. 전에 우리 집이 있었던 언덕은 대단위 아파트 단지가 들어서 흔적도 찾아볼 수 없었다. 내가 소주를 사러 갔던 가게 자리에는 대형 호텔이 들어서 있고, 아버지가 샌드백을 두들겼던 소나무 군락지 자리엔 산책로가 나 있었다. 삼십 년이면 강산이 세 번 변한다지만 고향은 그야말로 상전벽해가 되어 있었다. 한 해 오백만 명이 넘은 관광객들이 온다니 부산의 명소로 자리 잡은 게 분명했다. 하지만 아쉬운 것은 내 유년의 기억들이 고스란히 사라졌다는 점이었다. 그 점은 아버지도 마찬가지였을 것이다.

"아직 살아 있을까?"

모래밭을 천천히 걷던 아버지가 어딘가를 자꾸만 두리번거렸다. 혹시 아직도 마종탁과 마성태 가족을 두려워하고 있는 것일까. 어디에도 마종탁과 마성태의 모습은 보이지 않았다. 마종탁이 아직 살아 있다는 보장도 없었다. 살아 있다고 해도 부러 만

날 필요가 있을까. 그러나 아버지는 분명 누군가를 찾고 있었다.

"저 전에 여기 살았던 마종탁 어른을 아시나요?"

나이 지긋한 남자가 지나가자 아버지가 물었다. 다행히 오십 대 사내는 마종탁을 알고 있었다. 하긴 이곳 토박이라면 마종탁을 모를 리 없었다. 비록 악명이지만 그는 이곳의 유지였다.

"저기 남항대교 입구에 가면 의자에 앉아 바다를 바라보고 있을 낍니더. 구순인데 만날 거기에 있으니 걱정입니다."

오십 대 사내가 고개를 갸웃하더니 저쪽으로 걸어갔다. 마종탁 씨를 잘 아는 것을 보니 이곳에서 태어난 사람 같은데 안면이 별로 없었다. 아버지가 나에게 차를 몰고 오라고 손짓을 했다.

"죽기 전에 만나야지."

아버지의 뜻이 완고했으므로 나는 모텔 주차장으로 가 차를 몰고 왔다. 모래밭에서 사진을 찍던 아내와 상훈이 고개를 갸웃하며 도로 쪽으로 걸어왔다. 아버지가 앞에 타고 둘이 뒤에 탔다. 차가 출발했다. 조금 지나자 저 앞에 남항대교가 나타났다. 오십대 사내의 말처럼 남항대교 입구에 웬 노인이 오도카니 의자에 앉아 있었다. 차가 멈추자 아버지가 차에서 내려 노인에게로 걸어갔다. 나도 궁금해 차에서 내려 그쪽으로 걸어갔다. 아버지와 노인의 시선이 마주쳤다. 두 사람 사이에 긴 강이 흘렀다. 자세히 보니 마종탁 씨가 분명했다. 미간 사이에 난 점도 그렇고 눈꼬리가 약간 위로 솟은 것도 영락없는 마종탁 씨였다. 구순이 되었을 마종탁 씨가 다리 입구 의자에 앉아 바다를 멍하니 바라보고 있었다.

"저, 혹시 마종탁 어르신 아닙니까?"

아버지가 노인을 향해 걸어가 묻자 노인이 긴장했다. 그도 한 눈에 아버지를 알아본 것이 분명했다. 세월이 아무리 흐른들 가슴에 각인된 슬픔이나 원한은 그리 쉽게 사라지는 것은 아니었다. 노인이 말없이 저 멀리 드러난 봉래산을 바라보았다. 회한이 가득한 눈에 얼핏 물기가 어렸다. 그 어디에도 세상을 호령하던 마종탁의 위세는 보이지 않았다. 어어어어……. 그때서야 마종탁 노인이 아버지의 손을 잡았다. 그 시절, 무소불위의 권력을 누리며 조폭까지 동원해 상권을 장악하고 가혹하게 세금을 징수했던 현대판 조병갑이었던 그가 아닌가. 그랬던 그가 이토록 초라하게 철제 의자에 앉아 바다를 바라보고 있었다. 그의 아들 마성태는 어디에 있을까. 도대체 어떻게 된 인간이 아버지가 저렇게 살도록 방치하고 있을까. 하긴 그에게 무슨 도덕이나 윤리를 따지는 것도 가두사니 없는 짓이었다. 애초부터 싹수가 노란 작자였으니 부모에게 효도하지 않는다고 나무랄 가치도 없었다.

"우선 차에 타시죠."

아버지가 마종탁 씨의 어깨를 잡고 일으켰다. 그런데 웬일인지 마종탁 씨가 의자에서 일어나려 하지 않았다.

"그분 하반신 못 써요."

그때 사십 대 사내가 다가오며 아버지에게 손사래를 쳤다. 알고 보니 마종탁 씨와 먼 친척 사이라고 했다.

"어쩌다 이렇게 됐소?"

"사연이 길지요."

아버지가 묻자 사내가 그 내력을 말해 주었다. 나도 궁금해 그 쪽으로 갔다. 통일주최국민회의대표를 하며 호가호위했던 마종탁은 그해 대통령이 시해되자 새로 들어선 군부 세력에 의해 부정축재자로 몰려 재산을 전부 환수당하고 감옥까지 다녀왔다고 했다. 거물 정치인도 아니어서 마종탁의 몰락은 잘 알려지지 않았다. 그러니 순천으로 이사를 간 아버지와 내가 마종탁의 소식을 알 리 없었다. 의도적으로 그쪽 소식을 알려고도 하지 않았다.

"그런데 왜 하필 여기에 나와 있지요?"

"하나 있는 자식, 그러니까 마성태가 배를 타다가 저 바다에서 죽었습니다. 패가망신하자 살기 위해 어선을 탔는데 노름빚에 시달리다가 한겨울에 소주를 마시고 투신자살했다 아입니꺼. 그 후 그의 부친이 날마다 저곳에 나와 바다만 바라보고 있지요."

사내가 스스로도 안타까운지 담배를 꺼내 피워 물고 연기를 훅훅 내뿜었다. 먼 친척이라 부탁하면 차로 이곳까지 데려다 준다고 했다. 설상가상 지난해 마종탁 노인에게 중풍이 와 하반신을 못 쓴다고 했다. 그야말로 완벽한 몰락이었다. 이상한 것은 아버지가 별로 반가워하지 않는다는 점이었다. 숙적의 몰락에 기뻐하지 않은 것은 나도 마찬가지였다. 마종탁 일가의 몰락은 희열보다는 서글픔을 주었다. 차라리 빌딩 몇 채 거느리며 떵떵거리며 살고 있는 것이 나을 것 같았다.

"그런데 뉘신지……?"

사내가 아버지를 보고 어디서 뵌 것 같다며 물었다. 아버지가 대답 대신 마종탁 씨의 어깨에 손을 올리고 기도하듯 말했다. 어르신, 저도 얼마 남지 않았습니다. 곧 하늘에서 만나겠지요. 그땐 서로 웃고 삽시다. 저 갑니다. 아버지가 돌아서서 남항대교 너머로 펼쳐진 바다를 바라보았다. 큰 배 한 척이 지나갔다. 배가 지나간 자리에 하얀 고속도로가 났다. 상처 난 바다는 서로를 오므려 그 상처를 스스로 지웠다.

"바다는 이미 다 용서했다."

아버지가 차에 탔다. 마종탁 노인이 뭐라 안타깝게 손짓을 했지만 무엇을 말하는지는 알 수 없었다. 아니, 충분히 알 수 있었다. 겨우 손을 흔드는 저 간절한 눈빛 속엔 용서, 하고 씌어 있었다. 고등학교 시절 나를 KO로 눕히고 의기양양하던 마성태도 가고 없었다. 바람이 불면 비닐이 파르르 떨던 문도 보이지 않고, 아버지가 억분을 이기지 못하고 두들겨 패던 샌드백도 보이지 않았다. 대신 그곳에 아름다운 산책로가 나 있었다. 사람들은 저 길을 걸으며 한때 이곳에서 살았던 사람들의 역사를 기억할까. 문득 현인 선생이 불렀던 '세월이 가면' 노래가 떠올랐다. 인간은 가고 없어도 변함없는 것은 언제나 저 푸른 바다였다.

"어르신 잘 돌보시오."

아버지가 사내에게 지폐 몇 장을 건넸다. 사내가 받지 않으려고 손사래를 쳤지만 아버지는 기어코 사내에게 돈을 주고 다시 차에 탔다. 영문을 모르는 사내는 저 돈의 의미를 어떻게 해석할까. 살다보면…… 그 말이 생각날지도 몰랐다. 차가 남항대교를 지나갔다. 마종탁 노인은 해가 저물도록 거기 앉아 있다가 집으로 갈 것이다. 바다에 물안개비가 자욱하게 깔리면서 차창 사이로 해조음이 들려왔다.

"오랜만에 고향에 와 보시니 어때요?"

"더 슬프구나."

내가 묻자 아버지가 뒤를 돌아 점점 멀어지는 송도해수욕장을 바라보았다. 비록 추억 속의 풍경은 사라졌지만 해안가 은빛 모래밭에 부서지는 파도는 옛날 그대로였다. 저 파도의 끊임없는 자맥질로 자갈들은 모두 둥글게 변해버렸지만, 사람들은 자갈에서 떨어져 나간 삶의 추억들은 기억하고 있을 것이다.

*

아버지는 이듬해 봄, 조용히 눈을 감았다. 송도해수욕장 언덕에 있는 가난한 동네에서 태어나 거기서 살던 아버지가 엉뚱하게 어머니의 고향에 묻힌 것을 사람들은 어떻게 생각할까. 하지만 아버지는 어둠 속에 누워서도 떠올리겠지. 그 은빛 모래밭의 추억과, 소나무 가지에 샌드백을 매어두고 억분을 토했던 젊은 날의 고뇌와, 길게 이어진 갯골 사이로 흐르던 바닷물에 톡톡 튀던 은빛 새우와, 물보라를 일으키며 솟아오르던 숭어……. 구덕 체육관에서 복싱을 했던 젊은 날의 패기와 염동균 선수를 응원하며 내질렀던 함성마저도. 그러나 아버지 생애 가장 아름다운 추억은 우리 집안을 무너뜨렸던 마종탁을 용서한 것이 아니었을까. 지금 고백하지만 그것은 어머니가 돌아가시기 전에 아버지에게 남긴 유언이었다. 바다, 삶의 터전이면서 때론 황천길이 되기도 하는 바다, 그 바다가 나에게 가르쳐 준 것은 저 깊이를 알수 없는 넓은 가슴이었다. 상훈이 어른이 될 때까지 나는 직장에 다니며 고달프게 살겠지만 문득 그리우면, 나는 송도해수욕장을 다시 찾아갈지도 모른다.

겨울나기

잠시 그쳤던 눈송이가 하늘을 가득 채우며 내리고 있다.
고향 마을 초입에 서 있는 상수리나무에도 저 눈이 내리고 있을까.

하오의 햇살이 쇠잔하게 스러지더니 허공에 진눈깨비가 흩날린다. 남자는 다섯 번째 거부를 당했던 터라 그만 집으로 갈까 하다가 이왕 나선 것 마지막 식당까지 가보자고 마음먹는다. 이력서가 아직 세 장 남아 있다. 한참 걸어가자 생활정보지 구인란에 나온 식당이 보인다. 남자는 식당 앞 유리창에 얼굴을 비추고 옷매무새를 가다듬는다. 유리창에 비친 사내가 낯설다. 남자는 흠흠 헛기침을 몇 번하고 식당 출입구 문을 연다. 점심시간이 지나서인지 홀 안이 텅 비어 있다. 주방 앞에서 고추를 다듬고 있던 여자가 코를 실룩거리다 남자를 보고 일어난다. 남자가 꾸벅 인사를 하고 이력서를 내밀자 오십 대 초반의 여자가 이력서를 읽는다. 성명, 주소, 경력 사항을 읽는 데 일 분 남짓 소요된다. 남자는 이 시간이 가장 고통스럽다.

"본적이 어디세요?"

남자의 행색이 아무래도 미심쩍은지 주인이 묻는다. 남자는 힘없이 함경도요, 하고 대답한다.

"그럼 새터민이네요?"

여자가 묻자 남자는 무슨 죄라도 지은 것처럼 얼굴이 붉어진다. 식당 주인이 조금 부담스러운 표정을 짓는다. 노골적으로 적대시는 하지 못해도 그렇다고 대놓고 반기지도 못하는 말이 바로 '새터민'이란 말이다. 남자는 그걸 잘 알고 있다. 그 말도 사실은 남한 사람들이 지어준 것이다. 현실 그대로 하면 탈북자가 맞다. 북한도 그렇지만 남한에도 어감(語感)을 고려한 말들이 꽤나 많다. 이른바 미화법. 탈북자보다 새터민이란 말이 훨씬 부드러운 이미지를 주지만 따지고 보면 화장실이나 변소나 뭐가 다른가. 남자는 때론 그 미화법이 더 자존심 상할 때가 많다. 도둑을 양상군자라고 말한 것과는 차원이 다른 느낌, 거기에 새터민이란 말의 이중성이 내재되어 있다고 남자는 믿는다.

"저희 집은 손님들이 좀 까다로워서……."

여자가 이력서를 카운터에 두고 다음에 연락하겠다고 한다. 남자는 그 다음이란 말이 미덥지 않지만 여자에게 인사한 후 식당을 나선다. 거리로 나서자 눈송이가 하늘을 가득 채우며 내리고 있다. 아스팔트 도로가 차츰 하얗게 변한다. 남자는 외투에서 생활정보지를 꺼내 방금 들어간 식당 이름에 빗금을 긋는다. 쭈글쭈글해진 생활정보지에 빗금이 여러 개 나 있다. 이제 남은 식당은 두 군데다. 남자는 다음 골목으로 접어든다. 바람이 골목을 돌아 건물 사이로 솟아오른다. 남자의 머리카락이 헝클어지며 얼굴을 가린다. 남자는 미용실 유리창에 얼굴을 비추고 머리카락을 단정하게 다독인다. 얼굴에 떨어진 눈을 손바닥으로 비벼 탁탁 친 다음 머리카락을 에넘브레 넘긴다. 남자는 유리창 속의 사내가 여전히 낯설다. 횡단보도를 건너 한참 더 걸어가자 '사거리식당'이 보인다. 출입구 유리창에 곰탕과 냉면이라 코팅된 글자가 커다랗게 붙어 있다. 남자는 우선 냉면이란 말이 반갑다. 다른 건 몰라도 남자는 냉면엔 자신이 있다. 함경도 냉면은 남한 사람들도 좋아한다. 조금 불리한 것은 지금은 냉면의 계절이 아니란 점이다.

"새터민이군요?"

남자가 식당으로 들어가 이력서를 내밀자 사십 대 여인이 역시 조금 부담스러운 표정을 짓다가 주방 쪽을 보며 남편을 부른다. 남편이 주방에서 나와 이력서와 남자를 번갈아 보더니 고개를 젓는다. 거부 이유도 말해 주지 않는다.

"여기도 손님들이 까다롭습네까?"

남자가 묻자 여자가 미안한 표정으로 고개를 끄덕인다. 곰탕이나 냉면 정도 먹는 손님들이 뭐가 그리 까다롭지? 남자는 그렇게 묻고 싶지만 침묵한다. 탈북자라 무시하느냐고 대거리도 해 보았다. 하지만 돌아온 건 차가운 시선뿐이었다. 부지불식간에 튀어 나오는 북쪽 사투리도 불리하게 작용했다.

"혹시 필요하시면 연락주시라요. 내레 함경도 냉면 하난 끝내 줍니다. 꼭 연락주시라요."

남자는 식당을 나와 '먹자골목' 쪽으로 걸어간다. 퇴근 시간이 가까워지자 골목은 사람들로 가득하다. 남자가 남한에 내려와 놀란 것은 거리마다 늘어선 식당과 노래방과 주점이다. 온통 먹고 마시고 노래 부르는 곳 천지다. 남한이나 북한이나 흥겨우면 덩실덩실 춤을 추는 민족의 특성을 모르는 바 아니지만 노래방이 따로 있는 것은 의외다. 집에도 있는 욕실을 두고 사우나탕이나 찜질방을 가는 이유도 잘 모르겠다. 거기에다 웬 고급차는 그렇게 많은지. 남자가 월세로 살고 있는 다세대 주택에도 차가 열 대나 됐다. 대부분 공장에 나가거나 별 볼일 없는 직장을 가지고 있는 것 같은데 차는 모두 가지고 다녔다. 어느 세입자는 건물주보다 차가 더 크고 고급스러웠다. 저런 사람이 왜 월세는 사는지 도통 이해가 가지 않았다.

이런 저런 생각을 하다가 걷다보니 저만큼 '진미식당' 간판이 보인다. 한우 전문 식당이라는 코팅이 대문짝만하게 붙어 있다. 규모도 제법 크다. 남자는 식당으로 들어가 구십 도로 절을 하고 주인에게 이력서를 내민다. 사십대 중반의 사내가 이력서를 잠시 읽는다. 남자는 주인의 표정을 살핀다. 중간에서 미간이 잠깐 어두워진 게 또 틀린 모양이다.

"사정은 알겠는데 저희 식당 손님들이 좀 까다로워서……."

주인이 이력서를 카운터 책상 서랍에 넣어두고 필요하면 연락하겠다고 한다. 손님들이 까다로운데 연락은 무슨……. 남자는 속으로 중얼거리며 식당을 나선다. 거부 이유가 대충 비슷하다. 남자는 주인에게 냉면 하난 잘 만든다고 말하려다 체념한다. 손님들이 까다롭다……. 남자는 그 말을 다시 되뇌어 본다. 뜻이야 대충 알지만 여전히 추상적이다. 차라리 저희 집은 탈북자는 안 씁니다, 하고 솔직히 말해주면 얼마나 좋을까. 뭐가 까다롭지? 고급 아파트가 밀집한 지역이라 식당에 지체 높은 사람들이 많이 온다는 뜻인지, 아니면 식당 종업원이 북쪽 사투리를 사용하면 곤란하다는 뜻인지 도무지 알 수 없다.

어쨌거나 여덟 번째 거절을 당하고 보니 남자는 더 이상 어딜 찾아가는 게 겁이 난다. 북쪽에 있을 때 냉면을 만들었던 경력이 있었지만 식당 주인들은 그런 것 따윈 묻지도 않고 일단 탈북자란 말에 심한 거부감을 보였다. 남자도 물론 안다. 탈북자가 얼마 되지 않았을 때는 자유의 품에 귀환한 그들을 영웅으로 모셨다는 걸. 방송에 나와 북한의 처참한 생활을 생생하게 증언하고 남한의 발전된 모습에 부러움을 나타내면 효과는 만점. 살 집이 주어지고 직장이 알선되고 각종 단체에서 후원금까지 거두어 주었다. 하지만 탈북자가 점점 늘어나자 그들은 더 이상 영웅이 아니었다. 방송에 나가 북한의 실상을 증언해도 시청자들은 별 감응을 느끼지 못했고, 오히려 귀한 시간에 저런 사람들이 나와 남북을 비교하는 것에 식상해 했다. 간혹 발생하는 강력 사건에 탈북자가 연루되어 인식도 차츰 나빠졌다.

"장씨, 어디 일터 잡았어?"

남자가 집으로 가자 건물 주인이 맞은편 지하 다방에서 나오다 지나가는 말로 묻는다. 남자가 고개를 흔들자 건물 주인이 밀린 월세, 전기세, 가스세, 수도세 등을 들먹이다 옆 술집으로 들어간다. 남자는 타박타박 걸어 다세대 주택 계단을 오른다. 계단에 눈 자국이 선연하다. 계단을 두 칸씩 건너 뛴 것이 짜장면 배달하러 온 게 분명하다. 남자도 그 일을 해봐 잘 안다. 하지만 음식값을 분실한 후 그날로 잘렸다. 물론 음식값은 월급에서 공제되었다.

"아바이, 내레 학교 가기 싫습매."

남자가 집으로 들어가자 아들 녀석이 밑도 끝도 없이 칭얼거린다. 초등학교 4학년인 상훈은 새터민 학교에 다니다 이곳으로 이사 온 후 일반학교로 전학을 했는데, 남한 아이들이 자주 놀린다고 했다.

"가능하면 북쪽 사투리 쓰지 말라우."

"피, 아빠도 쓰면서."

"그런가?"

남자가 멋쩍게 웃는다. 아들이 여섯 살 때 탈북을 했지만 입에 밴 고향 말이 자기도 모르게 튀어 나온다. 애써 남한 말을 하려 해도 그놈의 억양만큼은 속일 수 없다. 남자는 싱크대에 가득 쌓인 그릇들을 보며 길게 숨을 뿜어낸다. 도시가스도 어제 끊어질지 모르고 전기며 수도도 마찬가지다. 자립갱생, 이제 탈북자도 스스로 일어나지 않으면 남한에서 발붙일 수가 없다. 북쪽에서 강제 노역을 하며 자주 외친 그 말이 남한에 와서도 쓸 줄 남자는 미처 몰랐다. 배고픈데 라면이나 끓여 먹을까? 남자가 아들을 바라보았지만 아들은 학교에 가기 싫다는 말만 되풀이 한다. 북쪽에서 온 아이가 남한 아이들에게 듣는 소리야 안 들어도 뻔하다.

"민한 녀석, 무슨 일 있었네?"

남자가 조금 짜증어린 목소리로 묻자 아들이 숙제를 하다 말고 옷소매를 눈으로 가져간다. 모르긴 모르되 탈북자란 말보다 더 속상한 말을 들은 모양이다. 남자는 라면 봉지를 이로 물어뜯어 개봉한 후 냄비에 물을 받는다. 가스레인지 버튼을 돌리자 팍 소리와 함께 퍼런 불꽃이 빙글 돌다 솟아오른다. 냄비를 가스레인지에 올리고 남자는 아들 곁으로 다가간다. 아들이 일기에 뭘 적다가 얼른 감춘다. 열한 살 나이에 뭘 감추고 싶은지 남자는 궁금했지만 강제로 보긴 싫다. 그 나이면 감수성이 예민할 때이고 또 잘못 말하면 상처만 커진다.

"진짜 안 먹을 거야?"

남자는 아들을 한 번 쳐다보고 냉장고 문을 연다. 반찬이라곤 군내 풍기는 김치가 전부지만 라면과 궁합이 맞는 음식은 역시 김치다. 남자는 양말 두 짝을 포개 냄비 귀퉁이를 들고 식탁으로 간다.

"누가 또 놀렸어?"

남자가 젓가락에 라면을 말아 아들에게 내밀었지만 아들은 코만 실룩거릴 뿐 아무 말도 하지 않는다. 남자도 더 이상 묻지 않는다. 남한 내에서도 있는 집 아이들과 없는 집 아이들끼리 싸움이 붙는데, 북에서 내려온 아들에게 아무런 일이 생기지 않는 것도 이상하지 않은가. 그렇게 생각해 버리자 편했다. 하지만 부모로서 이해해 줄 수 있는 문제가 있고 도저히 용납할 수 없는 문제가 있는 법이어서, 남자는 아들의 입에서 무슨 말이 터져 나올지 그게 두렵다. 남자가 밥그릇에 라면과 국물을 떠서 주자 아들이 훌쩍이며 숟가락을 든다. 분위기가 어색해지자 남자는 TV 리모컨을 찾아 버튼을 누른다. 뉴스가 흐르고 있다. 대통령 선거에 나온 후보들이 재래시장이며 노동 현장을 찾아다니며 뭐라 연설하고 있다. 어떤 후보는 임진각에 가서 망원경으로 북쪽을 보고 있다. 개성공단에서 일하고 있는 북쪽 여성들이 잠깐 보이다 사라진다. 어떤 후보는 안보를 강조하고 어떤 후보는 남북 교류 협력과 북방 진출을 통한 경제 활성화를 강조한다. 둘 다 맞는 말이다. 그런데 이상한 것은 남한에선 그 두 말이 앙숙처럼 싸운다는 사실이다. 더욱 이해할 수 없는 것은 탈북자 대부분이 안보강화 쪽에 손을 들어준다는 점이다. 정말 저들은 남북이 교류하고 평화 통일을 이루는 것에 반대하는 것일까. 속마음은 후자지만 눈치를 보고 전자에 손을 들어주는 것은 아닌지 모르겠다. 남자는 초창기엔 새터민 협회도 나가 보고 이북오도 협회에도 나가 보았지만 지금은 나가지 않는다.

"혹시 아빠 친구가 천안함 폭파시켰어?"

남자가 라면 국물을 마시고 있을 때, 아들이 뜬금없이 적의 가득한 시선으로 남자를 바라본다. 질문도 생뚱맞은데다 그 나이에 질문할 내용도 아니어서 남자는 잠시 당황한다. 혹시 남한 아이들이 그렇게 물었을까. 그게 사실이라면 보통 문제가 아니다. 남자는 뭐라 대답할지 고민하다가 창가로 가 담배를 꺼내 피운다. 눈이 계속 퍼부어지고 있다. 멀리 낮은 지붕들이 다닥다닥 옆구리를 맞대고 엎드려 있는 달동네가 보인다. 달동네나 아파트 단지나 눈은 같은 색이다.

"그런 말 하면 패버려!"

남자가 담배꽁초를 유리창 밖 벽에 비벼 끄고 소리치자 아들이 잠시 멍해진다. 남한 아이를 패라는 말은 처음이다. 아빠가 저토록 두 눈을 부릅뜨고 화를 낸 것도 처음이다. 남자가 다시 새로운 담배를 꺼내 물고 거실을 빙빙 돈다. 아들은 말없이 냄비를 들고 싱크대로 가 설거지를 한다. 엄마가 밤늦게 와 아들은 시키지 않아도 설거지나 방 청소 정도는 제법 한다. 싱크대로 수돗물 떨어지는 소리가 들려온다. 엄마가 보았다면 물을 받아놓고 설거지하라고 지청구를 한 바가지나 했을 것이다. 바람이 분다. 창문이 덜커덩거리며 한기(寒氣)가 등허리를 타고 쭉 내려간다. 남자는 망설이다 보일러 버튼을 누른다.

"보일러 틀었다. 이리 와."

"가스도 곧 끊어져?"

아들이 쓰고 있던 일기를 와락 찢어 쓰레기통에 버린다. 도대체 아들에게 무슨 일이 있었던 것일까. 남자는 쓰레기통에 버려진 아들의 일기장을 문득 보고 싶다. 차츰 거실 바닥이 따뜻해져 온다. 이 온기도 며칠 있으면 그칠지 모른다. 다행히 도시가스가 들어왔지만 요금이 삼 개월 연체되자 '가스공급중지독촉장'이 문 앞에 붙었다. 전기세도 그렇고 수도세도 그랬다. 전기 끊어지고 수도 끊어지고 가스마저 끊어지면 그야말로 구석기 시대가 될 것 같다.

"따뜻해졌어?"

아들이 추운지 이불 속으로 파고든다. 전기세며 가스비가 비싸 웬만하면 보일러를 틀지 않았다. 전기장판을 사 와 사용해 보았지만 광고와는 달리 전기세가 만만치 않게 나왔다. 변두리엔 연탄 가게가 성황을 이루고 있다고 했다. 뭐야 어찌 되었든 거실 바닥이 따뜻해져 오자 남자는 한숨 자고 싶다. 아들이 이불 속으로 들어가더니 바닥에 손을 대고 얼굴을 비빈다. 차츰 밤이 깊어간다.

"민한 동무들, 이러다가 어디 살림 하겠슴매?"

남자와 아들이 드라마를 보고 있을 때, 아내가 들어오더니 보일러 버튼을 끈다. 공장에서 돌아온 아내의 작업복에서 통조림 냄새가 풍겨온다. 저녁 식사는 공장에서 하고 왔는지 아내는 싱크대를 한 번 쳐다보고는 옷을 갈아입는다. 무릎이 튀어나온 메리야스가 우습다. 거기에다 양말 속에 메리야스를 집어넣은 꼴이라니. 남자는 킥 웃다 말고 아내가 마뜩찮은 시선을 던지자 자리에서 일어난다. 남자는 베란다로 가 담배를 꺼내 피운다. 돈은 어디메서 나 담배는 피우네? 아내의 목소리가 쩌렁쩌렁 울린다. 남자는 베란다 문을 닫아버린다. 멀리 눈에 뒤덮인 달동네가 보인다. 도로 하나 사이로 고급 아파트와 달동네가 나뉘어져 있다. 높은 곳에 있는 낮은 지붕들과 낮은 평지에 있는 고층 아파트가 묘한 분단을 이루고 있다. 그 사이에 초등학교가 있다. 아파트 주민이 선거를 앞두고 초등학교를 분리해주라는 문구가 적힌 피켓을 들고 연일 데모를 했다. 달동네 아이들과 같이 공부한다는 게 자존심 상한 모양이다. 아니, 그것보다 탈북자가 살고 있는 게 싫은지도 모른다.

"너, 누구하고 싸웠음매?"

욕실에서 손을 씻고 나온 아내가 아들의 얼굴을 살펴보더니 두 눈에 벼린 도끼를 담는다. 그러고 보니 아들의 왼쪽 뺨이 붉게 물들어 있다. 확실히 여자는 다르다. 아들이 남자의 눈치를 보더니 고개를 끄덕인다. 누구야, 누가 우리 귀한 아들을 때렸어? 아내가 벌떡 일어난다. 당장이라도 요절을 내주겠다는 듯 손가락을 갈퀴처럼 웅크린다. 아내는 남자에 비해 성질이 걸걸하고 오지랖도 넓다.

"고저 조용히 살자우. 할 말 다하고 살면 오죽 좋으네? 하지만 여긴 남한이야, 남한!"

남자가 소리치자 아내가 시무룩해진다. 탈북자라고 흉보는 가살꾼들을 혼내주었다가 되레 역공을 받고 쫓겨난 기억이 있는 터다. 말조심하지 않으면 여기서도 쫓겨날지 모른다. 아내가 공장에서 하루 열두 시간 일하고 받아온 돈이래야 팔십만 원, 월세 내고 가스비, 전기세, 수도세 내고 나면 겨우 입에 풀칠 할 정도

다. 아내는 무릎이 자주 쑤시지만 병원에 가보지도 못했다.

"상훈아, 무릎 좀 주무르라우."

아내가 무릎을 이불 밖으로 꺼내자 아들 대신 남자가 나선다. 메리야스에 무릎 자국이 툭 튀어나와 있다. 남자는 메리야스를 무릎까지 걷고 천천히 무릎을 주물러준다. 통증이 밀려오는지 아내가 미간을 찌푸리며 이를 깨문다. 아들도 일어나 반대쪽 무릎을 주무른다. 베란다 창밖으로 바람 소리가 횡- 들려온다. 창문이 덜컹덜컹 움직이고 거리로 트럭이 지나가는지 집이 잠시 요동을 친다. 방바닥에 온기가 차츰 사라진다. 아내가 다리를 허공으로 들더니 기역자로 굽힌다. 또르륵 하는 소리가 들려온다. 마모된 기계에서 들려온 소리 같다. 아마도 연골이 다 닳아지고 없는 모양이다. 류마티스 관절염인지도 모른다. 병원에 가자 온갖 촬영을 하라고 해 포기했다. 의사가 엑스레이 촬영으론 자세히 알수 없으니 CT촬영을 하자고 했지만 가격이 만만치 않았다.

"더 탈나기 전에 날래 사진 찍어 보라우."

"돈은 어디메서 나네?"

아내가 이불을 목 끝까지 잡아당긴다. 아들은 무릎을 주무르다 그만 잠이 들었다. 창밖으로 눈이 거세게 내리고 있다. 12월 초순에 내리는 눈치곤 거의 폭설에 가깝다.

"우리 고향에도 눈이 오고 있을까?"

아내가 베개를 높게 하더니 베란다 유리창을 망연히 바라본다. 저 정도의 폭설이면 북쪽에도 눈이 내릴 확률이 높다. 마을 초입에 서 있던 상수리나무에도 눈이 내리고 있을 것이다. 그 밤, 가족을 이끌고 강을 건너 중국으로 갔던 기억이 흑백필름처럼 스친다. 중국 공안에 잡히지 않기 위해 토굴에 숨어 지냈던 기억이 선연하다. 하루에 빵 한 조각으로 연명하며 탈북을 도와주는 사람들이 나타나길 기다렸다. 탈북자가 점점 늘어나자 당국에서 발견 즉시 사살 명령을 내린 터라 그야말로 목숨을 걸었다. 봄인데도 강물이 얼음처럼 차가웠다. 아내와 아들의 손을 잡고 강을 건널 때 저쪽에서 또 다른 탈북자 가족이 강을 건너고 있었다. 그때 마주친 가장(家長)의 눈빛을 잊을 수 없었다. 나중에 알고 보니 박부성이란 사내였다. 그는 지금 어디에서 살고 있을까. 하나원에서 같이 살다가 자립해 나간 후 통 소식이 없었다.

"상훈 아바이, 우리 여기 왜 왔습매?"

아내가 뜬금없이 묻자 남자는 잠시 대답을 하지 못한다. 당연히 살기 위해 탈북을 감행했지만 그 뻔한 답을 유보할 수밖에 없다. 중국 길림성 야산에 토굴을 지어놓고 지냈던 기억이 문득 스친다. 조선족들의 일을 해주면서 연명했지만 곧 탈북 도우미가 와 데려갈 거라는 생각만 하고 버텼다. 브로커에게 적지 않은 돈까지 주고 감행한 탈북이 몇 년 지나자 묘한 회의가 밀려왔다. 초기엔 하나원에서 지내면서 남한에 대한 교육도 받고 지원도 많이 받았다. 하지만 탈북자가 2만 명이 넘어가자 남한 내에서도 탈북자는 골칫거리가 되었다. 누구 말마따나 해마다 작은 면 단위 하나가 생길 정도라니 그냥 넘어갈 문제가 아니었다. 차츰 지원도 줄고 적응하지 못한 탈북자가 범죄까지 일으키자 새로운 사회 문제로 대두되었다. 가난이야 이미 더 한 것도 경험한 터, 가장 견딜 수 없는 것은 방황하는 아이들이었다. 남한 아이들과 북에서 온 아이들은 우선 말씨도 다르고 공부 내용도 달랐다. 가장 큰 문제가 정보화 시대에 적응할 수 없다는 것에 있었다. 남한 아이들은 IT 강국답게 컴퓨터며 휴대폰을 자주자재로 이용했다. 하지만 북한 아이들은 컴퓨터를 본 적도 별로 없었다. 초기엔 하나원에서 모두 같이 지냈으므로 별 문제가 없었다. 하지만 탈북자가 늘어나고 '자립갱생'으로 내몰리자 서서히 부작용이 발생했다. 탈북자 부모들이 저임금에 시달리는 것이야 동남아에서 온 노동자도 있고 보면 이해할 수 있었지만, 문제는 수업 시간에 따라갈 수 없는 아이들의 교육 문제에 있었다.

"내레 곧 취직을 할 테니 너무 걱정 말라우."

남자가 벌떡 일어나 베란다로 가 담배를 피우자 아내가 이불을 머리끝까지 덮어버린다. 그 말을 석 달째 들었던 터라 한숨만 나온다. 하긴 남한 내에서도 실업자가 지천이니 탈북자가 직장을 얻는다는 것은 그것이 비록 3D업종이라 해도 쉬운 건 아니었다. 용케 취직을 해도 주변의 싸늘한 시선이 걸림돌이 되었다. 남자는 베란다 창문을 열어두고 줄담배를 피운다. 차가운 공기가 파고들었지만 춥다는 생각이 들지 않는다. 길림성 토굴에서도 살았는데 이 정도 추위야 조족지혈에 지나지 않았다. 그땐 남한에 갈 수 있다는 희망이 이불이 되어 주고 온돌이 되어 주었다. 조선족들의 농사를 지어주며 얻은 곡식으로 연명했지만 배가 고프다는 생각도 없었다. 토굴에서 얼어붙은 감자를 우적우적 씹어 먹어도 남한에 갈 수 있다는 생각만 하면 가슴이 뜨거웠다.

일 년 남짓 지나자 한국 교회 단체에서 어떻게 소식을 듣고 토굴을 찾아왔다. 그때부터 남한으로 오는 과정은 이쪽 말로 하면 그야말로 '007작전'이었다. 탈북 도우미들은 그쪽으론 이골이 났는지 일을 척척 처리했다. 중국 공안이 탈북자인지 알고도 눈감아 주는 경우도 있었다. 탈북 도우미가 미리 손을 써놓았는지 아니면 여북했으면 탈출했을까, 하고 인도주의 정신을 발휘했는지는 알 수 없었다. 어쨌거나 남자는 탈북에 성공했고 남한에 정착한 지 벌써 다섯 해가 지났다. 취직도 했다. 하지만 오래 가지 못했다. 힘든 노동이야 각오한 것이지만 견딜 수 없는 것은 남한 사람들의 차가운 시선이었다. 두들겨 맞으면서도 공손한 동남아시아 노동자보다 간혹 동족의식 때문에 묘한 적의를 드러내는 탈북자가 더 밉다고 했다. 너희들이 자유 대한에서 먹고 살려면 더 겸손하고 더 빡빡 기어라. 그들은 그렇게 말하고 있는 듯했다. 일제강점기에서 해방된 조국도 아니고 6·25전쟁이 끝난 지 육십 년이 지났으니 동족이란 말이 가슴 뭉클한 단어가 아니란 것도 안다. 때론 자신들의 일자리를 탈북자가 차지한다고 경계의식이 은연중 깔려 있는 것도 안다. 그러나 같은 민족이라는 가치가 그것들보다 못할까. 남자는 내내 그것이 서운했다.

"실컷 도와주니까 천안함에 어뢰를 쏴?"

그해, 천안함 사건이 발생하자 분위기가 더 험악해졌다. 마치 탈북자들이 그 짓을 한 것처럼 적의를 노골적으로 드러냈다. 탈북자는 탈북자들대로 만행을 저지른 북괴를 규탄했다. 탈북자 내에서도 서서히 균열이 가고 반목이 심화되었다. 이래저래 탈북자들이 사분오열되고 지원금이 줄어들자 각자 살길을 찾아 전국으로 흩어졌다. 이제 남한 국민이 된 이상 스스로 알아서 살아야 했다. 근본 취지는 틀리지 않다. 문제는 남한 사람들이 탈북자를 어떻게 인식하고 있느냐에 달렸다. 어떤 사람은 탈북자를 남한 경제에 악영향을 미치는 존재로 인식했다. 동족, 말만 들어도 가슴 뭉클한 휴머니즘은 소설책에서나 볼 수 있는 말이었다.

"아, 추워!"

남자가 담배 연기를 길게 내뿜고 있을 때 아내가 이불을 박차고 일어나려다 무릎이 힘없이 꺾인다. 관절염이 도진 모양이다. 남자가 달려가자 아내가 이를 악물고 일어나려다 다시 쓰러진다. 허우대가 큰데다가 하루 종일 서서 일하니 힘이 모두 무릎으로 전달된 모양이다. 남자가 내일 병원에 가보자고 하자 아내가 고개를 젓는다. 그나마 어렵게 얻은 일자리를 입원이라도 하고 나면 잃게 될지도 모르니 찬성할 리 만무하다. 법적으론 휴가를 낼 수 있지만 이름 없는 중소기업, 거기에다 불법 고용을 일삼는 사장이고 보면 퇴원할 때까지 기다려줄지도 의문이다. 그렇다고 관계 당국에 억울함을 호소하자니 이름이 알려져 취직을 못하게 될 수도 있다. 실제로 사장의 부당함을 호소하다가 공단에서 아예 추방된 탈북자도 있었다. 악덕 기업주끼리는 그런 '불량선인'의 명단이 도는 모양이었다. 세상에, 무슨 일제강점기도 아니고 '불량선인'이라니, 남자는 그 말을 듣고 주먹으로 가슴을 쳤다. 남한 노동자들이 묘하게 웃으며 슬슬 피했다. 북쪽 기질이 나올까 두렵다는 것인데, 거기엔 '빨갱이'란 전제가 깔려 있었다. 남한에서 가장 엄청난 위력을 발휘하는 언어가 있다면 바로 그 말이었다. 사상으로서의 언어가 아니라 지역을 폄하하는 언어로 사용되는 그 말은 탈북자들에게 씻을 수 없는 상처를 주었다. 그것에 대해 따지면 공산당 기질 나온다고 비꼬았다.

결국 남자는 한 해를 버티지 못하고 공장에서 나왔다. 스스로 사표를 낸 것이지만 사실은 추방에 해당했다. 중도에 그만 두었으므로 자투리 월급은 받지도 못했다. 계약서에 작은 글씨로 그 조항이 있는 것을 남자는 나중에 알았다. 공장을 나온 남자는 공사장으로 식당으로 전전했지만 몇 달 가지 못했다. 힘든 노동은 참을 수 있었다. 그러나 사장이나 손님들의 노골적인 천대는 참을 수 없었다. 책상을 엎고 주먹질까지 하다가 파출소에 끌려가 유치장에 갇히기도 했다. 새터민 협회에서 어떻게 알고 빼주었지만 탈북자에 대한 인식은 변하지 않았다. 물론 옷이며 음식을 전해주는 마음 따뜻한 이웃들도 있었다.

"날 새면 무조건 병원에 가라우."

"언제까지 월세 살 건데? 차라리 다시 월북하지 않겠슴매?"

"무스그……?"

남자의 가슴이 덜컹 무너진다. 아무리 힘들지만 그 말이 나올지는 예상하지도 못했다. 한편으론 아내의 입에서 그 말까지 나오자 가슴 한구석에서 모진 결심이 꿈틀거리기도 한다. 월북은 아니다 하더라도 베트남이나 호주 같은 나라로 가고 싶다. 거긴 동족이 동족을 경계하고 미워하지는 않을 거라는 슬픈 생각이 든 터다. 실제로 베트남으로 가 잘 사는 탈북자도 더러 있었다. 한국에서 왔다는 이유만으로 존경을 받는다고 하니 거기가 천국이 아닐까 하는 생각도 든다. 한류 덕분이겠지만 귀에 솔깃한 말이 아닐 수 없다. 남자는 실없이 허허 웃는다.

"우리도 베트남으로 갈까? 우리하고 같이 내려온 박부성 씨가 그 일을 하고 있는 모양이던데……."

남자가 묻자 월북하자던 아내가 무엇이 두려운지 엄지를 곧

추 세우고 입술에 댄다. 이 밤중에 누가 들을까마는 겁에 질려 있는 표정이 웃음을 자아내게 한다. 여북했으면 월북을 꺼냈을까, 하고 남자는 이불 속으로 들어가 잠을 청한다. 어둠 속에 어머니가 떠오른다. 여든이 넘은 어머니는 탈북을 권하지도 못했다. 늙고 병든 몸으로 강을 건널 수도 없었을 뿐만 아니라, 일찍 간 남편을 두고 내가 어디로 갈 수 있겠느냐며 손사래를 쳤다. 남자가 탈북을 감행하는 날 저녁, 어머니는 칡뿌리 같은 손으로 아들의 얼굴을 만지며 너라도 행복하게 사라고 눈물지었다. 그 때 북한 인민들에게 도는 말이 이래 죽으나 저래 죽으나 매 한 가지, 탈북하다가 죽자였다. 남자도 그 말을 선택했다.

"어마이, 못난 저를 용서하라우요."

남자가 노모를 두고 집을 떠날 때 비가 내렸다. 새벽 어스름에 브로커가 기다리고 있는 곳으로 갈 때 멀리서 무명적삼을 입은 노모가 오래도록 서서 손을 흔들었다. 탈북자 가족이란 오명을 쓰고 여생을 살아야 할 어머니가 애달팠지만, 여섯 살 먹은 상훈에게 희망을 주고 싶었다. 정말이지 누구 말마따나 굶어죽으나 탈북하다가 죽으나 마찬가지였다. 차가운 강물을 건너는 그 순간에도 남자의 뇌리엔 이후 잠 못 이루고 살 노모가 떠올랐다.

얼마나 잤을까. 아내가 깨자 남자는 눈을 뜬다. 북한에 두고 온 노모를 생각하다가 자기도 모르게 잠이 든 모양이다. 상훈이 책가방에 책을 넣으며 울상을 짓고 있다. 정말 학교에 가기 싫은 모양이다. 하지만 그게 엄마에게 통할 리 없다. 코를 실룩거리는 것이 엄마에게 한 대 모질게 얻어맞고 마지못해 가방을 싸고 있는 모양이다. 남자는 늘어지게 기지개를 켜고 욕실로 가 세수를 한다. 덥수룩하게 난 구레나룻을 면도로 밀며 거울을 보자 거울 속에 국적불명의 한 사내가 묘하게 웃고 있다. 넌 어디서 왔지? 거울 속의 사내가 묻는다. 글쎄 말이요. 사내는 씩 웃으며 수염을 깎는다. 턱을 덥수룩하게 덮은 털이 깨끗하게 지워지자 본래의 자기가 나타난다. 성명 장학철, 올해 마흔네 살, 특기 냉면요리, 슬하에 열한 살 난 아들 하나와 덩치 큰 아내가 있다.

"오늘은 면도까지 했으니 취직이 되겠지?"

남자가 씩 웃으며 식탁에 앉는다. 오늘 아침 특별 메뉴는 마른 무청을 넣은 된장국이다. 아내가 겨울에 인근 시골로 가 일해 주고 얻어온 것이다. 그나마 고향 냄새를 맡을 수 있는 음식이 바로 무청을 넣은 이 된장국이다. 한 숟가락 떠 음미하면 가슴 저 아래까지 감동이 전해진다. 조미료 냄새 풍기는 일반 찌개와는 그 격이 다르다. 고향에서 어머니가 자주 끓여준 국이다. 어머니는 자식과 며느리와 손자를 떠나보내고도 이 국을 끓여 먹을까. 소식을 알 수 없어 안타깝지만 벌써 하늘로 가신지도 모른다. 돈을 조금 주면 조선족을 통해 북한 소식을 접할 수 있다는 데 시도해보고 싶다. 하지만 그 돈이면 아내 무릎부터 고쳐야 한다는 생각이 번뜩 든다. 이래저래 남자는 요즘 심사가 괴롭다.

"다녀오겠습니다."

상훈이 밥을 절반 정도 먹고 자리에서 일어난다. 학교에서 급식을 맛있게 먹다가 집에 오면 입맛을 잃은 모양이다. 상훈도 서서히 남한 음식에 길들여져 햄버거나 피자 소시지에만 눈을 둔다. 남자가 어쩌다 평안도식 냉면을 만들어 주어도 시큰둥해 한다. 그 점은 남한 아이들도 마찬가지여서 김치를 먹지 않는 어린

이가 늘고 있다는 보도가 있었다. 남한 아이들은 우유와 치즈와 빵에 길들여져 키만 멀대 같이 크다. 상훈은 같은 또래의 아이들보다 한 뼘만큼 작다. 문제는 키나 덩치가 아니다. 상훈은 탈북하고 두 해 후 초등학교 일학년에 입학했는데 영어는커녕 한글도 다 떼지 못했다. 거기에다 간혹 터지는 평안도 사투리에 교실이 뒤집어 진다고 했다. 영어가 아직 정규 과목은 아니었지만 아이들은 모두 영어 학원을 다녔고 웬만한 인사 정도는 영어로 했다.

"아빠가 학교 앞까지만 데려다 줄까?"

남자가 건성으로 묻자 아들이 고개를 끄덕인다. 학교 앞에서 데모를 하는 아파트 주민이 무서운 모양이다. 남자는 아들의 손을 잡고 학교로 걸어간다. 아내는 중간에 버스를 타고 공단으로 갔다. 이른 아침부터 도시는 분주하다. 차로 꽉 찬 거리, 줄을 지어 학교로 걸어가는 아이들, 일찌감치 길에 좌판을 벌린 할머니들이 보인다. 남자는 길가에 속소그레하게 늘어진 할머니들의 좌판을 보며 아들에게 설명을 해준다. 저게 송이버섯이고, 저게 능이버섯이고……. 하지만 아들은 그런 것 이름 따위엔 아예 관심이 없다. 마지못해 학교에 가는 아들의 모습이 마치 도살장으로 끌려가는 황소 같다. 이런 교육을 해서 뭘 할까. 남자는 한숨이 저절로 나온다. 다시 새터민 학교로 돌려보내고 싶다. 적어도 거기엔 차별은 없을 테니. 하지만 '자립갱생'을 위해선 극복해야 할 문제다. 여기서 포기하면 목숨 걸고 탈북한 의미가 사라진다. 부모는 그렇다 치고 자식만큼은 남한에서 떳떳하게 뿌리를 내려 그들과 동등한 삶을 살았으면 했다. 아니, 동등한 삶은 아니다 하더라도 차별만큼은 받지 않았으면 하고 남자는 소망했다.

"학교를 분리하라!"

남자가 아파트 단지 앞을 지나자 일군의 아주머니들이 피켓을 들고 소리치고 있다. 전시효과를 노렸는지 피켓에 빨간 풍선을 달고 있다. 바람에 죄 없는(?) 풍선만 파르르 떤다. 달동네 아이들이 죄인처럼 고개를 푹 숙이고 그 앞을 지나간다. 남자는 슬그머니 부아가 솟는다. 남자가 횡단보도를 건너자 아주머니들이 뭐라 종알댄다. 저 애가 탈북자 애래. 수학은 사십 점, 영어는 아예 빵점이래. 어휴- 우리 애가 저런 애와 같이 공부한다는 게 말이 되니? 그러게 말이야. 당장 이사 가야지 나 원……. 그런 말들이 들려온다. 남자는 인내할 수 있는 한계점에 도달한다. 관자놀이가 솟아오른다.

"이보라우, 여성 동무들! 우리 상훈이가 영어 빵점 맞아 기쁘오? 하디만 달리기는 일등이야요. 나중에 올림픽에 나가 금메달 받아오면 고저 사인해 주라고 난리 펴지 않갔습매?"

남자가 외치자 한동안 멍해 있던 아주머니들이 일제히 까르르 웃는다. 북쪽 사투리도 우스운데다 아들이 금메달 운운했으니 더기가 막힌 모양이다. 남자도 막상 말을 해놓고 보니 머쓱해진다.

"금메달은 아무나 주겠습매?"

빨간 치마를 입은 여자가 소리치자 주변이 아수라장이 된다. 호호호, 히히히, 낄낄낄, 포복절도, 파안대소 등등 각종 웃음이 묘한 하모니를 이루며 울려 퍼진다. 하늘도 경기가 들렸는지 눈송이를 뿌리다가 뚝 그친다. 달동네에서 온 아이들만 이 정체를 알 수 없는 웃음에 묘한 두려움을 느끼고 종종걸음으로 지나간다. 학교 선생님으로 보이는 몇이 혀를 차며 학교로 걸어간다.

멀리 달동네의 낮은 지붕들이 아파트에 가려져 잘 보이지 않는다. 지나가는 경찰들도 아주머니들을 보는 체 마는 체한다. 하긴 그들 자식들도 아파트에서 살고 있을 것이다.

"어머, 장상훈 아버님 아니세요?"

남자가 상훈의 손을 잡고 횡단보도를 지나 학교로 걸어가자 교문 앞에 서 있던 송혜영 선생님이 반긴다. 입학 초기에 한 번 만난 적이 있는데 알아보다니 눈썰미가 대단한 선생님이다. 남자는 아들의 담임에게 구십 도로 허리를 꺾어 인사를 한다. 아이들이 그 모습을 보고 웃어댄다. 남자가 눈을 흘기자 웃어대던 아이들이 시치미를 뚝 떼고 저희들끼리 종알거린다. 그 모습이 우스운지 송혜영 선생님도 손으로 입을 가리고 웃더니 바로 정색한다. 부임해 온 지 몇 년 안 되어서 그런지 얼굴이 앳되어 보인다. 늘씬한 허우대에 얼굴도 오종종 예쁘게 생겼다.

"그런데 학교까진 웬일이세요?"

"네? 고저……. 상훈이가 심심하다고 해서……."

남자는 뭐라 말하고 싶지만 막상 담임 앞에 서자 긴장된다. 남한이나 북한이나 선생님 앞에선 공손해지는 게 미덕이라면 미덕이다. 아무리 까마귀 고기를 먹고 살아도 자식을 가르치는 선생님 앞에선 오만방자해질 수 없다. 물론 남한으로 온 후 학부모가 교실까지 난입해 교사의 뺨을 쳤다는 뉴스를 보곤 했지만, 그건 어디까지나 극히 일부의 사례일 뿐 선생님에 대한 보편적 정서는 아니다. 가난하든 부유하든 교육에 대한 부모들의 마음은 한결 같다. 밖에서는 깡패 소릴 들어도 선생님 앞에서는 고개를 숙인다.

"다 적응하는 과정이라고 생각하시고 너무 걱정하지 마세요.

견디는 것도 교육입니다."

정혜영 선생님은 일천한 나이답지 않게 솔직하고 강단진 면이 보인다. 살다 보면 이리 꼬고 저리 꼬며 결국 무슨 말을 했는지 모르는 대화가 태반인데, 정혜영 선생님은 다르다. 그래서 이쪽 말로 '신세대'라고 하나? 남자는 은근히 즐거워진다. 견디는 것도 교육이란 말에는 코끝이 시큰해진다. 남자는 천군만마를 얻은 듯 가슴이 알싸해진다.

"그럼 저는……."

남자는 정혜영 선생님과 상훈에게 손을 흔들어주고 학교를 나선다. 대충 등교가 끝나자 시위를 하던 아주머니들도 피켓을 거두어 아파트로 걸어가고 있다.

남자는 버스를 타고 공단으로 가 모두 다섯 장의 이력서를 소비(?)했다. 철강공장도 염료공장도 하다못해 풀빵 기계를 만드는 공장도 더 이상 노동자를 들일 여력이 없다고 한다. 어떤 공장은 그나마 있는 직원도 절반을 내보냈다고 울상이다. 내수도 침체되고 수출도 내리막길을 달린다고 했다. 기하급수적으로 늘어나는 탈북자는 이제 남한 사회에서 체제 우위의 홍보용으로 쓰기엔 그 규모가 비대해졌다. 탈북자들에게 지원을 늘리면 반대쪽에서 들고 일어나고, 방치하자니 세계의 시선이 따가워졌다. 바야흐로 탈북자는 남한에서 점점 계륵(鷄肋)이 되어갔다.

"아니, 장학철 씨 아니오?"

남자가 공단을 걸어 나오고 있을 때, 같은 해 탈북한 박부성이란 사내가 다가오며 환하게 웃는다. 돈을 제법 버는지 얼굴에

개기름이 흐르고 양복도 깔끔하게 입고 있다. 어쨌거나 남자는 동료를 만나 반갑다. 둘은 서로 포옹하고 인근 찻집으로 간다. 전통차를 파는 가게는 오전이라 그런지 손님이 한 명도 없다. 둘이 자리에 앉자 사십 대 여인이 차를 주문한다. 박부성이 메뉴판을 보더니 일방적으로 쌍화차를 시킨다. 자기가 사겠다는 뜻이겠지만 남자는 슬그머니 자존심이 상한다. 박부성이 스마트폰으로 어디론가 전화를 한다. 베트남, 호주 어쩌고 하는 말이 흘러나온다. 소문대로 그 일을 하고 있는 모양이다.

"그래 어찌 살았소?"

"다 비슷하지요."

박부성이 묻자 남자는 그동안 살아온 내력을 말해준다. 박부성이 기다렸다는 듯이 수첩을 펼친다.

"그래서 하는 얘긴데 호주로 가고 싶지 않소? 마침 내가 그 일을 하고 있소. 직장도 알선해 주고 정착이 완료되면 한인사회에서 사업 자금도 싼 이자로 빌려줄 수 있소."

박부성이 수첩을 꺼내 그동안 자신이 일한 근거를 대며 침을 튀긴다. 남자는 박부성이 조금 미심쩍긴 했지만 다른 데서도 호주나 베트남으로 이민 간 탈북자가 비교적 잘 산다는 말을 들은 터라 귀가 솔깃해진다. 한인사회에서 사업 자금도 빌려준다니 금상첨화가 따로 없다. 거기서 돈도 벌고 아이 교육도 시켜 목돈이 모아지면 다시 남한으로 와 떵떵거리며 살 수 있다고 박부성이 당장 계약하라고 한다. 조직을 움직이려면 착수금으로 오백만 원이 필요하다고 했다. 남자는 초기에 받은 정착 자금과 그동안 개미 저축하듯 모아 둔 돈을 떠올린다. 설마 탈북자가 탈북자를 속이진 않겠지 하는 믿음도 든다.

"순서가 늦어지면 오래 기다려야 하니 이왕 계약하려면 빨리 하오. 나는 다른 신청자 만나러 가야 하오."

박부성이 마치 시혜를 베푸는 것처럼 재우치자 남자는 마음이 다급해진다. 하지만 아내가 걸린다.

"그럼 혹시 모르니 차용증을 써주시오. 이민 수속이 완료되면 내 차용증을 돌려주겠소."

"그리 하지요."

박부성이 좋다고 흔쾌히 나선다. 이런 걸 대비해 가지고 다니는지 호주머니에 도장과 인장이 들어 있다.

"여기 있소."

박부성이 차용증서와 주민등본 사본을 같이 내민다. 차용증에 있는 주소와 주민등본에 있는 주소가 일치하자 더 믿음이 간다. 남자는 찻집을 나와 박부성이 모는 차를 타고 집으로 가 통장을 가지고 나온다. 박부성이 문제가 생길 수도 있으니 계좌이체보다 현금으로 주라고 한다. 남자는 이왕 나선 것 의심을 거두고 그렇게 한다. 돈을 건네주자 박부성이 사무실에 놀러오라며 명함까지 준다. 명함에 박힌 주소를 보니 시내 중심가에 위치해 있다.

"아내가 쉬는 날, 같이 놀러 가겠소."

남자는 박부성에게 이민 일정이 구체적으로 적힌 서류를 받고 헤어진다. 박부성이 고급스러운 차를 타고 저쪽으로 사라진다. 탈북자가 저런 차를 타고 다니는 건 처음 본다. 적응을 잘 하면 저리도 잘 살 수 있구나! 하고 남자는 감탄한다. 그렇다, 문제는 적응이다, 적응! 생각을 바꾸면 나도 성공할 수 있어. 남자는 가슴이 설렌다. 그런데 곰곰이 생각해 보니 뭔가 걸리는 게 하나 있다. 듣기에 외국으로 이민가려면 어느 정도 자본이 있어야 한다는데……? 남자는 부리나케 공중전화를 찾는다. 십분 남짓 헤매자 농협 앞에 공중전화 부스가 보인다. 남자는 동전을 째진 눈으로 투입하고 명함을 꺼내 박부성의 휴대폰 전화번호를 누른다. 잠깐 신호음이 가는 것 같더니 '본 전화는 고객의 사정으로…….' 하는 여자 목소리가 들려온다. 이건 또 무슨 수작인가. 남자는 동전을 꺼내 다시 시도해 본다. 같은 목소리가 들려온다. 사지가 부들부들 떨려온다. 남자는 지나가는 택시를 세우고 명함에 박힌 주소로 가자고 소리친다. 기사가 주소를 확인하고 엑셀을 밟는다. 살짝 열린 차창으로 초겨울의 찬 공기가 파고든다. 기사는 운전에 이골이 났는지 이 골목 저 골목 잘도 빠져 나간다.

잠시 후, 택시가 목적지에 도착한다. 남자는 택시 요금을 지불하고 박부성의 사무실이 있다는 청솔빌딩을 찾는다. 4층에 사무실이 있다고 주소에 나와 있는데 아무리 둘러봐도 청솔빌딩은 보이지 않는다. 전화를 해보니 사무실 전화도 가짜다. 남자는 비로소 자신의 경솔함에 발등을 찍고 싶다. 세상에, 탈북자가 탈북자를 등친단 말인가. 차라리 남한 사람에게 사기를 당했다면 덜 억울할 것이다. 남자는 아내가 알기 전에 어떻게 하든지 박부성을 잡아야 했다. 이미 이 도시를 떠났을지도 모른다. 탈북자가 살고 있는 곳만 골라 다니며 사기를 치고 있는지도 모를 일이다. 그렇다면 경찰에 신고하는 게 가장 나을 듯하다. 남자는 행인에게 물어 근처에 있는 파출소로 간다. 사정 얘기를 들은 경찰이 그런 신고가 몇 건 더 들어와 있다며 입술을 깨문다.

“이 사건은 이미 본서로 이첩되었으니 기다려 보십시오. 이런 염치없는 작자는 반드시 잡을 것이니 염려 마십시오.”

파출소 순경이 남자를 위로했지만 한 번 두근거리는 심장은 멈추지 않는다. 전신에 힘이 빠지고 현기증까지 난다. 결국 오백만 원짜리 쌍화탕을 마시고 만 것인가. 남자는 빼앗겨버린 돈보다 아내가 걱정이다. 돈이 아까워 아픈 무릎을 끌고 공장에 간 그녀가 아닌가. 거리로 나온 남자는 질주하는 택시를 망연자실 바라본다. 저 택시 앞으로 뛰어들고 싶다. 하지만 상훈은……. 그 어린 것을 남한 땅에 두고 어찌…. 남자는 세차게 고개를 흔들다 전봇대에 머리를 쿵쿵 박는다. 옆을 지나가던 아주머니가 놀라며 비켜 간다. 온 우주가 어느 블랙홀로 빨려 들어가는 것 같다. 이마에 신열이 오르고 정수리가 하얘진다. 남자는 한 시간 남짓 걸어 집으로 간다. 현관문 위로 설치된 도시가스 스위치에 ‘가스공급중지’란 빨간 딱지가 붙어 있다. 스위치가 오른쪽으로 뉘어있다. 드디어 가스 먼저 끊어진 모양이다. 집으로 들어가자 상훈이 오들오들 떨고 있다. 거실 바닥에서 찬기가 다리를 타고 허리 쪽으로 기어오른다. 남자는 상훈을 꼭 껴안아 준다.

“길림성 토굴에서도 살았는데 이 정도 못 버티네?”

밤늦게 돌아온 아내가 이불을 어깨에 돌돌 감으며 용기(?)를 주었지만 남자나 아들은 아무런 반응이 없다. TV에 이런 저런 뉴스가 흐른다. 대통령 후보들이 경제민주화, 일자리, 복지 등을 강조하며 지지를 호소하고 있다. 남자는 그 말들이 제주도에 말 사놓은 것 같다. 그때 문제의 뉴스가 나온다. 화면에 탈북자를 울리는 브로커가 나온다. 박부성의 사진도 보인다. 뉴스를 보던 아내가 저런 죽일 놈! 하고 욕을 퍼부어댄다.

남자는 슬그머니 자리에서 일어나 베란다로 간다. 상훈이 일기책에 뭐라 적더니 킬킬 웃어댄다. 남자가 슬그머니 다가가 보자 '참 잘 했어요' 하는 고무도장이 박혀 있다. 담임에게 모처럼 칭찬을 받은 모양이다. 송혜영 선생님이 따로 영어도 가르쳐 준다고 했다. 조금만 관심을 보여도 저렇듯 아이 얼굴이 맑아질 수 있다는 사실에 남자는 그나마 위안을 삼는다. 문제는 아내다. 목숨 같이 여기고 있는 돈 오백만 원을 천하의 사기꾼에게 넘겨주었으니 이실직고하면 남자가 죽든 아내가 죽든 둘 중 하나는 사단이 일어나고 말 것이다.

"당신, 무슨 일 있슴매?"

줄담배 피우는 모습이 아무래도 수상한지 아내가 다가와 두 눈을 뜨악하게 뜬다. 거실에서 베란다까지 오 미터도 안 되는 거리를 절뚝이며 오는 아내를 남자는 차마 보지 못한다. 그 돈이면 아내 무릎을 몇 번이고 고칠 텐데……. 남자는 문득 건물 아래로 투신하고 싶은 충동이 인다.

"남자가 어찌 그리 소견머리가 좁습네까?"

아내가 다그치자 남자는 가슴 속에 화살표 하나가 박히는 통증을 느낀다. 뭔가 알고 있는 것 같기도 하고 대충 어림짐작으로 넘겨짚는 것 같기도 하다. 혹시 통장 잔고를 확인했을까. 열흘 남짓 지났으니 그럴 개연성이 충분하다. 그런데 그걸 알고 있다면 저러고 있을 아내가 아닌데 무슨 일일까. 남자는 이 생각 저 생각하다가 애먼 담배를 또 꺼내 피운다. 다 잊고 건강 생각하라우! 아내가 무슨 경고라도 하듯 쏘아붙이고 거실로 간다. 다 잊고? 도대체 뭘? 남자는 갑자기 자수하고 싶은 생각이 든다. 하지만 아직 이르다. 아내의 잔머리에 속아 넘어갈 수도 있다. 그러나 다 잊으란 말이 너무나 구체적이지 않은가. 남자는 냉장고 문을 열고 소주병을 꺼내 이로 뚜껑을 따 안주도 없이 마신다. 아내가 가소롭다는 듯 그 모습을 쳐다보다 호주머니에서 통장을 꺼내 툭 던진다. 장롱에 있어야 할 통장이 왜 마누라 호주머니에서 나오는 것일까.

"나도 분통 터지지만 그깟 돈이 우리 상훈보다 소중하네? 당신이 없으면 나라고 행복하네?"

아내가 통장을 펼쳐 잔고 '0'을 가리키며 다시 실실 웃는다. 미친 것일까, 아니면 남편이 정말 소중한 것일까. 남자는 좀체 갈피를 잡지 못하고 소주병을 든 채 멍해진다. 상훈은 오늘 담임에게 배운 영어를 발음하느라 애쓴다. 프렌드, 해피, 홈, 하우스……. 남자와 아내는 상훈의 영어 발음에 잠시 넋을 놓는다. 아내가 다시 히쭉 웃는다. 잠시 그쳤던 눈송이가 하늘을 가득 채우며 내리고 있다. 고향 마을 초입에 서 있는 상수리나무에도 저 눈이 내리고 있을까. 그 어디에 허리를 기역자처럼 하고 고개를 들어 남쪽 하늘을 바라보는 어머니가 떠오르다 사라진다. 아내가 노래를 부른다. '산 너머 남촌에는 누가 살길래…….' 북에서 아내와 자주 부르던 노래다. 아내가 말없이 생활정보지를 가방에서 꺼내 툭 던진다. 남자는 생활정보지를 펼치고 볼펜으로 열심히 동그라미를 그린다. TV에서 올 겨울은 몹시 추울 거라는 기상 예보가 흐른다.

추자도 은갈치의 노래

갈치가 쭉 늘어졌다.
바다를 헤엄치던 은빛 시간들이 멈추었다.
사람도 죽으면 저럴까.
삶과 죽음이란 저렇듯 찰나던가.

나는 힘없이 휴대폰을 껐다. 이제 그만 내려오너라. 아버지가
한 말이 귓전에 맴돌았다. 나는 가타부타 말하지 않고 그저 죄송
합니다, 하고 전화를 끊었다. 대학을 졸업하고 군대에 다녀온 후
두 해 남짓 취업을 해보겠다고 서울 노량진에서 공무원 시험 준
비를 했으나 결과는 매번 낙방이었다. 사정은 회사도 마찬가지
였다. 대기업, 중소기업 포함해 구인 광고가 나온 회사에 스무
장의 이력을 제출했으나 와서 면접을 보라는 곳은 한군데도 없
었다. 소위 '3류대 출신'에다 별 볼일 없는 국문과 출신이니 홍
보팀 외는 써 먹을 데가 없는 모양이었다. 누구 말마따나 국문과
가 아니라, '굶은과' 나온 것 같았다. 말은 21세기는 문화의 시
대며, 문화 콘텐츠가 각광받을 것이라고 하지만 현실은 달랐다.
　"정말 내려가려고?"
　고시원에서 일 년 남짓 같이 공부를 했던 창수가 컵도시락을
먹다가 시무룩한 표정을 지었다. 노량진 골목엔 식당보다 포장
마차에서 파는 컵도시락을 사 먹는 사람들이 많았다. 가격도 싸

고 시간을 절약할 수 있었다. 대부분 공무원 시험을 준비하는 젊은이들이었는데, 지방에서 올라온 사람들이 주로 이용했다. 간혹 고시 준비를 하는 같은 또래의 젊은이들도 있었으나 소위 '노는 물'이 다른지 공무원 준비생들하곤 잘 어울리지 않았다. 공무원 시험을 준비하든 고시를 준비하든 고시촌 골목에서 만나는 젊은이들의 얼굴은 하나같이 어두웠다. 불확실한 미래, 적지 않은 경제적 부담이 얼굴에 그림자가 되어 드리워졌다.

"올해는 경쟁력이 더 치열하다는데 되겠어? 특히 난 영어에 약해서 힘들 것 같아."

내가 가방을 싸자 창수가 자기는 올해까지 해보고 실패하면 내려가겠다고 했다. 한 평 반 정도 되는 고시원의 짐이래야 옷과 책뿐이었다. 이불은 옆방에서 얻어온 것이고 밥은 포장마차에서 사 먹었으니 별다른 짐이 있을 리 없었다. 그래도 이삿짐이라고 가방이 꽤나 무거웠다. 9급 행정직, 세무직, 법원직 책들이 섞여 부피만 늘어났다. 그중 행정직이 가장 만만해 보였으나 그만큼 경쟁력이 높았다. 법원직에는 법대출신이 팔 할이 넘어 일찌감치 포기했다. 세무직은 회계분야가 아킬레스건이었다. 고향 추자도에선 '만만한 게 홍어 좆'이란 말을 자주 썼다. 행정직을 만만하게 본 죄가 컸다. 경쟁률이 무려 백 대 일이었다. 200명 뽑는 데 2만 명이 몰려들었다. 그러다보니 각 대학에서는 9급 행정직에만 합격해도 현수막을 단다고 했다.

"추자도에서 서울로 유학올 땐 세상을 다 얻은 것 같았는데, 결국 귀향을 하네?"

"귀향이 아니라 귀양 가는 것 같다야."

내가 웃어대자 창수가 차비에 보태라고 만 원짜리 지폐 몇 장을 내밀었다. 창수는 공부 반 알바 반으로 공무원 시험을 준비했다. 어제 편의점에서 월급을 받았다고 했다. 창수는 나와 같은 대학 같은 과를 나왔다. 고향도 섬이라 여러 모로 통하는 데가 있었다.

"내가 보태주고 가도 모자란데 그냥 둬라."

"받아. 내가 얻어먹은 게 더 많다."

내가 손사래를 쳤지만 창수가 한사코 돈을 내 호주머니에 찔러 넣었다. 하루에 다섯 시간씩 알바하며 받은 돈이었다.

"나중에 은갈치 낚으면 보내주마."

나는 창수와 포옹하고 고시원을 나섰다. 초겨울 노량진 고시촌 거리는 아침부터 북적거렸다. 대부분 이십 대 후반에서 삼십 대 초반이었다. 다들 결혼할 나이에 골방에 처박혀 공부를 하고 있는 사람들이었다. 저들 중 몇이 꿈을 이룰지 몰랐다. 나는 전철을 타고 서울역으로 가 부산행 KTX를 탔다. 부산에서 제주도로 가는 여객선이 있었다. 제주항에서 추자도로 가는 여객선을 타려면 서둘러야 했다.

*

처음엔 열패감에 집 밖으로 나가기 싫더니 고향에 도착해 바다를 보자 가슴이 조금 뚫리는 기분이 들었다. 나는 선창으로 나가 바다를 바라보았다. 끝없이 펼쳐진 바다에 고깃배들이 장난감처럼 떠 있었다. 대부분 은갈치를 낚으러 온 사람들이 타고 있었다. 가을에서 초겨울까지 제주도와 추자도 일대에서 잡히는 은갈치는 유명했다. 추자도 어부들은 물론, 전국에서 모인 낚시꾼으로 북적거렸다. 더러 외지인들과 싸움이 붙기도 했지만 바다는 본래 주인이 따로 없었다. 또 낚시꾼들이 현지에서 숙박하다 보면 지역 경제에도 보탬이 됐다. 오전 나절에 갯벌에서 낙지를 잡던 아버지도 오후가 되자 어부들과 갈치낚시를 갔다. 운이 좋으면 백 마리도 넘게 낚는다니 나도 한 번 따라가고 싶었다. 문제는 서울에서 대학 나온 놈이 섬으로 내려와 배를 탄다는 주민의 차가운 시선이었다. 대놓고 말은 하지 않지만 당신들은 속이 탈 것이다.

“해송이 아니냐?”

내가 선창가를 배회하고 있을 때, 고향 친구 덕배가 다가왔다. 고향에서 중학교를 졸업하고 배를 부리던 덕배는 요즘 민박을 하고 있었다. 손님이 제법 들었는지 앞배가 더 불러보였다.

“아주 내려 온 거냐?”

“아버지 말 듣고 내려왔다만, 막막하기는 마찬가지다.”

내가 담배를 꺼내자 덕배가 라이터를 켜 내밀었다. 덕배는 나와 같은 나이지만 바다에서만 살아서 그런지 겉늙어 보였다. 일찌감치 결혼을 해 아이가 세 살이었다. 낚싯배를 운영하다가 돈을 모아 민박을 지었는데 재미가 쏠쏠하다고 했다. 서른도 안 된 나이에 배가 아저씨처럼 불렀다. 간밤에 손님들과 술을 마셨는지 아직도 냄새가 풍겼다.

“우리 동창 중에 서울로 대학 간 놈은 너 하나밖에 없는데, 나도 어째 기분이 찝찝하다야.”

덕배가 담배 연기를 허공에 내뿜었다. 그 말은 사실이었다. 추자도에서 제주도로 고등학교를 간 중학교 동창 중 비록 삼류 대학이나마 서울로 대학을 간 사람은 나밖에 없었다. 수능 성적으론 좀 더 좋은 과를 선택해도 되었지만 애초에 꿈이 문학에 있어 나는 국문과를 지원했다. 하지만 대학은 이미 상아탑이 아니었다. 심하게 말하면 취업준비 학원이었다. 도서관마다 학생들이 보는 책은 공무원 서적 아니면 토플이나 토익 책들뿐이었다. 인문학 코너는 문학 전공이나 역사 전공 학생들 몇 명만 보였다. 공무원 시험 과목 특강이라도 벌어지면 늘 마감이었다.

"네 아버지가 낙지잡이에 돔에 갈치에 돈 좀 모아 놓았을 것이다?"

덕배가 담배를 선창 바닥에 비벼 껐다. 돈 좀 모아 놓았다는 말이 비아냥거리는 것 같기도 하고, 뭔가 해보라고 재우치는 것 같기도 했다. 동창 중 유일하게 고등학교를 안 간 덕배는 알게 모르게 학벌 콤플렉스가 조금 있었다. 추석이나 설에 친구들이 내려오면 보란 듯이 민박으로 모이라고 해 술잔치를 벌였다. 돔, 농어, 삼치 회를 내놓으며 이런 회 도시에서 먹으려면 몇 십만 원 든다고 생색을 내곤했다. 도시로 고등학교, 대학교 간 너희들보다 고향 지키며 배 탄 내가 더 잘 산다는 것을 은연중 보여주고 싶었을 것이다. 둘러보면 사실이 그랬다. 도시로 나가 공부한 친구들보다 고향에서 사는 친구들이 더 잘 살았다. 배도 부리고 민박도 하고 식당도 해 쓰는 돈이 달랐다. 어쩌다 고스톱 판이 벌어져도 점에 이천 원씩 했다. 윷을 놓아도 판에 기십만 원씩 걸고 했다. 도시에서 온 친구들은 그 바람에 기가 죽었다. 정치이야기가 벌어지면 배운 녀석들보다 못 배운 녀석들이 더 말을 많이 했다. 고리타분한 논리에 반박을 해주고 싶지만 나는 침묵했다. 괜히 나섰다간 대학 나오면 다냐? 하고 따지곤 했다. 어딜 가나 근거 없이 따지고 고자질 하는 가살꾼은 있었다.

"내가 민박을 해서 아는데, 너는 집 개조해서 식당을 한 번 해 봐라. 여러 종류 하지 말고 갈치조림하고 회덮밥 몇 종류만 하면 된다."

덕배가 코치를 하자 나는 은근히 자존심이 상했지만 듣고 보니 일리가 있었다. 마을에 민박은 여러 군데 생겼지만 이곳 특산물을 요리해 주는 식당은 그리 많지 않았다.

"집 개조하려면 돈이 많이 들어 갈 것인데……."

"부족하면 내가 좀 대마. 이따가 아버지 오시면 의논하고 연락해."

덕배가 툭 튀어나온 배를 만지며 민박으로 걸어갔다. 서울에서 대학 나온 친구에게 돈을 빌려줄 수 있다는 저 여유라니. 달리 보면 진심 같기도 한데, 누구도 덕배의 속내는 알 수 없었다. 어렸을 때부터 음흉한 구석이 있어 친구들로부터 신뢰를 받지 못한 덕배였다. 이러 저래 나는 심사가 꼬였다. 막상 고향으로 내려 왔으나 할 일도 없고, 무슨 사업을 펼치자니 밑천이 부족했다. 덕배 말처럼 아버지가 수협에 저축해 둔 돈이 조금 있다 해도 그걸 내 마음대로 쓸 수도 없는 노릇이었다. 하지만 아버지가 나를 귀향시킨 데는 무슨 뜻이 있을 것이다. 날이 서서히 어두워지면서 멀리 바다에 어화(漁火)가 꿈결처럼 떴다.

"거기서 뭐 하꾸꽈?"

266

내가 선창 돌부리에 앉아 이런저런 생각을 하고 있을 때, 바다에 물질 다녀온 엄마가 선창에 테왁을 내려놓으며 휴- 숨을 몰아쉬었다. 해녀들의 저 숨소리를 '숨비소리'라고 했다. 테왁에 달린 망사리에 전복이며 소라, 멍게, 성게 등이 가득 담겨 있었다.

"많이 잡았네?"

"오늘은 운이 좋았다. 하지만 갈수록 힘들다."

내가 손가락으로 성게 가시를 톡톡 건드리자 엄마가 바다 쪽에 시선을 두었다. 나는 말없이 테왁을 손으로 툭툭 쳤다. 해녀들에겐 박으로 만든 부표가 있었는데 그걸 '테왁'이라고 했다. 박을 타서 구멍을 내 막으면 박이 부력에 의해 바다에 떴다. 테왁에는 망사리라는 그물이 드리워져 엄마가 잡은 전복이며 소라, 성게 등이 담겼다. 고무옷을 입은 엄마의 허리에는 부력에 떠오르지 못하도록 납으로 된 벨트가 드리워져 있고, 손에는 전복을 캘 수 있는 '빗창'과 미역이나 다시마를 딸 수 있는 '정게호미'가 들려 있었다. 어느 때는 작살을 들고 들어가 고기를 쏘아 잡아 왔다. 커다란 문어도 잡아올 때도 있었다. '족세눈'이라고 부르는 물안경도 잠수할 때 갖추어야 할 필수품이었다.

"옛날, 제주도에선 남자 아이가 태어나면 조롬팍 찼지. 그 말이 무슨 말인지 아느냐?"

"피, 그 말도 모를까봐?"

"뭔데?"

"발로 엉덩이 찬다, 아냐? 그러니까 여자 아이가 태어나면 해녀라도 할 수 있는데 남자는 쓸모없다는 얘기 아닌가?"

“잘 아네. 우리 아들.”

엄마가 내 엉덩이를 툭툭 쳐 주고 다시 테왁을 어깨에 멨다. 하지만 제주도나 추자도엔 ‘쒜로 나즈’란 말도 있었다. 여자로 태어나느니 소로 태어나는 게 좋다는 말이었다. 그만큼 해녀의 일상은 고달팠다. 하루 종일 바닷속으로 들어가 해초를 헤치며 전복, 소라, 성게를 건져내는 일이 그리 쉬운 일은 아니었다. 깊이 들어갈수록 중력에 시달리다보면 자주 머리가 아프고 손발이 저렸다. 젊었을 땐 모르지만 나이가 들수록 그 증세가 심해진다고 했다. 지천명이 된 엄마도 그 증세가 간혹 일어났다. 밤에 잠을 자다가 팔이 마비되어 주물러 주라고 했다. 머리가 아프다고 약을 사먹기도 했다. 당신은 그 돈으로 나를 서울로 유학을 보냈다. 그런데 이게 뭔가. 가로등 불빛에 엄마의 그림자가 길게 늘어졌다. 멀리서 마을 개들이 컹컹 짖어댔다. 아버지는 갈치를 많이 낚았을까. 마당으로 들어서는 나의 발걸음이 무거웠다.

“덕배 말이 우리 집 개조해 식당을 한 번 해보라는데?”

“덕배가?”

“돈 부족하면 자기다 대준대.”

“그게 너 놀리는 거다.”

엄마가 테왁을 마루에 내려놓고 덕배가 운영하고 있는 민박을 건너보았다. 손님이 많은지 방마다 불이 환했다.

“애월댁이 너 서울에서 내려왔단 말 듣고 동네방네 비웃고 다니는 것 몰라서 그러냐?”

“덕배 엄마가?”

“민박해서 돈 좀 버는지 여왕이다, 여왕!”

엄마가 망사리에 든 해산물을 마루에 쏟고 크기별로 선별했다. 주먹만한 해삼이 나오자 나에게 툭 던졌다. 나는 칼로 해삼 배를 째 내장을 긁어내고 잘게 잘랐다. 해삼 한 점을 입에 넣고 우물거리자 짭조름한 냄새와 함께 해삼 특유의 맛이 배어나왔다. 자연산 전복과 함께 바다에서 나오는 해산물 중 가장 값이 비싼 것이었다. 내가 어렸을 때만 해도 추자도 근해엔 해삼이 지천으로 깔려 있었다. 하지만 요즘은 어쩌다 몇 개씩 눈에 보인다고 했다. 자연산 전복도 마찬가지였다. 그 풍요롭던 바다가 점점 흉년이 들어갔다. 사정은 고기도 비슷했다. 만선을 하면 도시에 집 한 채 사던 시절은 이제 전설이 되었다. 추자도 근처에서 나온 삼치며 갈치는 전국적으로 유명했다. 수협 얼음 공장에선 하루 종일 얼음이 레일을 타고 어선에 부려졌다. 하지만 차츰 바다에 고기가 사라지자 얼음공장은 개조되어 민박으로 변했다. 덕배가 헐값으로 그 공장을 인수해 리모델링을 하여 민박을 했다. 그때만 해도 민박이 돈이 될 줄은 아무도 몰랐다. 못 배운 덕배가 오히려 선견지명이 있었다.

"친구니까 도와줄 수도 있는데 뭘 그래?"

"그럴 필요 없다. 우리도 모아놓은 돈이 조금 있다."

엄마가 방으로 들어가더니 통장을 꺼내와 나에게 툭 던졌다. 겉표지가 헤진 것으로 보아 오래 전부터 사용한 통장 같았다. 나는 외등을 켜고 통장을 펼쳤다. 날짜 별로 저축해 놓은 돈이 낡은 필름처럼 박혀 있었다. 칠만 원, 구만 사천육백 원, 사만 오천 원……. 백 원 단위까지 모두 기록되어 있는 것으로 보아 물질을 한 다음날 해산물을 넘기고 받은 돈을 그 길로 수협으로 가 저축

한 게 분명했다. 한 달에 한 번씩 큰돈이 빠져 나갔다. 물론 그 주범(?)은 나였다. 이렇게 매일 모은 돈을 한 달에 백만 원 넘게 나에게 보내고도 잔소리 한 번 안 한 당신들이었다. 하나 있는 아들이 서울로 대학을 갔으니 집을 팔아서라도 가르쳤을 당신들이지만 낡은 통장을 보자 가슴이 먹먹해졌다.

"삼천만 원 가지고 집 개조할 수 있을까?"

내가 묻자 엄마가 "네 아버지도 주머니 따로 찬다." 하고 씩 웃으며 부엌으로 들어가 저녁을 준비했다. 주머니를 따로 차? 나는 웃다말고 방으로 들어갔다. 뭔가 믿는 구석이 있으니까 나를 낙향 시켰겠지만 과연 저 돈을 써도 될까. 더구나 경험이 없는 식당을 과연 할 수 있을까. 듣기에 낚시꾼들이나 관광객들도 음식을 사먹는 것보다 직접 해먹는다던데……. 부엌에서 된장국 냄새가 고소하게 풍겨왔다. 성게 알을 된장에 오래 묵혀 두었다가 한 숟가락 떠 대파를 송송 썰어 넣고 푹 끓이면 맛이 그만이었다. 조미료 냄새 나는 도시 식당 찌개와는 그 품격이 달랐다. 그때, 뭔가 힌트가 생기는 것 같았다. 조미료가 가미되지 않은 자연 그대로의 맛! 국문과 출신답게 광고 헤드라인을 잡자 그럴 듯해 보였다. 도시에도 소위 '웰빙'이 붐이지 않은가.

"기다리지 말고 밥 먹지."

내가 한참 연구(?)에 골몰할 때 아버지의 목소리가 들려왔다. 시계를 보니 밤 열 시가 넘었다. 엄마는 아버지가 올 때까지 절대 밥을 먹지 않았다. 그것은 삼십 년 남짓 지켜온 우리 집안의 불문율이었다.

"혼저옵서. 폭싹 속았수다."

엄마가 오리지널 제주도 말로 아빠를 맞이했다. 혼저옵서란 빨리 오시란 얘기고, 폭싹 속았수다란 말은 매우 수고하셨다는 말이었다. 간혹 육지 사람들이 '속았다'란 말을 오해해 언쟁이 벌어지기도 했다. 아빠가 갈치를 많이 잡지 못했는지 말없이 방으로 들어왔다.

"해송 아방, 우리 해송이가 식당해도 좋겠수꽈?"

"무신거옌 고람신디 몰르쿠게?"

아빠가 무슨 말 하는지 모르겠다고 고개를 갸웃했다. 내가 설명을 해주자 아빠의 눈이 깊어졌다. 아빠가 "놈들곧이 살아그네 어떵허쿠꽈?" 하고 물었다. 남들처럼 살아서 어떻게 하겠느냔 뜻이었다.

"남들처럼 하는 게 아니라, 자연의 맛을 살려…. 그러니까…….."

내가 구체적으로 말하자 아빠의 얼굴에 약간 홍조가 어렸다. 사업 성공의 가능성이야 차치하고 그래도 살 궁리를 하고 있는 게 기특한 모양이었다. 엄마가 밥을 푸며 이참에 통장 내놓으라고 재우쳤다. 아버지가 잠시 일어나 책꽂이에 꽂혀 있는 책을 한 권 뽑았다. 내가 대학 신입생 때 본 '문학개론'이었다. 통장이 책갈피 사이에서 나오자 엄마가 입을 떡 벌렸다. 아마도 통장에 돈이 얼마 들었는지 여러 번 찾아본 모양이었다. 그런데 가장 가까이에 있는 책꽂이에서 나오자 조금 허탈한 표정을 지었다. 네 돈이라 네 책에다 숨겨 두었다. 아빠가 묘하게 웃으며 나에게 통장을 내밀었다. 농협 통장이었다. 추자도는 반농반어촌이라 농협도 있었다. 엄마는 수협, 아빠는 농협, 모르긴 모르되 두 분은 나를 위해 따로 몰래 통장을 관리한 모양이었다. 통장을 펼쳤다. 사천칠백만 원이 들어 있었다. 둘을 합치면 팔천만 원 가까이 됐다. 여기선 큰돈이었지만 도시에서 건축업자를 부르려면 결코 많은 돈은 아니었다.

"에게게, 겨우 이것 모았수꽈?"

엄마가 통장을 확인하더니 겨우 이것 모아놓고 큰소리냐고 면박을 주자 아빠 얼굴에 때 아닌 단풍이 피어났다.

"마음먹었으면 내일부터 일하자. 음식 솜씨는 네 엄마도 한 몫 하니 괜찮을 거야. 문제는 손님이지."

아빠가 고등어구이를 발라먹다가 무슨 특별한 대책이 있느냔 듯 나를 쳐다보았다. 내가 노트를 펼쳐놓고 '웰빙강의'를 했다. 나는 추자도에서 생산되는 해산물을 자연그대로 먹을 수 있는 식당, 인터넷을 활용한 광고, 대학 동문 사이트에 광고 올려 손님 끌기 등의 방안을 내놓았다. 짧은 시간에 내놓은 연구 결과물 치곤 알찼는지 아빠가 흐뭇해했다.

"서귀포에서 내 동창이 리모델링 사업 하는데 부를까요?"

"아참, 해봉이가 그 사업하지? 당장 전화 넣어라."

아빠는 어부답지 않게 성질이 불같았다. 한번 판단이 서면 불도저처럼 밀어붙였다. 그러다 미역양식과 전복 양식을 하다가 태풍을 만나 재산을 모두 날린 적도 있었다. 육지에선 한 번 쓰러지면 다시 일어나기가 쉽지 않지만 바다는 조금 달랐다. 의지만 있으면 수협에서 융자를 해주고 기술 지원도 해주었다. 아버지는 이듬해 어선 한 척을 구해 어장을 시작했다. 계절에 맞춰 돔이며 우럭, 갈치를 낚아 제법 재미가 있는 모양이었다. 통장이 그것을 증명하고도 남았다.

"그래. 내일 추자도로 와."

나는 스마트폰을 꺼내 해봉에게 전화를 했다. 창호지 문에 보름달이 얼비쳤다. 선창가에서 파도 부서지는 소리가 들려 왔다. 배끼리 부딪치는지 끽끽 소리가 났다. 배 옆구리마다 폐타이어가 몇 개씩 붙어 있었다. 태풍이 오면 배들끼리 묶여져 그 모진 바람을 견뎌냈다.

"내일 아침은 썰물이 일찍 시작되니 아침에 나하고 낙지잡이 가자."

아빠가 식사를 마치고 집을 돌아다니며 어디로 식당을 낼지 궁리했다. 집이 다행히 선창 부근 길가에 있어 음식 맛만 알려지면 손님이 제법 들 것 같기도 했다. 가까이 제주도가 있어 추자도로 건너오는 사람들이 많았다. 아빠가 연습장에 도면을 그리고 식당 홀, 주방, 방 등을 배치했다. 어촌계장 출신답게 뭐든 철저했다.

"간판 이름은 무엇으로 할래?"

"간판이요? 음– 추자도 웰빙식당 어때요?"

"그건 네 전공이니 그렇게 하자."

"간판에 자연의 맛 그대로란 문구를 넣을 겁니다."

"뚝배기보다 장맛이다."

내가 조금 들떠 있자 아빠가 속담 한 마디로 간단히 제압했다. 사업은 머리로 하는 게 아니란 말도 곁들였다. 정성과 진실이 없는 모든 사업은 금방 망한다고 충고해 주었다. 정성과 진실이라……. 역시 아버지였다. 나는 방으로 들어가 밤새 사업구상

을 했다. 단순히 음식을 파는 게 아니라 정성과 진실을 팔아야
했다.

*

새벽바람을 맞으며 갯벌로 가자 낙지를 잡는 사람들이 몇 명
보였다. 하지만 누구도 아빠보다 낙지를 많이 잡지 못했다. 아빠
는 구멍만 보고도 낙지가 도망 갈 방향이며 낙지의 종류, 크기까
지 다 꿰고 있었다. 나도 몇 번 잡아 보았지만 허사였다. 낙지는
나 같은 신참내기에게 잡히는 것이 자존심상하다는 듯 이리 저
리 도망갔다. 갯벌에 난 구멍을 발견하고 낙지가 움직이는 방향
을 알지 못하면 아무리 빨리 삽질을 해도 낙지는 그 사이 도망가
고 없었다. 힘만으로 낙지를 잡는 줄 아니? 내가 연거푸 허탕을
치자 아빠가 낙지가 든 바구니를 보여주었다. 한 시간 남짓밖에
지나지 않았는데 열 몇 마리가 잡혀 있었다. 역시 무엇이든 경험
을 해봐야 미립이 나는가 싶었다. 밀물이 시작되자 아빠가 파도
에 밀려온 미역 줄기를 주워 지게에 올렸다. 축축 늘어진 미역줄
기가 지게 가득 찼다. 갯바위에서 떨어져 나온 돌미역이라 값이
비쌌다.

"지게는 제가 질게요."

나는 보무도 당당히 나서 지게를 지고 일어났다. 하지만 갯벌
에 왼발이 빠져 휘청하다가 그만 넘어졌다. 아빠가 흐흐흐 웃더
니 지게를 바로 세우고 미역줄기를 다시 주워 담았다. 겉보기에
는 쉽게 보여도 그쪽으로 이골이 나지 않으면 바다는 함부로 덤

빌 상대가 아니었다. 아빠가 다시 지게를 지고 일어나 사뿐사뿐 갯벌을 지나갔다. 밀물이 서서히 갯벌을 지우며 해안가로 밀려 갔다.

"아빠, 사진 한 장 찍어 드릴 게요."

나는 스마트폰을 꺼내 지게를 지고 갯벌을 지나가는 아빠의 모습을 찍었다. 동녘 하늘에 해가 떠오르자 검푸른 바다가 핏빛 으로 물들었다. 파도의 오랜 침식 작용으로 갯벌에 연흔이 나 있 었다. 어떤 시인은 저걸 '바다의 나이테' 라고 했다. 나는 오래 전에 쓴 시를 휴대폰에 저장해 둔 것을 켰다. 「겨울 달랑게」란 시였다.

내가 김 한 장보다 가벼운 졸업장 달랑 들고 낙향했을 때

당신은 여전히 그 바다 갯벌에 어린

주름 져 나르고 있었습니다

멀리 섬 하나 떠 눈썹처럼 흔들리고 있었습니다.

(아가, 바다로 가자 애초에 우린 섬놈이었으니)

당신이 앞서 걸을 때

당신의 이마에 어린 세월이

이 바다 갯벌에 어린 주름보다 더 깊었습니다.

(어린 것들이 겨울을 버티더니

이렇게 슬픈 사연을 풀어 놓는구나

살다보면 추울수록 더 그리운 것

더 모질게 자라나는 것 있지)

당신이 지게 가득 바다를 져 나를 때

무게만큼 어린 발자국에

희고 찬 말씀이 그물 빛 무늬로 고이고

썰물에 드러난 선창의 배들이

조금씩 기울어 있었습니다.

때 없이 바쁜 피라미들도 제 집 하나씩 짓고

분주히 오가는 세상에

달랑 게 한 마리 달랑달랑

촉수를 바투 세우고

더러 게거품도 물면서

옆으로 기어가는 연습을 해봅니다.

게 잡아 물에 놓으니

게도 구럭도 잃은 속담으로 물결치는 바다입니다.

　내가 대학 졸업 후 취직을 하지 못하고 잠시 고향에 내려왔을
때 지은 시였다. 지금 읽어보니 느낌이 더했다. 나는 지게막대기
로 갯벌에 원을 그었다. 그리고 짧은 시를 지었다. '하나의 사랑
이 완성되려면 가슴에 꼭 상처가 나지. 상처를 중심으로 둥글게
완성되는 우주.' 서울에서 묵혀두었던 문학적 감수성이 고향으
로 내려오자 새록새록 돋아났다. 시인이 운영하는 식당이라고
홍보해도 좋을 듯싶었다. 잠시 후 해봉이가 리모델링 견적을 내
기 위해 추자도로 건너올 것이다.
　"잠깐 사이에 그렇게 많이 잡았수꽈?"
　나와 아버지가 집으로 걸어갈 때 덕배가 앞배를 텅텅 치며 걸
어와 바구니 속에 있는 낙지를 보고 놀랐다. 자기는 아무리 잡으

려 해도 한 마리도 못 잡았다며 아빠의 기술에 혀를 내둘렀다.

"네 말대로 식당하기로 했다. 조금 있다가 해봉이가 리모델링 견적 뽑으러 올 거야."

"그래? 번갯불에 콩 볶아 먹네?"

내가 막상 식당을 한다고 하자 덕배의 표정이 그리 밝지 않았다. 민박에서도 음식을 파니 라이벌이 생겼다고 여긴 모양이었다. 덕배는 내가 식당을 할 것이라 예상하고 미리 연막을 친지도 몰랐다.

"리모델링하려면 견적이 꽤 나올 텐데?"

"가지고 있는 돈에 맞춰서 하지 뭐."

"시설 대충 하면 손님 안 온다."

덕배가 배를 만지작거리며 민박으로 걸어갔다. 내심으론 우리 집을 사서 자기가 식당을 하려 했는지도 몰랐다. 덕배의 속내를 알자 혹시 해코지 하지 않을까 걱정됐다. 어렸을 때부터 남 잘 되는 것을 못 봐 주던 덕배였다.

"아따, 오늘은 햇볕이 과랑과랑하네."

아빠가 마당에 지게를 부리고 해를 바라보았다. 겨울치고 햇볕이 맑았다. 나는 그 말이 덕배가 해코지해도 사업은 잘 된다, 하고 들렸다. 지금 고백하지만 아빠와 덕배 아빠도 사이가 좋지 않았다. 조부(祖父)들이 4·3사태에 연루되어 죽은 후라고 했다. 제주도 주변은 그런 역사적 상처를 안고 살아가는 사람들이 많았다.

"식당을 한다고?"

내가 아침 식사를 하고 마당에 미역을 널고 있을 때, 해봉이

첫 여객선을 타고 추자도로 왔다.

“여기 아빠가 대충 그린 도면이 있다. 마감재를 건강에 좋은 편백나무로 해서 견적을 내봐라.”

“그래? 꽤 비싼데?”

“싸게 해주라. 나중에 보답하마.”

“그거야 당근이지. 친구가 도시에서 내려와 사업하는데, 무슨 이문을 많이 남기겠냐?”

해봉이 소탈하게 웃었다. 어렸을 때부터 인정 많고 늘 솔선수범했던 터라 더 믿음이 갔다. 해봉은 고등학교를 중퇴하고 리모델링 기술을 배우더니 이제는 제법 큰 회사를 운영하고 있었다. 직원이 열 명이라고 했다. 도시에서 대학 나온 나는 이리 치이고 저리 치였다. 하지만 현실은 그런 자존심만 가지곤 살 수 없었다.

“최소로 잡아도 육천은 들겠다.”

한 시간 남짓 견적을 낸 해봉이 별 이익 없이 낸 견적이라고 몇 번 강조했다. 그 정도면 나머지 돈으로 식당 비품과 집기를 들일 수도 있는데, 문제는 광고비가 없다는 점에 있었다.

“그럼 오천만 원은 공사 끝나면 주고, 나머지 천만 원은 벌어서 갚으마. 그래도 되겠지?”

“그러자. 친구 좋은 게 뭐냐.”

해봉이 흔쾌히 허락했다.

“그런데 공사 기간 중에 어디서 잘래?”

“참, 그러네? 덕배 민박에다 방 하나 얻을까?”

“그러면 되겠네.”

해봉이 내일 자재를 가지고 오겠다고 말하고 부두로 차를 몰고 갔다. 요즘은 제주항과 추자도에 자동차를 실을 수 있는 철갑선이 드나들어 사업하는 데 편리하다고 했다.

"우리 방 쪼까 비싼데?"

내가 덕배 민박을 찾아 사정 얘기를 하자 덕배가 난색을 표시했다. 자기 민박은 인기가 좋아 늘 방이 다 찬다고 했다. 정 방을 잡으려면 관광객 민박비를 지불하라고 했다. 방 하나에 일일 칠만 원이라고 했다. 공사가 대충 보름 정도 걸린다니까 방값만 해도 백만 원이 넘어갔다. 내가 조금 싸게 해주라고 애멸글면 사정했지만 덕배는 곤란하다고 고개를 저었다. 돈을 빌려주겠다던 그 여유는 다 어디로 가고 해코지 하듯 배짱을 내밀었다. 나는 해봉에게 곧바로 전화를 해 사정 얘기를 했다. 해봉이 주택용으로 쓰던 컨테이너가 있다며 걱정 말라고 했다. 운반비만 대고 공짜로 쓰라고 했다. 같은 고향 친구지만 덕배와는 인품이 달랐다. 나는 덕배에게 돈 많이 벌라고 배 아픈 소릴 하고 집으로 갔다. 마당에 컨테이너를 설치하면 보름 정도는 살 수 있을 것 같았다.

"컨테이너?"

갈치 낚시를 다녀온 아빠가 이 겨울에 무슨 컨테이너냐고 고개를 저었지만 다른 방법이 없었다. 엄마도 건강이 나빠질까 우려했다.

"전에 나도 한번 보았는데, 살만 해요."

"그러자. 까짓 것!"

아빠가 해봉이 그려준 도면을 유심히 살피며 역시 전문가라고 감탄했다. 길가 방향으로 유리를 라운딩해 식당 안 전체가 보일 수 있도록 설계한 도면이었다. 간판은 자매 회사에 연락해 무

료로 해주겠다고 했다.

"각자 그릇이 있는 법이다."

내가 덕배 민박 얘기를 하자 아빠가 방 벽에 걸려 있는 할아버지의 사진을 바라보았다. 서북청년단이었던 덕배 조부가 할아버지를 밀고해 이후 할아버지는 고문 후유증으로 시달리다 돌아가셨다고 했다.

"내일은 물때가 아침나절에 갈치가 많이 낚일 것인데, 한번 따라가 볼래? 섬놈이 되려면 낚시질도 배워야지."

"좋습니다. 배우죠 뭐."

나는 마루로 나가 마당에 낚싯줄을 던지는 시늉을 했다. 엄마가 부엌에서 설거지를 하다말고 혀를 찼다. 거금을 들여 서울로 유학 보냈더니 겨우 낚시질이냐? 하고 묻고 있었다. 잠시 내 정수리가 서늘해졌다. 나는 방으로 들어가 TV를 켰다. 뉴스가 흐르고 있었다. 대선 후보들이 나와 열띤 공방을 벌이고 있었다.

"아빠는 누구 찍을 거야?"

"너는?"

"비밀."

"나도 비밀이다."

파도가 우습다는 듯 선창가 옆구리를 때리고 허공으로 솟아오르더니 수만 개의 물보라가 되어 쏟아졌다. 이 시간에도 조업을 하고 있는 배가 있는지 멀리 바다에 불빛이 어른거렸다. 저배에도 자식들을 육지로 보내놓고 노심초사하는 어버이들이 있을 것이다. 때론 태풍을 만나 황천객이 되기도 하지만 바다는 그들에게 삶의 터전이었다.

*

　다음 날 아침, 나는 아빠를 따라 갈치 낚시를 갔다. 작은 배에
다섯 명의 어부가 승선했다. 모두 갈치 낚시엔 이골이 난 사람들이
었다. 겨울의 아침 바람은 맵고도 찼다. 털옷을 입었으나 으스스
떨려 왔다. 배가 먼 바다로 나아갔다. 벌써부터 외지에서 온 배들
이 보였다. 어떤 사람들은 아예 배에서 날을 샌 모양인지 갑판에서
기지개를 켰다. 미명의 아침, 바다엔 말총머리 같은 파도가 휘날리
며 제법 파고가 높았다. 이런 날일수록 갈치가 잘 낚인다고 했다.
　"넌 아마추어니 이걸로 해봐."
　아빠가 낚싯대를 주었다. 아마추어란 말에 웃음이 나왔다. 나
는 설레는 마음으로 낚시에 미끼를 끼고 낚싯줄을 던졌다. 그런
데 낚싯줄이 허공에서 맴돌더니 낚시가 그만 내 손등에 꽂혔다.
작은 핏방울이 솟았다. 원 녀석하곤……. 아빠가 얼른 달려와 입
으로 피를 빨아 주었다. 다른 어부들이 키득키득 웃어댔다. 날씨
는 추웠지만 내 얼굴에 때 아닌 진달래가 피어났다.
　"와― 대물이다!"
　잠시 후, 아빠가 릴을 감으며 소리쳤다. 낚싯대가 타원형으로
휘어 팽팽했다. 정말 대물이 걸린 모양이었다. 다른 어부들의 이
목이 모두 아빠에게 집중되었다. 갈치는 보통 일 미터에서 큰 놈
은 일 미터 오십 센티미터 정도 되는데, 간혹 이 미터가 넘는 갈
치도 걸린다고 했다. 한 마리에 십 킬로그램이 넘는다니 대물에
해당했다. 아빠가 씩씩 호흡을 몰아쉬며 릴을 좌우로 움직였다.
갈치의 방향으로 같이 가주어야 낚싯줄이 끊어지지 않는다고 했

다. 무조건 힘만 가지고 잡아 다니면 갑판까지 오르던 갈치가 줄이 끊어져 바다로 도망간다니, 그만큼 억울한 일이 있을까. 낚시를 입에 문 갈치의 생은 또 어떨까. 차라리 걸려서 죽고 말지 그 고통을 어찌……. 어부들이 갈치 낚시에 열중하고 있을 때 나는 속으로 시를 썼다. '낚시를 문 갈치의 생'이라고 제목까지 지었다. 갈치도 낚고 시까지 쓸 수 있다면 금상첨화일 텐데, 아직 나에겐 기별이 오지 않았다. 갈치도 아마추어는 알아보는 모양이었다. 아빠가 마지막 힘을 다 해 낚싯대를 올렸다. 과연 대물이었다. 이 미터 남짓 되는 갈치가 은빛 춤을 추며 꿈틀거렸다. 다른 어부들이 뜰채로 갈치를 건져 올렸다. 뜰채에 거대한 갈치가 둥글 말리며 파드닥거렸다. 갈치는 성질이 급해서 바다에서 나온 즉시 죽어버린다고 했다. 고통을 당하다 죽느니 그게 차라리 편한지도 몰랐다. 어쩌다 어판장에 가면 바닥에 널브러진 고기들이 그때까지 숨을 몰아쉬고 있었다. 생의 마지막 호흡을 쉬는 상어의 모습이라니, 바다의 제왕도 죽음 앞에선 너무 초라했다.

"아들이 타더니, 해오름 할망이 선물로 준 것 같네."

거대한 갈치가 갑판으로 오르자 기관장이 소리쳤다. 그 사이 갈치가 쭉 늘어졌다. 바다를 헤엄치던 은빛 시간들이 멈추었다. 사람도 죽으면 저럴까. 방금 전만 해도 온몸을 뒤채며 꿈틀거리던 갈치가 한순간에 갈 수 있다니, 삶과 죽음이란 저렇듯 찰나던가. 낚시가 물린 아가미에 뻘건 피가 흘렀다. 한 도막만 구워도 한 끼 반찬으로 충분할 정도였다.

"오늘 손맛 좀 오네?"

이번에는 어촌계장인 박 씨가 제법 큰 갈치를 낚아 올렸다.

이어서 정 씨 아저씨가 거친 호흡을 내뿜었다. 날씨는 영하를 밑돌았지만 어부들의 이마에선 열이 솟아올랐다. 갑판이 서서히 갈치로 채워졌다. 하지만 나는 갈치는커녕 흔한 볼락도 낚지 못했다. 혹시 미끼를 잘못 끼운 것이 아닐까. 하지만 누구도 가르쳐 주지 않았다. 스스로 터득하라는 뜻일 게다. 나는 오기가 생겨 낚싯줄을 거두고 미끼를 낚시가 보이지 않도록 다시 끼었다. 아무리 미물이지만 금속이 느껴지면 멀리할 것이다. 다시 낚싯줄을 던졌다. 그리고 기다렸다. 내 생각은 주효했다. 잠시 후, 내 팔뚝만한 갈치가 올라오며 에스자로 은빛 춤을 추었다. 아빠와 어부들이 일제히 박수를 쳐주었다. 별 것 아니네요? 나는 한껏 오만해졌다.

"앞으로 이 배에서 낚은 모든 고기는 저희 식당에서 모두 좋은 가격에 사겠습니다."

내가 소리치자 어부들의 얼굴이 환해졌다. 어판장에 나가 경매에 붙여지는 것보다 현지에서 직접 사면 서로 이익이었다. 시간이 지나자 추자도 앞바다는 갈치를 잡는 배들이 수백 척 몰려들었다. 제주도나 추자도에서 온 어부들도 있고 멀리 완도나 신안 심지어는 포항 구룡포에서 온 배들도 있었다. 지역이 어디든 그들은 지금 신명이 나 은빛 소망을 건져 올리고 있었다.

*

앞부분을 고강도 유리창으로 라운딩하여 식당 안이 훤히 보이게 하고 몸에 좋은 편백나무로 마감하여 실내를 단장하자 '추자도 웰빙 식당'에 손님이 몰리기 시작했다. 물론 시설보다 음식 맛 때문에 온다고 했다. 갈치조림, 갈치구이가 이 계절의 주요 메뉴였다. 거기에다 엄마가 물질해 건져온 자연산 전복, 소라, 성게가 곁들여지자 손님들이 환호했다. 가격도 비교적 싸 부담 없이 먹을 수 있게 했다. 된장에 오래 묵혀둔 성게알로 끓인 된 장국은 손님들에게 감동을 자아내게 했다. 요리 전문가로 알려 진 박 교수가 그 된장국을 먹어보고 이런 글을 신문에 썼다. '가 슴 저 아래로 확산되는 영혼의 맛'. 신문 기사를 본 손님들이 멀 리 서울에서까지 예약전화를 해왔다. 청정해역에서 나온 무에 갈치를 올려놓고 다시마로 우려낸 간장에 청양고추를 살짝 뿌려 주자 손님들마다 엄지를 세우며 최고라고 칭찬해 주었다. 인공 조미료는 절대 사용하지 않았다. 나는 실내 가득한 손님들의 사 진과 박 교수가 쓴 글을 대학 동창 홈페이지에 올렸다. 다음 날 부터 전화가 폭주했다. 무엇보다 반가운 것은 같이 고시원에서 공부했던 창수가 9급 공무원 시험에 합격했다는 점이었다. 내가 고향으로 내려갈 때 한사코 호주머니에 돈을 넣어주던 그 손길 을 나는 잊은 적이 없었다.

"발령 나려면 시간 좀 걸리지? 내려와서 알바해라. 서울의 따 블이다."

내가 전화로 소리치자 저쪽에서 경쾌한 웃음소리가 들려왔 다. 어찌 돈을 보고 올까. 나는 창수가 원한다면 같이 살 수도 있 었다. 가능한지 모르지만 추자도로 발령이 날 수 있다면 좋겠다. 마음을 같이 하는 지인(知人) 한 명이 곁에 있는 행복을 나는 고 시원에서 느꼈다. 유리창도 없는 그 한 평 반짜리 고시원 방이 문득 허공에 떠올랐다. 드러누우면 스프링이 마모되어 철렁 가라앉던 침대, 어쩌다 옆방에서 들려오는 이상한 소리, 컵도시락을 먹으며 미래를 꿈꾸던 스물아홉의 청춘이 지나고 보니 그리웠다. 한 가지 불행한 소식은 민박을 담보로 은행에서 대출을 하여 읍내에 모텔을 개업했던 덕배가 부도를 맞은 것이었다.

"우리 집에 와서 회 좀 떠라. 추자도에서 너만큼 회를 잘 뜨는 사람 못 봤다. 으쩌?"

하루아침에 모든 재산을 날리고 알거지가 된 덕배를 나는 일부러 시간을 내 찾아갔다. 당장 민박이 넘어갈 처지라 잘 곳도 없었다. 소식을 듣고 해봉이 찾아와 덕배에게 봉투를 건넸다. 기고만장하며 살았던 덕배가 얼굴이 창백한 채 자리에서 일어났다.

"내가 너무 오만방자했다. 마침 읍내에 좋은 가격으로 모텔이 나와 덜컥 물었는데, 그게 다 사기였다. 하지만 난 죽지 않는다. 왜냐고? 저 바다가 있으니까. 니들이 도시로 나가 공부할 때 나는 바다로 나갔다. 이제 다시 갈치를 낚겠다. 추자도에서 나만큼 낚시 잘 한 놈 있으면 나와 보라고 해."

덕배가 낚싯줄을 던지는 시늉을 하자 해봉이 방바닥을 구르며 손뼉을 쳤다. 역시 썩어도 준치였다.

"역시 황덕배다."

내가 엄지를 세우자 덕배가 씩 웃었다.

"당분간 우리 가족이 살았던 컨테이너에서 살아라. 돈 좀 모으면 다시 민박해야지?"

내가 등을 톡톡 다독여주자 덕배가 고개를 끄덕였다. 진심 앞에서 자존심도 고개를 들지 못했다. 내가 지금 식당에 손님이 밀

려 있다고 하자 덕배가 장롱 깊숙이 숨겨 둔 회칼 세트를 꺼냈
다. 열 가지 종류의 칼이 은빛으로 빛났다. 덕배는 저 칼로 삼치
며 갈치 회를 마치 종잇장처럼 뜰 것이다. 세 사람은 어깨동무하
고 식당으로 갔다. 덕배가 회칼을 꺼내 숫돌에 갈자 엄마가 환하
게 웃었다. 홀에서 서빙을 하던 아빠도 믿음직스러운지 고개를
끄덕였다. 전에 덕배가 떠 준 회를 모두 맛 본 탓이었다. 탁탁 손
뼉을 치던 덕배가 갈치를 도마에 올려놓고 회를 뜨기 시작했다.
갈치는 다른 고기에 비해 전문가의 솜씨가 아니면 회를 뜨기 힘
들었다. 고기질이 연하고 바스라지기 때문이었다. 하지만 회 뜨
는 걸로 이골이 난 덕배에게 갈치 정도는 회를 뜨는 게 아니었
다. 어느 때는 멸치를 회로 떠 사람들을 경악시켰다. 그야말로
장인의 솜씨였다. 와― 좋이다, 종이! 덕배가 뜬 갈치회를 전해주
자 손님들이 이구동성으로 감탄했다. 덕배 얼굴에 보름달이 떴
다. 그것은 바다에서 이제 막 잡은 추자도 은빛 갈치보다 더 오
달져 보였다.

어화(漁火) 둥둥, 토포필리아의 바다
- 유영안의 작품 세계

전동진 문화평론가, 시인

1. 토포필리아의 바다

작가의 이야기처럼, 바다는 그 이름처럼 모든 것을 다 받아준다. 바다는 잔인할 정도로 생목숨까지도 받아간다. 바다의 넘실거림을 제대로 타지 못하고 맞서다가는 뭍으로 밀려나기 쉽다. 바다를 떠난 사람들은 자기가 바다를 버린 줄 알고 생을 살아간다.

그러나 세월이 흐르면서 세파에 시달리다보면, 내가 바다를 버린 것이 아니라 바다가 나를 밀어냈다는 것을 알게 되는 연치에 이른다. 그때 바다는 다시 떠난 자를 엄청난 힘으로 당긴다. 바다로 다시 돌아갈 사람들은 떠날 때처럼 오만하지 않다. 스스로 돌아온 것이 아니라 때가 되어 바다가 불러 준 것이다.

고향은 언제나 그 자리에서 떠난 이를 기다린다. 더 정확하게 말하면 떠나간 사람이 돌아보게 될 그 자리에 고향은 변함없이 자리를 지키고 있다. 움직이고 변하는 것은 사람이지 고향이 아니다. 고향의 고정성은 장소에 대한 특별한 그리움을 유발한다. 이것은 고향의 중요한 특성 중의 하나다. 그런데 바다는 고정되어 있는 고향이 아니라 끊임없이 움직이는 곳이다. 바다에 대한 장소애는 땅에 대한 그것과는 근본적으로 다르다.

토포필리아(TopoPhilia)는 장소애로 번역되곤 한다. 이 말은 이푸 투안이 그의 논문 「토포필리아, 혹은 경관과 돌연의 만남」(1961)에서 처음 사용했다. 이후 이 말은 문화지리학의 대표적인 용어로 자리 잡게 되었다. 토포필리아에서 강조되는 것은 공간에 대한 경험이다. '흐름'이라는 변화를 본성으로 하는 시간과 달리 공간은 '변함없음'을 본성으로 삼고 있다. 변함없는 공간에 인간의 경험이 결합할 때 그곳은 특별한 의미를 발생시키는 장소가 된다.

특정 공간은 인간의 정서, 시간적 체험과 연계되면서 장소로 거듭난다. 장소는 곧 경험의 현장인 것이다. 그런데 바다는 움직이는 공간이다. 공간이 움직이기 때문에 하나의 장소가 되기 위해서는 시간과 인간 중에서 움직이지 않는 것이 있어야 한다. 움직이는 바다 위에 떠서 부표의 역할을 하는 것이 있어야 특정 장소가 되고, 우리는 거기에서 특별한 의미를 건져 올릴 수 있다.

2. 삶과 죽음의 바다 그리고 헛묘

바다에 대한 특별한 애정이 담겨 있는 유영안의 소설에서 우리는 특별한 장소애를 만날 수 있다. 바다를 고향으로 품고 있는 소설의 주인공들은 움직이는 바다에 특별한 시간의 기억을 부표처럼 띄워놓고 고향을 떠난다. 그 부표는 삶과 죽음이 교차하는 지점에 주로 설치된다.

공포와 절망의 밤이 가고 아침이 밝았지만 바다는 뒤채고 끓으며 망나니처럼 춤을 추었다. 해안사구에 방풍림으로 심어둔 소나무들이 일제히 몸을 흔들며 온몸으로 바람을 견뎠다. 만조의 바다는 마치 섬을 집어 삼킬 듯 길을 삼키고, 지붕 낮은 집들의 서까래를 무너뜨리고, 선창을 반쯤 묵사발로 만든 후에야 스스로 지쳤는지 호흡을 가다듬었다. 이틀 동안 불어닥친 태풍이 언제 그랬느냔 듯 시치미를 뚝 떼고 돌아 앉았다. 풍어호와 청해호에 승선한 다섯 사람은 끝내 가족들의 품에 안기지 못했다. 시신도 찾을 수 없었다. 위령제가 열리고 씻김굿을 하고 장례식도 치러졌지만 가족들의 시선은 여전히 바다에 있었다.

– 「아버지의 바다」

사양 산업으로 접어든 목선 건조 일을 접고 아버지는 손수 만든 마지막 배를 바다에 띄워 어부가 되었다. 어머니와 함께 시작한 고기잡이는 뜻밖에 벌이가 좋았다. 살림이 나아지고 모처럼 풍족한 시간을 보낼 수 있게 되었다. 그러나 추자도로 갈치잡이를 떠났던 부모님은 소형 어선으로는 감당을 할 수 없는 폭풍을 만나 영영 뭍으로 올라올 수 없게 되었다. 주인공은 그런 무서운 바다를 등지고 도시로 향한다. 「청산도 가는 길」의 주인공의 부모도 폭풍우 치는 바다에게 죽음을 맞는다.

사흘이 지나도 배가 나타나지 않고 인근 섬을 모두 뒤져 보았지만 황보 부모의 흔적이 없자 마을 사람들은 다음 날 장례식을 거행했다. 청산도 앞산에 허묘(墟墓)가 두 개 늘어났다. 유족들은 명절 때면 시신도 없는 묘 앞에서 슬피 울었다. 가족의 죽음이란 시간이 지나면 자연스럽게 내면화되기 마련이지만 시신을 찾지 못한 가족들은 아무리 시간이 지나도 결코 잊을 수 없었다. 죽은 사람은 차라리 편했다. 고통은 살아 있는 사람들의 몫이었다. 지금도 구천을 헤매고 있을 영혼들, 그러나 사람들은 그 섬을 떠나지 못했다. 그게 운명이려니 하고 살았다. 섬사람들에게 운명은 순리의 다른 이름이기도 했다.

－「청산도 가는 길」

이것을 순리로 받아들이는 사람은 그대로 남아 섬사람으로 살아간다. 그러나 그렇지 못한 사람들은 섬을 떠날 수밖에 없다. 고향을 등진 주인공은 도시에서 삶의 터전을 일구기 위해서 고군분투한다. 오직 죽음으로만 기억되는 바다로 돌아가지 않기 위해서라도 이를 악물어야 한다. 바다를 떠나온 주인공들은 자수성가로 일가를 이뤄 도시에 정박하거나, 바다에서보다도 더 끔찍한 표류를 경험한다.

목포에서 고등학교를 졸업하고 서울로 올라간 나는 남들이 부러워하는 대학에 합격했지만, 엄마로부터 한 푼의 도움도 받지 못했다. 엄마는 허약하기 짝이 없는 동생 돌보는 것만으로도 벅찼다. 하지만 나를 엄마로부터 앵돌아앉게 한 것은 결코 돈이 아니었다. 엄마가 낚시꾼들과 어울린다는 소문 때문이었다. 아내는 내가 작은 섬에서 태어나 오늘날 작은 회사를 운영하고 있는 사람 정도로 알았다. 명절이 되어도 나는 가족을 데리고 고향에 가지 않았다. 간혹 어머니가 서울로 올라왔다. 동생은 고향에 남아 어부가 되었다. 동생 역시 부담이 됐는지 여간해서는 나에게 전화를 하지 않았다. 형에게 보잘 것 없는 자기를 보여주기 싫었으리라. 아니, 제 형수에게 우리 집안의 내력을 보여주기 싫었을지도 몰랐다.

– 「사진 한 장」

도시에서의 삶은 바다의 기억을 온전히 덮을 수 있을 것이라고 기대한다. 그러나 도시의 삶이 바다의 죽음보다 더 독하고 모진 것이라고 느껴질 때, 정박해두었던 오랜 기억은 등대의 불빛이 되어 주인공을 부른다. 그때서야 주인공은 격랑 치는 바다의 이면에 자리하고 있는 생동하는 삶과 만나게 된다.

바다, 삶의 터전이면서 때론 황천길이 되기도 하는 바다, 그 바다가 나에게 가르쳐 준 것은 저 깊이를 알 수 없는 넓은 가슴이었다.

– 「은빛 시간 속으로」

섬사람들에게 바다는 삶의 원천이면서 때론 황천길이 되기
도 했다. 지초도엔 시신도 찾지 못한 어부들의 가묘가 수십 개
였다.

도시의 일상이라는 것은 헛묘와 다르지 않다. 살아 있는데도
살아 있달 것이 없는 삶이 반복되기 때문이다. 그 묘는 흡사 해
송을 친친 감고 있는 철사와 같이 우리의 삶과 생활을 옭죄고 있
다. 햇살을 따라 바람을 타고 줄기를 뻗치고 움돋는 것을 자유라
고 말하지 않는다. 일탈이거나 빗나가는 것이라고 가르친다.

아내가 탁상에 놓여 있는 해송 분재를 들고 와 거기 가지마
다 친친 감겨 있는 철사를 풀기 시작했다. 기묘하게 틀어진 소나
무 가지들이 비로소 어깨를 활짝 폈다. 이십오 년 만에 감옥에서
풀려난 것 같네. 내가 호쾌하게 웃자 아내도 따라서 웃었다.

그러나 이 감옥은 또한 우리 모두가 스스로 허락한 묘이자 감
옥이기도 하다. 우리에게 주어진 땅은 손바닥만 하다. 노동의 가
치는 몇 푼 되지 않는다. 겨우 화분 하나만큼의 노동을 허락받은
주제에 마음껏 꿈을 펼쳤다. 20년을 버티지 못했을 것이다. 이
아이러니를 무사히 견뎌내야 한다. 그래야 새로운 삶의 가능성
이 가능성으로만 남지 않고 실제로 펼쳐질 수 있을 것이다. 해송
이 본래의 이름에 어울리는 장소에서 새롭게 이파리를 돋고 키

를 키울 수 있게 되었듯 우리도 영혼의 이름에 어울리는 장소에서 끊임없이 새로운 삶을 시작해야 할 것이다.

3. 세상의 바다 그리고 먼지 쌓인 가방

죽음의 바다에서 상처받은 주인공은 섬을 떠나게 된다. 그러나 삶과 죽음이 공존했던 바다와는 달리 도시에서는 죽음보다 더한 삶이 이어진다.

> 황보는 작은아버지 밑에서 자라다 군대를 다녀온 후 서울로 갔다. 친구인 상복과 성무가 말렸지만 바다가 싫었다. 바람이 불고 파도만 쳐도 가슴이 울렁거렸다. 그러나 도시는 또 다른 바다였다. 아니 태풍보다 더 잔인한 약육강식의 현장이었다.
>
> — 「청산도 가는 길」

도시의 바다에 표류해온 삶은 고단하고 끔찍하다. 그들은 도시인에게는 일종의 '침입자'이다. 주위의 시선은 따갑기만 하다.

> 여자는 유리창으로 고개를 돌린다. 저 아래 바다에 배가 지나간다. 어디로 떠나는 배일까. 저마다 꿈을 안고 떠났을 배……. 과연 우린 이 평화스러운 세상에 침입자일까? 저 배 어디에 남자가 탄 것 같다는 생각을 하면서 여자는 서서히 잠 속으로 빠져든다. 하오의 햇살에 바다가 은빛으로 빛난다. 수

억 마리의 멸치 떼가 지나가고 있는지도 모른다. 한 마리는 작
아도 모이면 저토록 큰 생명들……. 여자가 잠을 자다 히힛 웃
자 구급대원들이 놀라 뒤로 물러앉는다. 외투 사이로 드러난
여자의 목에 빨간 반점이 고춧가루처럼 나 있다. 구급대원들
이 손으로 눈을 가린다.

— 「침입자」

원양어선을 타다 에이즈에 걸린 남자와, 정확하지는 않지만
그와 관계해서 병이 옮은 것으로 추정되는 여자는 사회의 강제
적인 격리로부터 탈출해 강원도 산속으로 들어간다. 그들이 선
택한 자발적으로 격리된 삶은 잠시 동안이지만 원초성의 회복이
라는 메시지를 던져준다. 독자들에게 진정한 삶의 의미에 대해
묻게 한다.

소위 정상인이라고 하는 사람들은 그들의 정상성을 가지고
정상인의 정체성을 확보하지 않는다. 몇몇 소수를 비정상으로
몰고, 그들에게 속하지 않기 때문에 나는 정상이라고 소리친다.
정상인들의 무리에 들어올 수 없는 인간은 부도덕한 존재로 낙
인찍고 격리시킨다. 부도덕한 것을 격리시키는 것은 윤리적인
승리가 맞다. 그리고 하나의 공동체를 형성하는 데는 윤리적인
것만 순기능을 담당하는 것은 아니다.

남자는 버스를 타고 공단으로 가 모두 다섯 장의 이력서를
소비(?)했다. 철강공장도 염료공장도 하다못해 풀빵 기계를 만
드는 공장도 더 이상 노동자를 들일 여력이 없다고 한다. 어떤

공장은 그나마 있는 직원도 절반을 내보냈다고 울상이다. 내
수도 침체되고 수출도 내리막길을 달린다고 했다. 기하급수적
으로 늘어나는 탈북자는 이제 남한 사회에서 체제 우위의 홍
보용으로 쓰기엔 그 규모가 비대해졌다. 탈북자들에게 지원을
늘리면 반대쪽에서 들고 일어나고, 방치하자니 세계의 시선이
따가워졌다. 바야흐로 탈북자는 남한에서 계륵(鷄肋)이 되어
갔다.

- 「겨울나기」

윤리적으로 탈북자들을 우리는 우리로 받아들이고 차별 없이
대우하고 평등하게 기회를 주어야 한다. 그러나 이런저런 이유
를 들어 사람들은 윤리적이지 않은 줄 알면서도 그들을 격리시
키고자 한다. 그러면서 일종의 공범자가 되는 것이다.

윤리적인 것이 아니라 비윤리적인 것, 반윤리적인 것이 공동
체를 형성하고 강화하는 데 결정적인 역할로 작용하는 사회는
결코 좋은 사회, 건강한 사회라고 할 수 없다. 이곳에서는 가방
을 싸고, 서둘러 떠나는 것이 상책이다.

내가 자초지종을 얘기하자 아내가 벌써부터 여행용 가방을
꺼내 먼지를 털었다. 여름휴가도 가지도 못했는데 갑자기 가
을여행을 떠난다고 하자 아내가 제일 반겼다. 아버지에게 치
매 증세가 온 후 이래저래 마음고생이 심했던 아내였다. 말로
만 들었던 시아버지와 남편의 고향을 간다고 하니 설렌 모양
이었다. 의도적으로 멀리했던 고향, 그 송도해수욕장을 이제

야 가보는 것이다.

– 「은빛 시간 속으로」

"좋아, 내일 아침 일찍 출발한다."

내가 마치 무슨 선언이라도 하듯 말하자 아이들이 환호했
다. 아내는 벌써부터 여행용 가방을 꺼내 먼지를 털고 사야 할
물건들 목록을 적었다. 남편, 그리고 아빠의 고향에 가는 것이
그렇게도 좋을까.

– 「사진 한 장」

바다에서 떠나올 때는 혼자였지만 도시에서 떠날 때는 혼자
가 아니다. 고향에서는 맨몸으로 떠나왔지만 다시 돌아가는 길
에는 가족이 함께 하고 있다. 그래야 바다도 반갑게 맞아줄 것이
다. 주인공의 곁에는 언제나 먼지 쌓인 여행 가방을 꺼내 먼지를
털고 짐을 싸는 아내가 있다. 혼자가 아닌 여럿의 귀향임으로 다
시 돌아가는 바다는 그때 그 바다가 아니라 새로운 바다다. 아버
지, 어머니의 바다가 아니라 온전히 '나의 바다'가 되는 것이다.

4. 문화지(文化誌)로서의 가능성

문학은 언어 예술이다. 서정시와 소설을 두고 예술성의 강도
를 비교하면 대부분의 사람들은 '서정시'라고 말할 것이다. 서
사물의 종류는 매우 다양하다. 서사의 기본을 가장 충실하게 반

영하고 있는 것은 여전히 소설이다. 매스미디어 환경의 변화로 인해 대중들이 훨씬 자주 보게 되는 서사물은 드라마와 영화다. 드라마를 예술이라고 하는 사람은 거의 없다. 영화는 상품과 예술 사이에서 갈등하는 것 같지만 정(正)의 자리에는 '상품'을 놓고 있음이 분명하다.

소설은 어떤가. 소설은 언어적 측면에서 예술과 비예술을 매개하는 자리에 놓여 있다. 예술을 지향하는 소설은 주제보다는 언어 자체, 혹은 소설 자체에 대해 천착한다. 그렇지 않은 대중 소설들은 오직 재미만을 추구한다. 젊은 작가들 중에서는 베스트셀러를 쓰는 것이 꿈이라는 것을 당당하게 드러내는 경우도 있다.

이 두 가지 길밖에는 없는 것인가. 지금은 누가 뭐라고 해도 문화의 시대이다. 문화의 시대에는 능동성보다는 자발성이 무엇보다 요구된다. 문화는 그 지평과 범주가 너무 방대하다. 그 속에서 능동성을 발휘하기란 쉽지 않다. 모든 것이 문화여서, 문화 바깥을 기대하기란 사실상 어렵다는 것이다. 그렇다면 문화에 대해서는 거의 대부분의 것들이 수동적인 자세를 취할 수밖에 없다. 이때 중요한 것이 수동적 자발성이다. 이왕 이렇게 된 이상, 이 안에서 특별한 의미와 특별한 효과를 만들고, 만들면서 만끽도 해보자는 것이다.

세계를 파악하는 유력한 방식은 대상을 양적으로 파악하는 것과 질적으로 파악하는 것으로 대비된다. 우리가 흔히 만나는 방식은 주로 양적인 방식이다. 거수나, 투표, 여론 조사, 유형 분류 등은 대표적인 양적 조사 방식들이다. 질적 방식은 현장 관찰이나 면담조사 같은 방법으로 민족지나 민속지 혹은 문화지를 기록하는 것이다.

문화기술적 방법은 '많다', '다수다'라는 것보다는 '특별하다', '특이하다'는 것에 더 주목하는 방식이다. 살펴보고자 하는 현상, 대상, 지역에 대한 지식, 정보가 거의 없을 때, 복잡하고 미묘한 사회적 관계나 상징적 기호들의 상호작용을 탐색할 때, 소집단 또는 소규모 사회가 발현하는 역동성에 대해 그 동기부터 현상까지 총체적으로 바라보고자 할 때, 하나의 사건에 대해서 사건 이전의 배경부터 맥락과 흐름 그리고 전반적인 구조까지 심층적인 분석이 필요할 때, 눈앞에 펼쳐지는 현상의 이면에 자리 잡고 있는 가치·신념 체계, 행위의 규범, 적응 전략을 드러내고자 할 때 유용한 방법이다.

문화기술적 방법은 이미 드러난 것들을 정리하는 것이 아니다. 특별한 것, 특이한 것은 기술의 과정(읽기와 쓰기)에서 드러나게 된다. 특정한 장소에 대해서, 특별한 기억을 기술하고 있는 소설이라면 문화지로서의 기능을 의도와는 상관없이 수행하고 있는 것이다. 그런데 문화지로서의 특성과 역할을 드러내놓고 시도하는 글쓰기는 어떨까. 이것은 소설 쓰기에 있어서 하나의 블루오션(Blue Ocean)에 해당한다고 할 수 있다. 많은 소설들이 재미와 감동을 주기 위해서 써졌고, 또 써질 것이다. 그러니 어떤 소설들은 감동이 아니라 재미와 앎을 목적으로 삼아도 좋을 것 같다.

유영안의 소설은 섬이라는 특별한 문화를 지닌 공동체를 배경으로 삼고 있다. 이들의 생활과 공동체를 이루는 내밀성 등에 대한 기술은 소설의 감동과 재미뿐만 아니라 문화지로서 독자에게 앎의 영역을 넓혀주기에도 충분하다. 「사진 한 장」에는 우리가 접하기 힘든 '바다의 언어'가 펼쳐져 있다.

엄마가 고무옷을 벗고 평상복으로 갈아입었다. 고무옷 속에는 '속곳'이라고 하기도 하고, '소중기'라고도 하는 옷이 여러 벌 보였다. 여름에는 고무옷을 입지 않고 저 소중기만 입고 물질을 했다. 소중기는 입고 벗을 때 편하게 디자인되어 있고, 품을 조절할 수 있도록 옆트임이 되어 있었다. 옆은 단추매듭(벌모작)이 있어 끈으로 열 수 있고, 신체의 크기에 따라 조절할 수 있게 했다. 그 외 머리카락을 정돈하고 보온을 해주는 '물수건'이 있었는데, 낮에는 햇볕을 가려주고 바닷속에서는 상어를 물리쳤다. 상어는 자신의 키보다 큰 동물을 공격하지 않으므로 해녀들은 상어가 나타나면 물수건을 길게 풀어 놓는다고 했다. 오동나무 판자를 대어 마름모꼴의 통을 만들고, 그 밑에 유리를 댄 물안경을 '창경'이라 했다. 겨울에는 '물체'라고 솜을 넣어 누빈 옷을 입었다.

– 「사진 한 장」

해녀들이 물질을 마치고 갯바위로 나왔다. 해녀들을 싣고 다니는 배가 따로 있었지만 오랜만에 나를 보고 싶었을 것이다. 내가 인사를 하자 해녀들이 물 묻은 손으로 내 얼굴을 만지며 기뻐했다. 갈퀴처럼 오그라든 해녀들의 손에서 오래전의 그 냄새가 났다. 해녀들이 노래를 불렀다. '우리 배에 눈이 맑

은 서낭님아 앞발로랑 허우치멍 뒷발로랑 거두잡아 고동 생복
좋은 딜로 득달하게 해여나줍서 히이여차라 쳐라쳐…….' 차
츰 부풀어 오르는 바다에 해녀 노래가 길게 울려 퍼졌다. 서서
히 날이 저물자 바다에 어화(漁火)가 꿈결처럼 떴다.

- 「사진 한 장」

이야기에 등장하는 어머니의 직업은 주로 '해녀'다. 해녀의
본고장은 물론 제주도이다. 전통적인 해녀의 이야기를 만나려면
제주도의 것이 제격일 것이다. 그러나 제주도에서 전라도의 섬
으로 시집 온 해녀의 이야기를 만나는 것은 쉽지 않다. 거의 유
일하게 그 일면을 엿볼 수 있는 것이 유영안의 소설이라고 할 수
있다. 그의 소설은 '섬스럽다.'

어머니와 달리 아버지는 저마다 다른 삶과 사랑 그리고 상처
를 품고 있다. 문화적인 측면에서 시선을 끄는 아버지는 '배를
만드는 아버지' 이다.

"자, 이제 삼판 이어붙이기를 해볼까?"

아빠가 톱으로 벤 긴 나무를 배의 중앙 바닥으로 들고 갔
다. 예부터 내려온 전통 방식으로 지어진 배는 그 명칭도 다양
했다. 배의 제일 앞부분을 덕판 혹은 주전부리라 했고, 그 밑
으로 이어진 앞부분을 이물비우라고 했다. 제일 뒤편은 하판,
그 밑으로 이어진 뒷부분을 고물비우라고 했다. 배의 뒷부분
에는 배를 운전하는 킷다리가 설치됐고, 그 킷다리를 이리저
리 움직이게 하는 창나무가 달려 있었다. 그 외 멍에, 동당장

쇠, 장쇠뿔, 투석칸, 개밥통 등 낯선 용어들이 수두룩했다. 언젠가 지초도 앞바다에서 고려 시대 때 침몰한 어선 한 척을 인양했는데, 신기하게도 아빠가 만든 배의 구조와 거의 닮았다. 장쇠에 구멍 뚫은 것 하며, 삼판 이어붙이기, 피새의 모양이 너무나 흡사했다. 어떻게 칠백 년 전의 배가 지금 아빠가 만든 배하고 비슷할 수 있을까. 아빠는 만약 자신이 조선시대 때 태어났다면 이순신 장군 밑에서 일했을 거라며 어깨를 척 폈다. 배 앞에 용머리를 달고 그 용의 입을 통해 대포를 펑펑 쏘는 모습을 연상하자 아빠가 장군으로 보이기도 했다.

– 「아버지의 바다」

한 척의 배가 건조되는 전 과정을 바다의 언어로 들려주는 것이 가능하다면, 그것만으로도 한 편의 소설로서 충분한 값을 할 것이라고 생각한다. 배를 만드는 과정에 대한 방법은 이미 지식으로 축적되었겠지만, 그런 지식은 생동하는 현장을 구성하지는 못한다. 살아 있는 쓰기가 살아 있는 언어를 부른다. 소설가의 쓰기는 밀물, 썰물과 같아, 언어를 갯벌의 생명들처럼 살아 뛰게 만들 수 있어야 한다. 생생하고 약동하는 언어를 만날 수 있다면 나는 그것이 꼭 소설의 이름을 앞세우지 않아도 좋을 것 같다.

5. 언어의 바다 그리고 語花

유영안 소설의 중심을 이루고 있는 것은 사건이 아니다. 바다가 들려주는 사연들로 채워져 있다. 끝없이 반복되는 파도지만 단 한 번도 같은 힘과 높이로 반복되지 않았다. 유영안의 소설은 파도를 닮은 아코디언처럼 끊임없이 이야기를 연주한다.

바다는 어떨 때는 칠흑보다 더 깜깜하다. 또 어느 때는 흰 구름보다 더 희게 부서진다. 그 바다에는 낮에도 밤에도 어화가 꿈결처럼 반짝이고 있다. 한낮에도 하늘에는 별이 떠 있다. 별이 반짝거리기 위해서는 어둠이라는 배경이 필요하다. 어화가 더 아름다운 불꽃으로 타오르기 위해서는 더 깊고 어두운 바다가 필요하다. 바다는 삶과 죽음으로 번갈아가며 모습을 바꾸는 것이 아니다. 바다에서의 삶과 죽음은 뫼비우스 띠처럼 한 면으로 연결되어 있다.

세상의 바다보다 더 험하고 독한 것이 언어의 바다이다. 유영안의 소설을 유영하는 언어 떼가 남해 바다의 어화(漁火)보다 더 신비롭고도 아름다운 어화(語花)로 피어날 것을 기대한다.

내 상상력의 원 공간, 바다

첫 번째 작품집 『산속 길은 누가 만들었을까』를 출간한 후 13년 만에 두 번째 작품집을 세상에 내보낸다. 작품을 쓰는 데 게으른 것이 아니라, 어디에 발표할 데가 없었다. 그것도 어찌 보면 무명작가의 한계이니 누구를 원망하고 누구를 탓할까.

나날이 물질화되고 원자화되어 가는 세상에 나는 아직도 고리타분한 소재에 얽매어 있는 것은 아닌지 가끔 회의를 해 본다. 하지만 아무리 시대가 변해도 문학은 '클래식' 해야 한다는 점에는 변함이 없다.

작가에게 고향은 상상력의 원공간, 고향을 버리고 작가가 될 수 있을까? 그 고향이란, 기실 내 가족 내 이웃의 가난한 눈빛이니, 나는 그들을 결코 저버릴 수 없다.

학원에서 강의를 하고 밤늦게 소설을 쓰다 보니 본의 아니게 죄를 많이 짓고 산다. 두루 용서하시길…….

나를 작가로 이끌어주신 한승원 선생님께 머리 숙여 감사드린

다. 늘 걱정해 주는 가족들과 남편 하나 있는 것 "등만 보고 산
다."고 하소연 하는 내 아내, 건강하게 자라는 아들과 딸에게 이
작품집이 작은 위로가 되었으면 하는 마음 간절하다. 못난 작품
을 작품집으로 엮어주신 송광룡 『문학들』 대표님께 감사드린다.

2013년 초 봄

유 영 안